U0048354

喜歡是一種記得。
因為和她相遇了，記憶開始不斷累積。
即使離開了，我依然清晰記得她的黑鮪魚眼睛、
她的微笑和酒窩、她挺直的背影、
她低沉的聲音、她咬筆的模樣、她掉淚的神情、
她鎖骨圍成的美麗河谷、她緩慢而流暢的動作……
這樣的「記得」，就是喜歡吧。

蔡智恆

國語推行員

蔡智恆

$$- \frac{6x}{x(2x+3)}$$

$$\frac{)-6x}{x+3)}$$

$$\frac{-6x}{x+3)}$$

目次

尖銳的哨音響個不停，偶爾還夾雜著汽車的喇叭聲。

幾百輛車擠在一起，幾乎動彈不得。

從三條馬路來的車輛，都要擠進同一座橋。

每條馬路起碼有兩排車流，而橋上只有一個車道可以通行。

好像三條肥胖的龍要合成一條細瘦的蛇。

站在車陣中的警察像是歇斯底里的猴子，嘴裡猛吹哨子、

雙手拼命揮舞試著指揮交通。

我待在其中一條肥龍之中，每隔幾分鐘才能往前移動十公尺。

看了看時間，12點5分，而約好的時間是12點。

我已經遲到了。

距離橋頭只剩50公尺，過了那座橋，就是我的目的地。

這裡是我的故鄉，但竟然還要依靠GPS導航才能走到這裡。

我覺得很諷刺，直接關掉導航畫面，嘆了口氣。

家裡在我念大三時搬到台北，之後我只回來一次，這次是第二次。

沒想到我已經幾乎忘了回故鄉的路。

國中畢業22年了，今天是第一次舉辦同學會。

大部分的同學畢業後就沒見過面，很好奇大家會變成什麼樣？

而我最想見的人，雖說不至於22年來都沒見面，

但距離上次看到她，也有8年了。

只可惜依她的個性，如果知道我會來同學會，那她一定不會來；

但如果她以為我不會來，那麼她就很有可能參加同學會。

所以當一個月前阿勇打電話邀我時，我先說沒辦法參加。

「為什麼？」阿勇很失望，「我們那麼多年沒見了，來啦！」

『偷偷告訴你，其實我會去。但你一定要讓所有人以為我不會去。』

「為什麼？」

『沒為什麼，只是個無聊的理由。』

「喔。」阿勇說，「反正大年初三你一定要給我來就是了！」

所以我在春節連假中的大年初三，一個人開車來到這裡。

也領教了電影裡外星人來襲或活死人入侵導致大家趕緊逃難的場景。

原本打算11點到，可以先在故鄉四處晃晃，回憶一下。

沒想到因為大塞車，我還是遲到了。

印象中總是冷清寂寥的故鄉，什麼時候變成了觀光勝地？

到底發生了什麼？或是我錯過了什麼？

難道只是單純因為時代變了？

終於上橋了。

橋長不到100公尺，但緩慢的車速還是花了半分鐘才通過。

橋下是港，停泊了許多漁船。

海風帶來混雜了海水和魚腥的鹹味，這就是我成長的味道。

好熟悉啊，我終於回來了，只是遲到而已。

下了橋，右邊是所謂的觀光漁市，擠滿了人潮。

車子得小心前進，避免撞到滿手魚丸邊走邊吃的遊客。

我突然覺得這地方好陌生。

念國中時，這地方還是大海，現在卻因為填海造地而形成一片陸地。

所謂的滄海桑田大概就是這樣吧。

過了觀光漁市，人潮就散了。

左邊出現一家海產餐廳，招牌上面畫了一條很大的黑鮪魚。

我鬆了口氣，終於到了。把車子停在路邊，下車穿過馬路。

站在店門口，抬頭看著黑鮪魚，突然陷進回憶的漩渦。

腦海裡清晰浮現瞪人時眼睛像黑鮪魚的她。

趕緊抽離回憶的漩渦，定了定心神，畢竟我遲到很久了。

剛推開這家海產餐廳的店門，便聽見一聲喊叫：

「豬腸來了！」

豬腸是我國中時的綽號，高中以後就沒人這麼叫我了。

雖然我很不喜歡這個綽號，但此時聽來卻覺得無比親切。

「竟然遲到半個小時！」阿勇迎上來，敲了一下我的頭。

『抱歉，沒辦法。』我摸摸被敲痛的頭，『因為大塞車。』

「塞車？」阿勇愣了一下，隨即又敲一下我的頭，「你不會走鎮上
　那條路嗎？這裡是你的故鄉耶！你以為你是觀光客嗎？」

這次敲更痛了，得揉一揉。

但這也敲醒了我，對啊，導航指引的都是外圍道路，

而我是本地人，應該穿進鎮裡，直接到橋邊。

『可是如果要上橋，還是會很塞。』我還揉著頭。

阿勇深深吸氣，好像武林高手暗運內力，突然用力敲我的頭並大叫：

「你是白痴嗎？把車停橋下附近，人走過來只要五分鐘啊！」

他狠狠敲了第三下，我眼冒金星了。

但他說得對，光等著要上橋就花了快半個小時，我應該把車停橋下。

這裡是我的故鄉，隨便找個地方停車太容易了。

沒想到對故鄉而言，我彷彿成了像遊客般的陌生人。

陌生，而且見外。

阿勇拉著我到導師面前，我跟導師說聲新年快樂。

「志常，很久沒見了。」導師微笑著拉起我的手，「過得不錯吧？」

『馬馬虎虎。』我也笑了笑。

他跟我閒聊時雙手拉著我左手，右手還不時輕拍我的左手掌背。

他眼睛始終注視著我，眼神滿是笑意。

以前超怕這位凶狠的導師，但現在只覺得他是慈祥的長者。

同學紛紛圍過來打招呼，但不知道是太久沒見了還是頭被敲昏了，

這些臉孔我都覺得有點陌生。

目光快速掃過在場的每一位老同學，沒有發現我最想看見的她。

心一沉，頭更痛了。

「同學的變化很大吧？」阿勇問。

『嗯。』我點點頭，『有同學現在是腦科醫生嗎？』

「應該沒有吧。怎麼了？」

『我的頭可能要去看醫生了。』

「你變得那麼脆弱了喔！」阿勇哈哈大笑，拼命揉著我的頭。

『是你力氣變大了。』我說。

阿勇還在笑，他的笑聲讓我覺得好熟悉。

「本姑娘來了！」阿勇看著店門口，突然大叫一聲。

我先是一愣，隨即激動。

我當然知道她國中時的綽號叫本姑娘，但太久沒聽見這綽號，

於是聽見的瞬間，便迷惘；而回神時，已澎湃。

阿勇快步走向店門口迎接她，我則血液沸騰、心跳加速，呆立不動。

「妳是最晚到的。」阿勇引著她走進店裡。
「抱歉遲到了。」她似乎很不好意思，「因為大塞車。」
「原來是塞車喔，那沒辦法。」阿勇笑了笑。
「是呀。」她苦笑，「光等著開車上橋就花了半個小時。」
「真是辛苦妳了。」阿勇說。

這是哪招？差別也太大了吧。
沒想到她和我一樣，像遊客般用GPS導航，還傻傻地開車上橋。
對故鄉而言，我和她竟然都表現出陌生，而且見外。
不過這些都不重要，唯一重要的是，我終於又看到她。
而且我和她，又都遲到了。

她很快就被老同學包圍著，臉上一直掛著淺淺的笑容。
我的眼鏡度數要重配了，因為我的視野範圍中，只有她是清晰的。
而且我的耳朵也有問題，在人聲嘈雜中，我只聽見她低沉的聲音。

不知怎的，同時湧上熟悉和陌生。
許久沒見，於是感到陌生；
從不曾忘，所以覺得熟悉。

她緩緩將視線四處游移，當接觸到我的目光時，瞬間定格。
我心頭一緊，感覺好像……

好像是她用手穿進我的胸膛，揪住我的心臟。

1.

人生像是電影膠捲，所有經歷過的人事物會印在膠捲上形成畫面。
很多畫面你會理所當然遺忘；但有些畫面，卻始終倒映在腦海裡。
可能在某次夜深人靜時，這些畫面會忽然在腦海中不停播放。
播放的畫面大概都是我念國中時的影像，年代久遠。

我出生在台灣西南部一個濱海小鎮，這裡有個海港和很多魚塭。
在機械化製鹽之前，這裡也曾經是台灣引海水曬鹽的六大鹽場之一。
除了海港、鹽田、魚塭外，鎮裡十幾個村落多數以務農為生。
我住在鎮裡人口最密集的地方，也是海港所在的地區。
相對於其他務農為主的村落，我住的地方像鄉下中的「城市」。

海港這地區的人幾乎都姓「蔡」，所以我念國小時，
班上同學八成以上姓蔡。
升上國中後，加入其他村落的同學，班上同學也有一半姓蔡。
我也姓蔡，叫志常。
姓是多數，所以很平常，而名字也一般。

鎮裡只有一所國中，處在鎮裡偏僻的角落。
所有村落的學生，都要騎腳踏車來學校。
那時鎮裡連一盞紅綠燈都沒，騎腳踏車幾乎可以全速前進。
念國一時，我大約要花25分鐘騎腳踏車到學校；
國三時進步到只剩20分鐘。
藉由騎車時間的縮短，很容易驗收自己成長的結果。

這裡的海風很大，尤其是颳起東北風的季節。

在秋冬時節，每天清晨都要頂著又強又冷的海風騎腳踏車到學校。

制服是深藍色夾克，到學校後夾克會沾上一層白色半透明的霜。

用手一撥，夾克總會留下水漬。

夾克水漬最多的，大概就是那些要騎40分鐘腳踏車才到校的同學。

這裡的居民都講台語，而且有一種特殊的腔調，叫「海口腔」。

如果說國語，會有濃厚的台灣國語味道，常會在很多發音加「ㄨ」。

舉例來說，吃飯會說成初飯；是不是會說成樹不樹；

知不知道會說成豬不豬道。

而我的志常，通常會被說成住常。

國一時，有個同學認為志常的發音像豬腸，便開始叫我「豬腸」。

後來其他人都跟著叫，從此豬腸便成了我生平第一個綽號。

明明豬是第一聲、志是第四聲，發音哪裡像？

而且豬腸又不好聽，也不是一個可以讓人引以為傲的綽號。

我很討厭這綽號，每當有人這麼叫我，我總是很不情願地回頭。

剛進入國中的第一個禮拜，班上同學幾乎都是陌生人。

班上的導師也是數學老師，聽說他很凶，而且很會打學生。

果不其然，第一次上課時他就拿了一根厚厚長長的木板放在教室裡。

「這是教鞭。」他說，「以後你們不聽話時就可以領教它的威力。」

我覺得很衰，怎麼沒編入有溫柔女導師的班呢？

數學老師在黑板上出了一道題，然後走下講台看我們如何演算。

我很快就算完，但其他同學似乎都還在絞盡腦汁，我便坐著發呆。

「你為什麼不算？」從後面走來的老師敲了一下我的頭。

『我……』我摸摸頭，『我算好了。』

他很驚訝，低頭仔細看我面前白紙上的計算結果。

「把你的名字寫下來。」他看完後，說。

我立刻在紙上寫下我的名字。

隔天上數學課時，導師說該選班上的幹部了。

「先選班長，大家可以踴躍提名。」他說，「不過大家都還不熟，

　應該不知道要選誰。所以我來提名好了。」

導師說完後，轉身在黑板寫下：蔡志常。

我的腦袋像正被轟炸的諾曼第，轟隆轟隆響著，無法思考。

「贊成的請舉手。」導師問。

全班同學不約而同都舉起手，除了我。

「很好。」他笑了，「看來大家都很認同我的意見。」

白痴嗎？你是這麼凶的導師耶！誰敢不給你面子？

接下來要選副班長，導師說：「基於性別平等，副班長要選女生。」

他眼睛逐一掃過班上每個女生，然後走下講台走到某個女生面前。

「把妳的名字寫下來。」他說。

那女生乖乖寫了名字，導師回到講台在黑板上寫下那名字。

「贊成的請舉手。」導師問。

全班同學又是不約而同都舉起手來。

我原本猜想，也許那女生跟我一樣只是數學計算能力強而已。

但當導師要她站起來讓班上同學好好認識時，我才恍然大悟。

即使我才12歲，眼光可能幼稚，但依我幼稚的眼光也看得出來，

那女生是班上最可愛的。

所以我莫名其妙當了班長,而副班長是全班最可愛的女生。
雖然很不想當班長,但有可愛的副班長確實是好事。
不過權衡得失,還是所失者重、所得者輕。
就像被痛扁一頓導致渾身是傷,但幫你敷藥的是很可愛的護士小姐。
或許有人覺得受再重的傷都值得,但我是覺得根本沒必要受傷的人。

班上的雜事班長都要全包,而且也是所有老師跟學生之間的窗口。
我還正在摸索和適應國中生活,卻不得不馬上就要獨當一面。
辛苦一點、責任多一點,對我來說還好;
最困擾的,是每節上下課都要高喊:起立、敬禮,而且聲音要宏亮。
但我個性害羞內向,常常聲音顯得細小而且畏縮,偶爾甚至忘了喊。
如果上課時忘了喊,老師會等我喊完後,才開始上課。
這總是讓我很尷尬。

阿勇坐在我左手邊,是我在班上第一個熟悉的同學。
他跟我是國小同學,但不同班。
如果我沒在老師進教室的瞬間喊起立,他會推推我的手肘提醒我。
但如果老師說下課的瞬間我沒喊,他就直接敲我的頭提醒我。
一段時間後,上下課的「瞬間」高喊起立敬禮,成了我的反射動作。

上課還好,只要專心注意教室門口,老師一現身就馬上喊:起立!
有時太緊張,門口一出現人影我就喊起立,結果只是晚進來的學生。
而下課就難抓了,每個老師下課的風格都不一樣。
有的直接說下課;有的把粉筆一丟;有的什麼都不說直接走出教室。
我得趕緊在老師走出教室前喊起立。

如果提早喊起立，老師可能會說：「急什麼？我還沒說要下課。」
可是如果太晚喊，阿勇又要敲我的頭。

有一次我喊起立的聲音太細小，導師罵說根本不像男生。
「副班長。」導師說，「妳來喊。」
結果她怯生生地喊了聲：起立。
我聽了後，雙腳根本站不起來。
那是我第一次聽見她的聲音，沒想到她的聲音是那種天然嗲，
又柔又軟又膩，聽了只會全身酥軟。

副班長也姓蔡，叫蔡玉卿，黑白分明的眼珠很有靈氣。
她的皮膚很白皙，這很少見，因為我們那裡的女生通常膚色偏黑。
或許很多男同學會羨慕我可以假借公事與她親近，
但可能是我情竇還沒開，或是害羞內向，我完全沒跟她有任何互動。
所以即使她是副班長，她在班上幾乎沒有任何任務。
她的存在感，很像闌尾。

課業部分還好，我可以輕鬆應付，除了數學。
數學老師確實會打學生，男生打屁股，女生打手心。
每個人被打的標準不一樣，主要看成績和導師的主觀認定。
「依你的數學程度，只能錯一題。但你是班長，要作為全班表率。」
導師對我說，「所以你的標準是滿分。沒有滿分，錯一題打一下。」

我的數學程度？那是你開學之初對我快速算完那題才有的成見；
而我會當班長，也是你造成的啊！
怎麼全部都算到我頭上呢？
從此只要考數學，不管大考、小考、抽考、隨堂考、平時考，

我只要錯一題,屁股便會挨一板子。

教鞭打中屁股時所發出的聲音,總是響徹雲霄。
打完後屁股總有灼熱感與疼痛感,我可以想像屁股一定紅通通。
如果有天數學考很差,我會變成猴子嗎?

也許是數學老師真的慧眼獨具,也許是我太害怕被打屁股,
我的數學成績非常優異,被打屁股的機會很少。
其他科目也不錯,只有英文相對而言較差。
在那個年代,鄉下的國小學生根本沒碰過英文,也沒補習,
直到國一才開始學最基礎的 A、B、C。
所以班上沒有同學英文特別好,全校恐怕也是。
英文較差可能跟姓蔡一樣,不算特質,而且沒辨識度。

記得英文老師有次上課問我:25 的英文怎麼說?
『two ten five。』我馬上回答。
那時英文還只教 1 到 10 而已,11 以上還沒教。
所以二十五,英文應該唸:two ten five 吧。

英文老師聽完後,笑得很誇張,好像我的回答戳中她的笑點。
但班上同學沒跟著笑,我想大家應該都不知道英文 25 該怎麼說。
搞不好很多人跟我一樣,認為當然要說成 two ten five。
而英文老師還是笑個不停,也沒說我的答案對不對?
只有一個坐在我左後方的女同學,我發現她似乎掩著嘴偷笑。

她叫邱素芬,不姓蔡。其實只要不姓蔡就算有了點特色。
我只知道她是班上同學而已,沒交談過,她給我的印象是文靜內向。

但那個年代的鄉下國中女孩，十個有八個是所謂的文靜內向。
剩下的兩個，一個可能個性像男生，另一個可能很活潑或脾氣很凶。
所以女生文靜內向跟姓蔡一樣，不算特質，而且沒辨識度。

唯一有辨識度的，就是她也是班上的幹部——國語推行員。
除了班長副班長外，幹部通常叫股長，比方風紀股長、學藝股長等。
所以「國語推行員」這種幹部非常特別。
導師說國語推行員主要負責推行國語，要大家不可以講方言。
當初選幹部時，她是被同學提名選上的，或許她國語講得很標準吧。

但在學校裡，除了上課或跟老師說話時會講國語外，同學都講台語。
甚至有時也會在上課中不小心講台語。
回家更不用提了，一定講台語。
所以我不知道國語推行員能幹嘛？也從沒看到她在推行國語。
她的存在感，也很像闌尾。

那節英文課下課後，我要走到教室後面丟垃圾時，經過她的座位。
「twenty-five。」她說。
『里工啥（妳說什麼）？』我聽不清楚。
她抬頭瞪我一眼，我才意識到她是國語推行員，我不該講台語。
「twenty-five。」她又說。

『喔。』我問：『那是什麼？』
「25的英文。」
『不是 two ten five 嗎？』
「不是。」她搖搖頭，「是 twenty-five。」
『喔。』我含糊應了聲，反正對不對我也不知道。

「你以後就知道了。」她說。

她講話的語氣很有自信，還帶著一點點走著瞧的意味。
這是我第一次聽到她開口說話，她的聲音很低沉，不像一般女生。
而那種低沉，不是聲音很粗，也不是沙啞，只是音質很低。
傳到耳朵時，會有一點麻麻的錯覺，而且有種莫名的磁性，
讓人情不自禁想要專注聆聽。

不過國語推行員第一次開口卻是說英文，好像有點怪。
而她所說的國語，好像也沒有比其他同學標準。
後來英文課教到25的英文該怎麼說時，我下意識轉頭看她。
她接觸到我的眼神後，只是輕輕揚了揚眉毛。

我開始特別注意她，我發覺她很少開口說話。
她坐著或走路時，上半身總是挺直，不像一般人會稍微有點弧度。
但那種挺直不像刻意挺胸的模特兒，而是渾然天成的挺直。
她平時的舉止都是平穩而緩慢，幾乎沒有很大或快速的動作。
即使下課時離開位置，她也是緩緩起身、轉身，再慢慢走出教室。
我很想看她尿急的樣子，但我猜她尿急時大概也是這樣。

只有聽見同學講台語時，她才有明顯反應——
轉頭，瞪一眼，但不開口。
可是下課後整間教室都是用台語交談耶，瞪怎麼瞪得完？
所以大概只有在她旁邊說台語，她才會轉頭瞪一眼說台語的人。
看來她還是有身為國語推行員的自覺。

雖然這位國語推行員有種特立獨行的氣質，很難不讓人注意；

但我跟班上其他男同學一樣，最感興趣的還是最可愛的副班長。
如果你踩著地，頭頂上方是雲，你會想抬頭看雲？還是低頭看泥？
在班上所有女同學之中，副班長是雲，其他都可以叫泥。
這就叫雲泥之別。

可惜我也只是偶爾偷看一下，然後覺得賞心悅目，就這樣而已。
即使國一下學期所有幹部無條件續任，我當了一年班長、
她當了一年副班長，我和她的互動仍然幾乎為零。
雲畢竟是看得到摸不到。

反而我跟國語推行員還有些互動，就是我不小心在她旁邊講台語時，
便可接觸到她轉頭投射過來的銳利目光。
其實她的眼睛很美，又大又亮而且水汪汪的，
隱隱散發出純潔無瑕的氣質。
可是當她的眼睛用來瞪人時，我會聯想到黑鮪魚。

國一快結束時的某個禮拜六，下午1點有個數學考試。
那時沒週休二日，禮拜六要上半天課，而且偶爾下午還得留校考試。
這次考試時間有一小時，我20分鐘就寫完，馬上交卷後離開教室。
別的同學還在教室裡浴血奮戰，我卻可以在外頭玩，這讓我很得意。

考試時間結束，我回到教室，導師讓我們改別人的考卷。
導師一題一題解說並公布正確答案，考卷改完後就還給考卷的主人。
我拿到自己的考卷，發現錯了兩題計算題，其中一題看錯題目，
另一題計算錯誤。
導師把我叫到講桌前，我把考卷給他，他低頭仔細看。

過了一會，導師視線離開考卷看著我，雙眼彷彿在噴火，大聲說：
「提早交，是要讓人以為你很厲害嗎？」
「你這麼有把握自己都不會看錯題目、計算錯誤？」
「還有那麼多時間，你有驗算嗎？」
「你有驗算嗎？你不會驗算嗎？你不知道要驗算嗎？」
導師越講火氣越大，而我的臉越來越漲紅，完全答不出話。

「錯兩題，打兩下！」導師拿出教鞭。
我雙手扶著講桌，微微翹起屁股，低下頭，閉上眼睛。
如果以往教鞭擊中屁股的聲響像手榴彈爆炸，
那麼這兩下的聲響就像核子彈爆炸。

從此以後，考數學時如果寫完後還有時間，
我一定全部題目都驗算一遍。
如果都驗算過了還有時間，那就再驗算，直到考試時間結束。
事實上往後我人生中遇到的各種考試，不管考什麼科目，
我一定直到考試時間結束才交卷。

那天下午，我感覺我整張臉都是紅的，又尷尬又丟臉。
腦海裡一團亂，而且裡頭有兩個字亂竄——驗算。
全班只有我被叫到講桌前挨罵，而且還挨打。
我都不知道以後還有沒有臉繼續當班長？

放學時還不到3點，一群男同學相約騎腳踏車四處逛逛。
我根本沒心情，但阿勇拉著我一起去。
我們去了幾個村落，雖說同屬一個鎮，但這些村落我卻從沒去過。
只可惜再新鮮的景物也吸引不了我，我的心情始終在谷底。

臉還是又紅又熱，腦海裡還是浮現：驗算。

要解散前，有個男同學提議副班長的家就在附近，乾脆去看她。
他跟副班長住同一個村落，他說這時間很可能看到她出來曬衣服。
『每天都可以在學校看到她，幹嘛特地跑去她家看？』我說。
「不一樣啦！」他說，「這時候她應該會穿便服耶！」

其他人一聽到「便服」，立刻跨上腳踏車準備要衝了。
這確實很有誘惑力，即使每天都看得到，但都是看到穿制服的她。
如果她穿便服，一定更可愛吧。
當時我們都不知道，多年後要看到穿著中學制服的美眉反而要花錢。

我們全速往副班長家邁進，不到5分鐘就到了。
她家是三合院似的平房，院子裡兩條長長的竹竿上掛滿衣服。
我們在院子圍牆邊靜靜等待，牆的高度大概到我們的下巴。
等待的時間裡，我開始覺得我到底在幹嘛？好像有點丟臉。

等了10分鐘左右，副班長真的出來了，她應該是出來收衣服。
她把晾在竹竿上的衣服，一件一件取下來，動作很溫柔。
明明她只是穿了普通紅色短袖T恤加上深藍色運動長褲的便服，
但感覺有些男同學看得都快哭了，尤其是阿勇，他整個人都看傻了。

突然有個同學叫了聲：「副班長！」
然後其他人也跟著叫，或是改叫：「蔡玉卿！」
她轉頭看到我們探出圍牆的頭，便笑了出來，停止收衣服的動作。
停頓一會後，她似乎很不好意思，低下頭加快收衣服的動作。
她沒再看著我們，只是邊收衣服邊笑。

在其他同學還目不轉睛時，我看見隔壁的院子出現一個女生。
隔壁也是三合院似的平房，院子裡只有一條長長的竹竿。
那女生穿著白色短袖T恤、灰色運動長褲，手裡提了兩桶衣服。
我覺得她有些眼熟，往前走近幾步仔細一看，竟然是國語推行員。
她把兩桶衣服放在地上，一件一件拿起來曬。

拿起衣服，先抖一抖；拿出衣架，套上衣服；把衣架掛在竹竿上。
最後拿出曬衣夾，夾住衣架上的衣服。
無論是抖、套、掛、夾，她的動作始終緩慢而流暢。
所有衣服在她手上，似乎都是備受呵護的藝術品。

不知道為什麼，她那緩慢而流暢的動作讓我心情很平靜。
我專注欣賞她呵護每一件衣服的每一個動作。
已經感覺不到臉上的紅與熱，腦海裡的驗算兩字也不見了。

「豬腸。」阿勇敲了一下我的頭，「回家了！」
我彷彿大夢初醒，揉了揉頭。
這似乎擾動了她，她轉頭看到我和阿勇，嘴角好像拉出一抹微笑。
然後她繼續緩慢而流暢的抖、套、掛、夾，動作沒任何改變。

『她剛剛是不是笑了一下？』我問阿勇。
「有嗎？」
『就嘴巴那邊好像有動一下，那是笑吧？』我又問，『是不是？』
「你是白痴嗎？」阿勇又敲一下我的頭，「回家了！」

這群在圍牆外看著可愛女生的同學中，只有我和阿勇住在海港地區，

所以我和他一起騎腳踏車回家。大概要騎35分鐘。

我邊騎邊想，如果國一生活是張考卷，裡面有一道題目：

全班最可愛的女生是誰？

我第一次作答時，毫不猶豫寫上：副班長。

但經過驗算、再驗算，我發覺副班長這個答案不對。

全班最可愛的女生……

在我心目中全班最可愛的女生……

應該是國語推行員。

2.

升上國二要重新編班，班上只剩幾張熟面孔，其餘都是新同學。
結果我、阿勇、副班長又編入同一班，國語推行員也是。
遺憾的是，導師也是。

「先選班長，大家可以踴躍提名。」導師說，「不過大家都還不熟，
　應該不知道要選誰。所以我來提名好了。」
幹，這個理由是要用幾次？

結果我還是班長。
副班長也依然是導師眼中最可愛的女生——蔡玉卿。
我覺得這次輪到導師該打屁股，因為如果他仔細驗算，
應該會發現有更可愛的女生。

其他幹部的推選，導師就讓同學提名，也順利選出。
只有選國語推行員時沒人要提名。
「那還是邱素芬吧。」導師說。

座位的編排有了大變動，國一時男生坐在教室左邊，女生坐右邊。
現在座位變成「梅花陣」，每個人的前、後、左、右，都是異性。
排座位時，全班同學先在教室外面依身高排成一列，由矮到高。
然後略微調整，兩個男生之間要有女生、兩個女生之間要有男生。
最後依序走進教室，由左到右、由前到後，決定自己的座位。

依身高排列時，國語推行員剛好在我前面，這表示她跟我差不多高。
我很興奮，因為國一時她比我高一點。
而原本國一和我差不多身高的阿勇，現在已經比我高一點了。
結果國語推行員就坐在我右手邊，阿勇則坐在我左後方。
以後觀察她的動作就容易多了，眼角餘光一掃就看得到。

我很喜歡看她緩慢而流暢的動作，而且總是莫名的讓我心情平靜。
每當上課想打瞌睡時，瞥見她坐得挺直的身體，我就會瞬間清醒。
雖然她上半身總是挺直，但並不會給人高傲感，反而比較像是……
一種孤獨感和疏離感。
就像微風吹過草原，所有的草都彎著身，只有一朵花挺立著。
她就像那朵花，在周遭環境中顯得孤獨和疏離。

她的挺直好像不太合人體工學，我常懷疑她能維持那樣的姿勢多久？
但她似乎很自然，即使再久，上半身依舊挺直，幾乎沒有弧度。
甚至連午休時趴在桌上睡覺也一樣。
所有人趴在桌上睡覺時，背部都快彎成一個圓了；
而她上半身雖然前傾，但背部幾乎還是直線。

每當導師拿教鞭要打手心時，女同學們總是害怕而畏縮地伸出雙手。
每打一下，雙手便垂低，越打越低，有時還得暫停讓她們把手平伸。
有些女同學被打手心時還會拼命眨眼睛，有的甚至會哭。
如果是副班長要挨打，她雙手幾乎伸不直，手肘還是彎的。
「妳是副班長，可以少打兩下，而且我會打輕一點。」導師說。
差太多了吧？我卻要以身作則耶。
副班長打完手心後整張臉都是紅的，而且會拿手帕擦拭眼角。
我相信這景象會讓班上很多男生心碎，尤其是阿勇。

而國語推行員總是緩緩站起身，從容走到導師面前，平伸出雙手。

她伸出的雙手非常筆直，與地面平行。

不管打再多下，她既不眨眼，也完全沒發出任何聲音。

她的雙手始終保持與地面平行，背部仍然挺直。

像極了從容就義、引頸就戮的革命烈士。

即使國語推行員就坐在我旁邊，但我們從未交談。

一來她本來話就很少，二來我也怕不小心講台語讓她瞪我。

她還是維持國一時的風格，如果聽到有人在旁邊說台語，

她會轉頭瞪一眼說台語的人。

雖然她的眼睛很美，但瞪人時的眼睛像是跟黑鮪魚借來的。

不過開學後沒多久，她就不用瞪人了。

國二開始，學校嚴格執行說台語要罰錢的政策。

聽說有些學校說台語的學生要掛狗牌，藉由一種近似羞辱的方式，

讓學生不講台語。

但掛狗牌對我們這裡應該沒用，甚至會有反效果。

因為依我們的習性，如果講台語就掛狗牌，那全班幾乎都會掛狗牌。

沒掛狗牌的人反而才會被嘲笑：「哈哈，不會講台語。真遜！」

學校訂的辦法是：講一句台語罰一塊錢；講一句髒話罰五塊錢。

在那一枝冰棒也才兩塊錢的年代，罰一塊錢很傷。

而且一句就罰一塊，如果肺活量好講話快劈里啪啦講一大串台語呢？

至於所謂的「髒話」，主要是針對講「幹」和「幹你娘」之類。

可是在我們那裡，「幹」是發語詞和口頭禪，很難避免。

而「幹你娘」雖然很難聽，但一氣起來還是很容易就說出口。
在我們那裡如果是很認真糾正小孩不要講髒話的父親，他可能會說：
「幹你娘！你這死小孩為什麼要講幹？林北沒教你嗎？幹！」

這個政策在班上造成恐慌，人人自危。
果不其然，嚴格執行後的第一個禮拜，幾乎每個人都被罰錢。
只要國語推行員聽到有人講台語，會當場冷冷地說：「一句。」
每個禮拜統計一次，再把結果回報給導師。
導師看到第一個禮拜的結果後火冒三丈，狠狠訓了全班一頓。

我是極少數沒在第一個禮拜中槍的人，但這並不表示我沒講台語，
只是運氣好，沒被國語推行員當場抓到而已。
但我不可能永遠走狗屎運。

有次下課跟阿勇說話時，我不小心說：『雖小。』
「班長。」國語推行員轉頭看著我，「一句。」
她的聲音原本就低沉，此時聽來好像帶點冷酷的味道。

『雖小又不是台語。』我很不甘心。
「那是倒楣的台語。」她的聲音依舊低沉。
『妳沒聽過麻雀雖小，五臟俱全？』我開始狡辯。
「你如果再說，我就再加一句。」她的聲音更低沉了。
『雖小，明明是雖然很小的意思。』
「一句。」

『麻雀雖小，妳更雖小！』我火了，大聲說。
「班長。」她突然站起身，「一句！」

我和她站著互望，她的眼睛瞪得又圓又大。
我則努力忍住不說出我們那裡的發語詞。

她平時的動作總是緩慢而流暢，剛剛突然站起身，
是我第一次看到她迅速而俐落的大動作。
雖然之後她又回復緩慢而流暢的動作，但以往讓我心情平靜的動作，
現在看起來卻很刺眼。

我越想越不甘心，越想越氣。隔天早上一進教室看到她，我便說：
『溫刀武西郎。』
「班長。」她馬上說，「一句。」
『這哪是台語？明明是國語。』
「這是我家有死人的台語。」
我立刻在紙上寫下：溫刀武西郎這五個字，然後拿給她看。
「一樣。」她說，「不用狡辯。」

『甲爸丹細！』我又火了。
「一句！」她也火了。
『這明明是國語。』
「這是吃飽等死的台語。」
我又在紙上寫下：甲爸丹細這四個字給她看。
「你老說死，都沒別的事可做了嗎？」她瞪著我。

『Where is your mother？』我說。
「嗯？」她愣了愣。
『妳娘在哪裡？』
「問這幹嘛？」

『意思是：你娘咧！』
「髒話！」她又突然站起身，「一句！」

『幹！』我火了，終於忍不住講出發語詞。
「髒話！」她似乎更火，「一句！」
『幹是幹什麼的幹，哪是髒話？』
「你再說，我就再加。」
『妳在「幹」什麼，也是髒話？』我把幹字加重音。
「髒話。」她的眼睛越來越像黑鮪魚，「一句。」

『幹！』
「一句！」

我氣得說不出話，狠狠把書包摔在桌子上。
她則轉身走出教室，轉身的動作不像平時那樣緩慢，而是非常快速。
轉身的瞬間還碰到桌角，桌子移位時發出很大的聲響。

我被記了五句台語、四句髒話，總共要罰25塊錢。
我都不知道回家怎麼跟老爸開口要這筆錢？
如果我開口要這筆錢，恐怕會連累我奶奶。
因為老爸可能會大罵：「幹你祖奶！」
在我們那裡，年紀越大，幹的輩分越高。

罰錢還算事小，當導師看到那禮拜我是要罰最多錢的人，整個發飆。
我在課堂中被叫起來罰站，足足被訓了十分鐘。
因為頂了個班長的頭銜，總被「以身作則」這句話壓得死死的。
訓完後，導師繼續上課，同學繼續聽講，而我繼續站著。

我站著聽課時，眼角餘光不時偷瞄她，想看看她會不會覺得內疚？
但她完全正常，我甚至懷疑她內心在偷笑。

如果她不是女生，我可能會扁她；
但她是女生，我只能選擇生悶氣。
我不再用眼角餘光觀察她的動作，下課時一定從左方離開。
午休趴著睡時，也是趴著右臉，頭轉向左邊。

有次課堂中考完數學後，導師要我們交換考卷批改。
我上半身都沒動，右手拿著我考卷，往右平伸，她接下；
她上半身也沒動，左手拿著她考卷平伸過來，我也接下。
整個過程中，我完全沒看她，她也沒看我，氣氛很詭異。

導師一題一題解說並公布正確答案，我們也一題一題批改。
我越改眼睛睜得越大，她幾乎都錯啊！
導師解說完畢，我們也改好了，她還是沒看我，直接伸出左手。
我接下我的考卷，瞄了一眼右上角，滿分。
可是我不敢把她的考卷給她，因為那張考卷不到30分。
我很慌張地重複驗算，是不是我算錯？是不是我改錯？

「班長。」她終於轉頭看著我，「把我的考卷給我。」
『可是……』我還在做最後努力，看分數能不能高一點？
「給我吧。」她說，「改越久，分數也不會變高。」
我只好拿起紅筆，在考卷右上角，寫上：25。
她從我桌上一把抓起她的考卷，動作迅速且帶點粗魯。

導師走下講台，看看我們大概都考幾分。

我眼角偷瞄她，發現她正專注看著考卷，臉色似乎很凝重。
「唉。」導師走到她旁邊，看了一眼她的考卷，嘆了口氣，說：
「邱素芬妳成績不錯，英文又特別好，怎麼妳數學這麼差呢？」
她聽完沒任何反應，眼睛盯著考卷，背部依舊挺直。

雖然在考試前我氣她氣得要死，但我完全沒有幸災樂禍的心。
我只是擔心她，莫名的擔心，同時也不知所措。
讓我知道她數學只考25分以及導師當眾說出的那番話，
對孤傲的她而言，一定很難受吧。

啊？她掉淚了？
再仔細一看，沒錯，她掉眼淚了。
淚水真的是用「掉」的，直接掉在考卷上，一顆接一顆。
即使掉淚，她完全不發出聲音，也沒有任何擦拭淚水的動作。
一般女生應該會拿出衛生紙邊哭邊擦眼角，甚至是趴下來哭。
但她依然坐得直挺挺的，眼睛盯著考卷，任憑淚水掉落。

既然止不住，就讓它掉吧。
如果去擦，反而會讓人知道正在流淚。
孤傲的她，應該是這麼想吧？

因為坐在她旁邊，又仔細觀察她，我才知道她在掉淚。
別人一定看不出來吧。
雖然她咬著下唇不發出任何聲音，雖然她不擦拭眼角偽裝平靜，
但是她的鼻頭已經泛紅。

下課有10分鐘，全班鬧烘烘的，只有我和她還端坐在座位。

我好像是陪著依舊背部挺直、眼睛盯著考卷的她。

離下節上課鐘響只剩1分鐘時，我終於忍不住站起身，走近她。

『妳要不要……』我不知道要說什麼，只是覺得有說話就好。

「你被罰25塊，我就只考25分。」她說，「這樣你滿意了吧？」

她的聲音仍舊低沉，背部依然挺直，視線還是停留在考卷。

『那我寧願被罰多一點錢。』我說。

她的視線終於離開考卷，轉過身，抬頭看我一眼。

這一眼很長，因為我也不知道還要說什麼？只能跟她互望。

直到上課鐘聲響起。

放學時，我收拾書包準備回家，卻發現她根本沒有整理書包的動作，

甚至她又拿出那張數學考卷。

我離開教室，心想她該不會打算一個人留在教室裡檢討那張考卷吧？

我邊走邊想，走到車棚牽出腳踏車，心裡還是放心不下。

把腳踏車放回車棚，直接跑回教室。

她果然還在。

她嘴裡咬著筆，似乎正在思索考卷上的題目該怎麼解？

『我可以看一下嗎？』我走近她，小聲問。

「不用。」她馬上說。

『我沒有要嘲笑的意思。只是……』我很緊張，『只是想幫忙。』

她頓了頓，慢慢鬆開咬住的筆，用筆尖輕輕點了考卷中的某道題目。

我鬆了一口氣，看了一眼那題目。

『妳的筆借我好嗎？』我說，『還有借我一張紙。』

她將手中的筆遞給我，又從抽屜裡拿出一張白紙。

我在那張白紙上，放慢速度，一邊寫下計算過程，一邊說明。

『這樣明白了嗎？』我問。

她沒回答，也沒任何反應或動作。

『我再算一遍。』

這次我速度更慢了，說明的時間也變長。

『這樣明白了嗎？』我又問。

她終於緩緩地，點了個頭。

看到她點頭，我如釋重負，像終於考完期末考那樣。

『還有別的題目嗎？』我問。

她拿起筆，懸在半空中，遲遲沒落下。

「可能點不完了。」她竟然笑了。

她的笑容很清淡，只是嘴角拉出微笑，沒有笑聲。

但對我而言，已經非常豐富了。

「就這樣吧。」她緩緩站起身，「我要回家了。」

我稍微退開兩步，看著她慢慢收拾書本，一本一本放進書包。

順了順吃得飽漲的書包，拉了拉書包肩帶，然後書包上肩。

她的動作始終是緩慢而流暢，對我而言，那是一種優雅。

「再見。」她緩緩走出教室，「謝謝。」

再見這句是她跨出第一步時說的，我聽得很清楚；

而謝謝這句，是她已經走到教室門口，背對著我時說的。

雖然應該沒聽錯，但還是會有她是不是說了謝謝的不確定感。

從此只要當天有發回數學考卷，我在放學後一定刻意多待一會。

可能她察覺了我的企圖，反而比平時更加速離開學校的動作。

我想，她應該不想接受我的善意或幫忙吧。

雖然她的數學成績令人擔心，但最令我擔心的，是她的人緣。
因為她是國語推行員，要隨時捕獲講台語的同學，
被捕獲的同學通常心有不甘，容易遷怒於她。
而且大家都怕不小心講台語被她當場抓到，於是開始躲著她。
久而久之，已經特立獨行的她，更加孤立了。
沒人要靠近她。

甚至有個叫黃益源的男同學幫她取了個綽號：毒氣。
意思是看到她，就得趕緊搗住嘴巴逃開，不然會出事。
這綽號讓很多人深有同感，於是班上幾乎所有人都叫她毒氣。
只有我死都不叫，只叫國語推行員。

有次她要走出教室時，經過一群同學。
「毒氣來了！」黃益源突然大叫，「大家快閃！」
那景象，就像深夜時突然打開電燈，一堆蟑螂立刻四散逃開。
當她看到所有人都搗住嘴巴四散逃開後，她停下腳步，站著不動。
停頓幾秒後，她再繼續往前。
我看著她依然挺直的背影，心中有說不出的難過。

在大家都躲開她的情況下，她很難再抓到講台語的同學。
每個禮拜回報給導師的結果，講台語的人越來越少；
終於有次，結果是零。
「邱素芬，妳是國語推行員，要好好認真負責抓講台語的同學。」
導師根本不相信沒人講台語，「不可以偷懶，或私下放過同學。」

她聽完後依然沒反應，也沒做任何辯駁。

我很仔細注意她，眼角餘光一直停留在她身上。
果然……
唉，她掉眼淚了。
像沒有完全扭緊的水龍頭，水滴一顆又一顆，往下掉。
這次是一面抄筆記，淚水一面滴在筆記本上。

但她沒做任何改變，沒積極主動去抓講台語的同學，
也沒偷偷摸摸躲著或埋伏的鬼鬼祟祟行為。
這樣下去，她明天回報給導師的結果還會是零。
怎麼辦呢？

隔天一早，我一進教室，走到座位低頭看一眼抽屜，然後故意說：
『阿娘喂！』
「班長。」她說，「一句。」
『我哪有講台語？』我假裝狡辯。
「那是我的媽呀的台語。」
我把書包摔在桌上，假裝很不甘心。

這樣她至少有點交代了吧？
至於我會不會被導師罵說是唯一講台語的人，我不在乎。

之後只要她沒抓到同學講台語，我就自願成為她的「戰果」。
我要假裝不經意說出台語，而且那句台語也得經過設計。
被她抓到時要先狡辯，狡辯不成的話，要假裝很不甘心，
偶爾也要表現出有點生氣的樣子。

這些對演技來說，都是不小的考驗。

如果日後我拿到奧斯卡金像獎最佳男主角，上台領獎時，

一定最先感謝國語推行員，感謝她的啟蒙。

偶爾我還會拉阿勇下水，我會趁他埋頭寫功課時，拼命叫他：

『阿勇！』我叫了好幾聲。

「衝啥啦（做什麼）！」他大聲說。

「蔡尚勇。」她轉頭對阿勇說，「一句。」

我哈哈大笑，阿勇則衝過來狠狠敲我的頭。

有次我又要自願成為她的戰果時，一時之間想不出該講哪句台語？

「班長。」她說，「不用傷腦筋去想該講什麼台語。」

『妳知道我要講台語？』我嚇了一跳。

「嗯。」她點個頭，「你的演技要加強。」

『這……』我應該臉紅了。

「總之如果想不出該講什麼台語時，你可以說我的名字。」

『說妳的名字？』我很納悶，『邱素芬？』

「姓不用，只叫名字。」

『喔。』我說，『素芬。』

她愣了愣，臉上好像微微一紅。

『素芬。』我又說一次，『對嗎？』

「嗯。」她應該臉紅了。

『為什麼要說素芬？』

「素芬是吸菸的台語。」

『對耶！』我恍然大悟，『素芬。』

「班長。」她確實臉紅了,「一句。」

『她剛剛是不是臉紅了?』我走兩步到阿勇旁邊,小聲問。
「有嗎?」
『她臉頰兩邊出現紅色,那是臉紅吧?』我又小聲問,『是不是?』
「里洗北七溜(你是白痴嗎)?」阿勇敲一下我的頭,「尿尿啦!」
「蔡尚勇。」她轉頭說,「一句。」
我又哈哈大笑,阿勇則拉著我去上廁所,邊走邊敲我的頭。

原來可以只叫她的名字就好,這樣確實不用傷腦筋。
可是她都發覺了,我還演得下去嗎?
我開始思考以後該怎麼演,連午休時趴在桌上也在想,都沒睡著。
下午第一節課剛下課,便聽到她叫一聲班長,我轉頭看著她。
「要一起去福利社嗎?」她問。
『喔?』我愣了愣,『好。』

我們一起走到福利社,她買了兩枝紅豆冰棒,而我什麼也沒買。
「請你吃。」她遞了一枝冰棒要給我。
『這不好意思吧。』
「沒關係。」她又說,「請你吃。」
『謝謝。』我只好收下。
走出福利社,我們在旁邊的樹下一起吃冰棒。

要開始吃冰棒前,我請她稍等,讓我先檢查一下。
我先檢查她的冰棒,然後檢查我的冰棒。
『可以吃了。』我說。
「你在檢查什麼?」她很好奇。

『我常跟阿勇一起吃紅豆冰棒。』我說,『有次他冰棒上的紅豆特別
　　大顆,我就說他真幸運,他也很得意。結果妳知道那是什麼嗎?』
「不知道。」她搖搖頭。
『那其實不是紅豆,是壁虎的頭。』我哈哈大笑,『一開始看到以為
　　是紅豆,吃到一半才發現是一隻壁虎在冰棒裡。』
「好噁心。」她皺了皺眉。

『自己吃到,才叫噁心。』我笑了笑,『但別人吃到,就叫好笑。』
她也露出笑容,依然是嘴角拉出些微弧度的清淡笑容。
我們簡單閒聊幾句,邊吃邊聊。

「你很喜歡吃紅豆冰棒吧?」她問。
『對。』我點點頭,『所以常跟阿勇一起吃。』
「那你多久沒吃紅豆冰棒了?」
『這……』我想了想,『應該很久了,但不知道有多久?』
「為什麼那麼久沒吃?」
『因為……』我不敢往下說。
因為所有的零用錢都用來繳講台語的罰款了啊!

「以後不要再故意講台語了。」她說。
『可是如果妳都抓不到別人講台語,妳會被導師罵。』
「被罵幾句又不會死。」她說。
我看著她,心裡OS:也許不會死,但妳會受重傷。

『我沒差啦,以後我說台語時,妳還是要抓。』我說。
「但是這樣會輪到你挨罵。」

『被罵幾句又不會死。』我說。
她聽到我用了她的對白，又簡單笑了笑。

「那你一個禮拜最多只能講兩句台語。」她說。
『為什麼是兩句？』
「這樣我才可以請你吃紅豆冰棒。」她笑了起來。

她這次的笑容就明顯多了，嘴唇拉出的弧線很圓滑。
而她的眼睛也微微彎了，水汪汪的眼睛裡波光蕩漾。
最特別的是，她左臉頰上出現一個小酒窩。

我看著她的笑容，越看越入迷。
腦中突然又開始驗算。
國語推行員是全班最可愛的女生？
不對。

國語推行員是全年級最可愛的女生才對。

3.

從此，我不想傷腦筋該講哪句台語讓她抓到，直接叫素芬最簡單。
剛開始叫素芬時，語調很明顯是要讓她記一句台語；
後來可能跟她較熟，或是習慣了，講話中很容易不小心稱呼她：
素芬。

其實嚴格說起來，吸菸的台語應該是「素薰」。
但如果講話有台灣國語的味道，「芬」的音容易發成「薰」。
就像那段繞口令：抱著灰雞上飛機，飛機起飛，灰雞要飛。
如果是台灣國語，飛機常會發音成灰雞。
我講國語時也帶點台灣國語的味道，所以當我叫素芬時，
發音像素薰。

在那個年代，在我們那裡，在國中生這年紀，
稱呼人通常是連名帶姓叫，除非那個人有綽號。
只叫名字會很彆扭，而且感覺很親密，也很曖昧。
可能只有老師或長輩，才會只叫你名字。

所以每當我與她交談時，總試著盡量避開其他同學，或是低聲交談。
如果我只叫她素芬被其他人聽到，肯定會被取笑，
甚至會用曖昧的眼神看著我們。
不過萬一不小心被別人聽到時，也可用「啊！我講台語了」混過去。

漸漸地，我分不出什麼時候我是自然而然地稱呼她？

什麼時候我是刻意讓她抓到我講台語？
我也分不出什麼狀況下素芬是吸菸的台語？
什麼狀況下素芬是代表她？

幸好早已有約定，一個禮拜最多記兩句台語，
不然我起碼每個禮拜會講十幾句素芬。

她也變得比較可以接受我的善意和幫忙。
有時她會在下課時間拿出數學考卷，嘴裡咬著筆、眼睛盯著考卷。
當我靠近她表明想幫忙時，她既不會拒絕，也不會直接點頭說好。
她只是鬆開咬住的筆，用筆尖輕輕點了考卷中某道題目。
但每張考卷最多只點兩題，然後她就把考卷收進抽屜。
我知道，對孤傲的她而言，那已經是她的極限。

「謝謝。」
把考卷收進抽屜後她會說這句，但音量幾乎細不可聞。
我會笑了笑，覺得很滿足。

我依然喜歡看她緩慢而流暢的動作，因此習慣用眼角餘光觀察她。
那些動作總是讓我心情平靜。
即使只是拿筷子吃飯盒，下筷、挖一口飯、送入嘴裡、咀嚼，
這些動作也是緩慢而流暢，好像心懷感恩品嚐著世間的美食。

很多人欣賞副班長水噹噹的臉蛋、白裡透紅的皮膚、羞澀的神情，
但那不是我可以欣賞的方式。
我可以欣賞的，就只是她那緩慢而流暢的動作。
對我而言，那真的是一種優雅。

幸好國二下學期沒重新編排座位，她依舊坐在我右手邊。
感謝導師以不變應萬變的精神，這叫擇善固執。
而幹部也沒重新改選，無條件續任，我還是班長。
但不能什麼都是以不變應萬變，這叫不知變通。

新學期開始，學校推出「閉目養神」運動。
意思是在上課鐘響後，老師走進教室前，學生要閉目養神。
利用上課前短短的時間閉目養神，這樣上課時會更有精神。
這種運動雖然有些無厘頭，但好像沒什麼可以批評的。

全班都要閉目養神，只有我例外，我可能反而要費神。
因為我得注意看誰沒有閉上眼睛，要監督每位同學。
而且如果連我都閉目了，誰來喊起立敬禮？
所以當全班都閉目時，我除了環顧全班外，還得注意教室前門。

每當上課鐘響後，教室一片寂靜，大家都閉上眼。
我有一種這世上彷彿只有我活著的錯覺。
多數的同學都是閉上眼，略低著頭，很像在禱告。
其中最虔誠的，就是國語推行員。
也有少數同學閉上眼，下巴抵著桌面，像極了可愛的狗。

我偶爾玩心大發，會走到阿勇面前扮鬼臉。
但我最常做的，是靜靜看著國語推行員，很專注。
不必再用眼角餘光偷瞄她，我終於可以光明正大看著她。
一般閉上眼的同學，由於人還是清醒著，所以睫毛會不時輕輕跳動；
但她微微低著頭閉上眼時，睫毛也靜止，背部依然挺直。

她整個人就像一尊虔誠禱告的石像。

如果我是神，我一定讓她許下的任何願望都成真。

「班長。」她說。

『嗯？』我愣了一下，隨即醒悟，趕緊高喊：『起立！』

老師走進教室三步了，全班同學聽到我喊聲後立刻站起來。

整間教室都是椅子碰撞聲，沉睡的教室突然間醒了過來。

『敬禮！』我又喊。

「老師好。」全班同學都鞠個躬，同時異口同聲喊。

『坐下！』我最後喊。

全班同學坐了下來，整間教室又都是椅子碰撞聲。

我暗叫好險，太專注看她，忘了注意看老師是否出現在教室前門。

還好她提醒我。

咦？不對啊！她都閉上眼睛了，怎麼知道老師走進來了？

而且她怎麼知道我沒注意看著教室前門？

阿娘喂，莫非她知道我在看她？

我百思不解，難道她有神通？

「班長。」她說。

我轉頭看她，她左手往前指，我立刻回神高喊：『起立！』

下課鐘響了，老師剛剛說了下課，我卻心不在焉。

『敬禮！』等全班同學站好後，我又喊。

「謝謝老師。」全班同學又都鞠個躬，異口同聲喊。

教室瞬間變成鬧烘烘的。

『妳……』我不知道該怎麼問。

「怎麼了？」

『妳怎麼知道老師走進來了？』我還是問出口了。

「我有第三隻眼。」她說完後，緩緩站起身，轉身走出教室。

我很納悶，第三隻眼？

『阿勇。』我問，『人有第三隻眼嗎？』

「哪有第三隻眼睛，又不是漫畫《三眼神童》。」他說。

『那什麼是第三隻眼？』

「不知道。」他想了一下。

『屁眼！』我靈光乍現，『屁眼也是眼。』

「你是白痴嗎？」阿勇狠狠敲一下我的頭。

上課鐘又響了，同學都回到座位坐好，閉上眼睛。

我不敢再光明正大看她，想偷瞄她又怕她真有第三隻眼。

我只好環顧四周，但又忍不住想看她，於是頭轉來轉去，有點狼狽。

她突然笑了，雖然沒發出笑聲，但左臉頰出現了酒窩。

中獎了，看見她笑已經夠難，要看見她笑到露出酒窩就更難了。

我的視線不由得被酒窩拉進去，出不來。

「班長。」她說。

『啊？』我瞬間清醒，拉回視線，高喊：『起立！』

整間教室也醒了過來。

她一定知道我在看她，以後恐怕連偷瞄她也不行了。

但我實在想不透她怎麼知道的？

『妳都閉上眼睛了，怎麼還看得到？』下課後，我忍不住問她。

「班長。」她說，「你真的想知道？」

『嗯。』我用力點頭。

「你比出幾根手指頭讓我猜。」她轉身面對我，閉上眼。

我右手朝她，比了食指、中指、無名指三根指頭。

「三根。」

真的假的？我縮回無名指。

「兩根。」

太詭異了！再縮回食指。

「不要只比中指。」

『妳可以看到？』我很驚訝，『可是妳眼睛明明閉上了啊！』

她睜開雙眼，微微一笑，又閉上雙眼。

「你靠近一點看清楚我的眼睛。」她說。

我坐在椅子上，她也坐著，我便伸出上半身靠近她，看著她眼睛。

「可以再靠近一點。」

我上半身再往前探。

「看清楚了嗎？」她問。

『看清楚什麼？』我很納悶，『妳的眼睛還是閉著。』

「那你還要更靠近一點。」

我上半身再往前探，脖子也伸長，幾乎到了極限。

如果再往前，我可能就要從椅子上摔下來了。

而我跟她的距離，也到了極限。

此時我們兩人臉部的距離，可以用呼吸做為測量的單位。

記得上次這麼靠近看女生的臉，已經是幼稚園的時候了。
那次是因為我跟對方在玩誰的眼睛先眨誰就輸的遊戲。
而這次，甚至比幼稚園那次還更靠近。
我的視野範圍內，只有她整張臉，幾乎連毛細孔也能看清。
我屏住呼吸，深怕呼出的熱氣會燙傷她柔嫩的臉。

「看清楚了嗎？」她問。
『要看什麼？』我一時恍神。
她似乎臉紅了，身體往後退開一些，睜開眼睛。
「其實我眼睛並沒有完全閉著。」她閉上雙眼，手指著眼睛下方，
「是瞇成一條縫。」

『原來是這樣喔。』我恍然大悟，『可是我還是看不出來耶。』
我試著把眼睛瞇成一條縫，可是這樣眼皮會一直抖，睫毛也會跳。
但她眼睛瞇成一條縫時，眼皮和睫毛完全靜止，像是正熟睡。
「別試了。」她笑了笑，「你不可以抓我沒專心閉目養神哦。」
她說完後，緩緩站起身，走出教室。

我維持同樣的姿勢，也繼續試著把眼睛瞇成一條縫但眼皮還是會抖。
「你是白痴嗎？」阿勇狠狠敲一下我的頭，「到底在幹嘛？」
我瞬間從椅子上摔下來，屁股直接落地。

此後在閉目養神時，我右手會伸出幾根指頭朝向她，她會微微一笑，
然後左手伸出同樣數目的指頭。
這好像是只屬於我們之間的小遊戲和默契。
有時我會在紙上寫字，拿給她看，這對她而言就有點難度。
為了要看清楚字，她的眼皮和睫毛會稍微動一下。

我彷彿看到童話中沉睡的睡美人終於要甦醒了。

對14歲的我而言，情竇依然未開，童話故事早已遠離。
但有時看著她，會有童話故事裡的主角跳到現實生活中的錯覺。

講台語就要罰錢的政策，已經嚴格執行了半年多。
大家似乎都習慣了要說國語，久了就更習慣。
每個人自動變成雙聲道，在學校就講國語；離開學校才講台語。
即使國語推行員無時無刻盡力抓、偷偷抓，應該也幾乎抓不到了。
導師也不再認為每個禮拜抓不到任何講台語的人是很誇張的事，
搞不好反而抓到幾個講台語的人他才會覺得怪。
我似乎已經沒有自願成為她戰果的必要。

而毒氣這綽號，也很少聽到了。
以前每當有人喊她毒氣時，我都會特別留意她的反應。
但她沒什麼特別的反應，只是她所有緩慢而流暢的動作會停頓一下，
然後再繼續。
我知道她聽到的瞬間，心裡一定很難過，但只能偽裝平靜。
而我也只能悄悄地擔心。
一直到某次生物課後，我終於可以不再擔心。

有些老師令學生害怕，比方我的導師，也是數學老師；
而有些老師只是讓學生討厭，比方生物老師。
班上同學都很討厭生物老師，算是有志一同。
很難解釋生物老師為什麼讓同學討厭，但勉強可用一個故事形容。

有個客人走進餐廳，點了一碗湯，服務生端上來了，放在桌上。

「你喝喝看這碗湯。」客人說。

「先生。」服務生很納悶，「這是您點的湯，我不能喝。」

「如果你不喝，就叫你們經理出來。」客人說。

服務生無奈，只好去叫經理出來。

「是不是這碗湯有問題？」經理陪個笑臉，「我幫你換一碗？」

「湯沒問題。」客人說，「我只是叫你喝。」

「可是我怎麼能喝您的湯？」

「你不喝的話，我就找你們老闆。」客人說。

「這……」經理很為難，只好說：「好吧。」

「你喝吧。」客人說。

「先生。」經理說，「可是沒有湯匙，我要怎麼喝湯呢？」

「是啊，沒湯匙要怎麼喝湯呢？」客人說。

生物老師就像這故事裡的客人，如果要湯匙直接說就好，

偏偏要拐彎抹角說一大堆，而且還要連累或捉弄服務生和經理。

班上同學很討厭他這種個性，但只能忍受。

有次上生物課，生物老師又使出叫服務生喝湯的把戲，

而且說話時的語氣和嘴臉，充滿著不屑。

「要罵就直接罵，兜那麼大的圈子幹嘛？」突然傳出學生的聲音。

「誰？」生物老師愣了愣，隨即大聲問：「是誰在說話？」

「本姑娘。」國語推行員抬起頭，背部挺直。

全班都嚇呆了，整間教室一片死寂，充滿肅殺之氣。

在那個年代，在我們那裡，在國中生這時期，老師是神。

她這種舉動就像古時候臣子上朝時，突然指著皇上罵：你這個昏君！
我眼角餘光看著她挺直的身體，捏了一把冷汗。
「課不上了！」生物老師把粉筆狠狠一摔，直接走出教室。

這是我第一次沒在下課時喊起立敬禮。
其實嚴格來說不算「下課」，因為離下課鐘響還有八分鐘，
而且生物老師的意思應該是課上不下去了，而不是下課。
在那段等待下課鐘響的八分鐘裡，全班沒一個人說話或走動，
大家都還是靜靜坐在椅子上，似乎還沒從剛剛的震驚中回復。
而我一直偷瞄她，她仍是從容自在，背部依舊挺直。

下課鐘響了，有幾個女同學走到國語推行員旁邊，稱讚她的勇氣。
來到她身邊的同學越來越多，她似乎成了英雄人物。
「妳真的很帶種！」連男同學也說。
在那十分鐘的下課時間裡，她身邊充滿同學的讚美聲和笑鬧聲。

生物老師跑去跟導師告狀，導師上課時說：
「邱素芬，妳上生物課時的那種行為，非常不禮貌。」
我又緊張了，瞄了她一眼，但她還是沒反應。
「不過……」導師微微一笑，「妳說本姑娘時，很酷。」
導師說完後便笑了起來，全班同學也跟著笑。

沒多久「本姑娘」就成了她的綽號，大家都習慣叫她本姑娘。
她的人緣變得很好，下課時很多女生會來找她聊天、一起去廁所。
她展露笑容的次數變多了，我也因而沾光常看見她左臉頰上的酒窩。
雖然不必再擔心她被孤立，也為她變得開朗一些而高興，
但我卻若有所失，感覺對她而言，我的存在感似乎不見了。

只有在上課前短短的閉目養神時間，她才是我熟知的國語推行員。
雖然她就坐在我右手邊，我們桌子間的距離只有40公分，
但我對她產生了一種莫名的距離感，感覺桌子間的地板變成一條河。
所以我不再光明正大看著她，也不再對她比手指或寫字給她看，
我只是專心監督全班同學是否確實做到閉目養神。

「班長。」她說，「要一起去福利社嗎？」
『不用了。』我搖搖頭。
「嗯？」她似乎有點驚訝。
『因為妳已經不再記我說台語，所以不用再請我吃紅豆冰棒了。』
她沒回話，緩緩起身，走出教室。
下節課的閉目養神時間，我感覺桌子間的地板好像變成海了。

有次剛上完化學課，她竟然又問我要不要一起去福利社？
『妳太客氣了。』我說，『妳真的不用再請我吃紅豆冰棒。』
「客氣？」她說，「我只是想請你吃紅豆冰棒而已。」
『無功不受祿。』我說，『謝謝妳，但我愧不敢當。』
「是你在客氣吧。」
『總之妳的好意我心領了。』

「班長。」她說，「請你伸出舌頭。」
『伸出舌頭？』我很納悶。
「對。舌頭伸出來。」
我竟然乖乖地伸出舌頭。
她拿出一小片剛剛化學課實驗用的藍色石蕊試紙，往我舌頭沾一下。
我嚇了一跳，口中一直呸呸呸，呸個不停。

「放心。」她微微一笑,「石蕊試紙沒有毒。」

『妳在幹嘛?』我用手掌猛擦舌頭。

「咦?」她看著手中的藍色石蕊試紙,「怎麼沒有變紅色?」

『為什麼要變紅色?』

「你講話酸酸的,我想你的口水應該是酸性。所以測試一下。」

『我……』我很不好意思。

上課鐘又響了,全班又進入閉目養神狀態。

我有些尷尬,不知道該不該轉頭看她?

偷瞄她一眼,發現她竟然在紙上寫字,寫完後左手拿紙給我看。

「無功不受祿。」

我更尷尬了。

「愧不敢當。」她馬上又寫第二句拿給我看。

我應該臉紅了。

「心領了。」這是她寫的第三句。

我確定臉紅了,而且發燙。

我立刻在紙上寫:對不起,我很小氣。

右手拿那張紙給她看,她眼皮和睫毛輕輕跳動,然後她笑了。

左臉頰露出的酒窩很深。

「班長。」她說。

『起立!』我立刻醒悟,老師進來了。

因為她孤傲、特立獨行、被孤立,所以可以陪伴她的我,

覺得很有存在感與成就感。

然而當她身邊開始被其他同學圍繞時，我有一種類似吃醋的感覺，甚至覺得自己的存在感不見了。

整節上課時間，我都在為自己這種小氣的心情懺悔。

「班長。」她說，「請問我是否有榮幸請您吃紅豆冰棒？」

『別虧我了。』我有點不好意思。

「那您是否肯賞光呢？」

『一起去福利社吧。』我說，『妳別再虧我了。』

她說「虧」也是台語，這時的「虧」是挖苦的意思。

我講了兩次，所以剛剛好可以吃紅豆冰棒。

「你怎麼會說出無功不受祿這樣的文言文呢？」她吃著冰棒。

『可能是我國文好吧。』我也吃著冰棒。

「你什麼都好。」她說。

我愣了愣，不知道該接什麼話？而且臉上好像有點發熱。

這是認識她以來，聽見她第一次讚美我。

是單純的讚美吧？

沒其他意思吧？

『這紅豆冰棒……』我吶吶地說，『很好吃。』

「是呀。」她笑了起來，「確實很好吃。」

她左臉頰上的酒窩好深好深，這種笑容才是她對我最大的讚美。

我又開始在閉目養神時間，對她比手指或寫字給她看。

她還是我所熟悉的國語推行員，雖然她的周遭已開始圍繞其他同學，但只有我，才有比手指或寫字給她看的默契；

也只有我，才可以吃到她買的紅豆冰棒；
更只有我，才可以把她的名字當台語講。

國二快結束了，即將進入升學壓力很大的國三。
不知道升上國三是否要重新編班？
也不知道國三時，我和她是否還能維持這樣的互動？
我深深地期待，所有的一切還會都是「以不變應萬變」。

「班長。」她指著我右邊膝蓋，「你的腳怎麼了？」
『應該是擦傷吧。』我低頭看了看，『從鹽山上溜滑梯所造成的。』
國中男生的夏季制服是深藍色短褲，低頭便可看見傷口在右膝外側。
「從鹽山上溜滑梯？」她似乎很疑惑。
『且聽我娓娓道來。』我說。
「你又用文言文了。」她笑了。

阿勇的父親是鹽工，家就住在鹽場附近。
鹽場裡有一座用鹽堆積而成的山，約四層樓高，連綿一百公尺長。
鹽山表面鋪了一層磚紅色的厚帆布，防止雨水沖刷。
遠遠望去，很像磚紅色的山脈。
雖然旁邊立了個告示牌：禁止攀爬，但鹽山的坡度不算陡，
四周又通常沒人，因此我和阿勇常爬到鹽山上。
我們會坐在鹽山上聊天，吹著海風，遠眺大海、海港、鹽田、魚塭。

兩天前的星期六下午，我們又爬上鹽山吹海風，俯視成長的土地。
突然聽見一陣急促的哨子聲，原來是鹽場的工作人員發現了我們。
「趕快下來！」他一面猛吹哨子一面大聲喊。
我和阿勇沒地方逃，情急之下就從鹽山上像溜滑梯一樣溜下來。

短褲一路摩擦磚紅色帆布，都磨破了，腳可能也在那時受傷。
『還好順利逃走。』我笑了笑。

「你沒敷藥嗎？」她聽完後，問。
『沒有。』我搖搖頭，『這種擦傷幾天後就會自然好。』
我看了一下傷口，呈現剛結痂的暗紅色，傷口四周也稍微紅腫。
「傷口會發炎吧？」她說，「還是要擦藥。」
『喔。』我簡單應了一聲。

隔天，她又指著我右膝問：「有擦藥嗎？」
我搖搖頭，看了看傷口，紅腫依舊。
「為什麼都不擦藥呢？」她問。
『這……』我有點不好意思，『我覺得應該不用吧。』
她看了我一眼，沒再說話。

第三天，我看見她帶了一白一紅兩小瓶東西，還有棉花棒、紗布。
「班長。」她說，「右腳伸出來。」
『不用啦。』我搖搖手，『這種小傷……』
「你還要說文言文嗎？」她瞪了我一眼。
很久沒看見黑鮪魚了，我只好乖乖伸出右腳。

她在我們桌子間的空地蹲了下來，先仔細看一下傷口。
右手往上，從她桌上拿了一支棉花棒和白色小瓶雙氧水。
用棉花棒沾濕雙氧水後，輕輕擦拭傷口。我感覺有些刺痛。
她再拿另一支棉花棒擦乾傷口，嘴也朝傷口輕輕吹氣。
然後從她桌上拿了第三支棉花棒和紅色小瓶紅藥水，
用棉花棒沾濕紅藥水後，輕輕塗在傷口和傷口周圍。

最後用紗布蓋住傷口，用膠帶貼住紗布。
所有的動作，依然是那麼的緩慢而流暢。

「好了。」她蹲在地上，仰頭看著我，微微一笑。
我卻無法回應任何言語或表情。
那瞬間，我打從心底相信，傷口一定會馬上好。
而且不管再重的傷，都會好。
即使是心受傷了，在她細心治療下，應該也會痊癒吧。

國二要結束了，我突然又開始驗算。
國語推行員是全班最可愛的女生？是全年級最可愛的女生？
都不對。

國語推行員是全校最可愛的女生。

4.

國三並沒有重新編班，原班人馬直接升國三。
我的願望實現了，我深深感謝老天。

編排座位時，又是依身高高矮排成一列。
我已經比國語推行員高一點了，她排在我往前算起第七個。
排我前面的，是副班長蔡玉卿；而阿勇已經高了我快半個頭。
結果國語推行員的座位剛好在我前面，我右手邊變成蔡玉卿。
阿勇則坐在教室最後面了。

幹部要重新改選，選班長時，導師終於不再親自提名了。
我鬆了一口氣，我可不想到了國三還是要每節課高喊起立敬禮。
「我提名豬腸！」阿勇的聲音從後面傳來。
「好。」導師在黑板寫下：蔡志常。
我轉過頭瞪著阿勇，握緊拳頭，很想衝出去扁他。

沒想到只有我被提名，變成同額競選。
「那班長還是蔡志常。」導師笑了笑，「連續三年都當班長，應該是
　老天的安排。」
是命運的捉弄才對吧。真的有夠衰小。

副班長就不是蔡玉卿了，她連被提名都沒。
是一個姓項的女同學選上副班長。因為她姓項，所以綽號是大象。
該怎麼形容她呢？這有點……

我算是善良的人，總試著不說出傷人的話，但真的詞窮了。

我用比喻好了。

有的人像大象的體積一樣占據你腦海，而有的人只是體積像大象。

國語推行員是前者，項副班長是後者。

邱素芬被提名國語推行員，提名的同學說：「我提名本姑娘！」

也是只有她被提名，因此她也連續三年都當國語推行員。

不知道她心裡有何感想？但我想她應該沒差。

畢竟大家都已習慣在學校講國語，她應該知道她的存在感會像闌尾。

我已經不能像之前用眼角餘光就可以看她，取而代之的，

是看著她挺直的背影。

那時國中生有髮禁，女生的頭髮長度幾乎是切齊耳根。

我的視線最常停留在她髮梢與衣領之間的後頸。

與烏黑的頭髮相比，她的後頸顯得白皙，稀疏分佈著新生的細髮，

像修剪過後的草坪散發出一陣芬芳。

這是以前我從沒有過的欣賞角度。

有時我會情不自禁深深吸一口氣，就會有聞到一陣芬芳的錯覺。

然後我的心情也會得到平靜。

國三上學期不再推行閉目養神運動，改推行「有禮貌」運動。

意思是要學生在談話中盡量加上：請、謝謝、對不起。

比方：

『阿勇。請問你要跟我一起去尿尿嗎？』

「我沒尿，不想去。對不起。」

『不然請你看著我尿就好。』

「不用了，謝謝。你自己去就好。」

這運動才推行兩天，大家都快變得不會說話了。
還好沒要我監督這運動的執行，不然我可能會瘋掉。
沒多久大家就漸漸回復正常，不理會這運動。
『阿勇。一起去尿尿啦！』
「我沒尿，不去。」
『那你可以看著我尿就好。』
「你是白痴嗎？」阿勇敲一下我的頭，「你自己去尿啦！」

沒有閉目養神，我完全失去可以光明正大看著她的機會。
雖然有背影，雖然後頸散發芬芳，但我很懷念她虔誠的側面，
還有跟她互比手指或寫字給她看的默契。

我跟她依然只相距40公分，她只不過是從我右邊移到前面。
但以前曾有的互動幾乎都已消失，我甚至沒機會跟她交談了。
上課時她總是挺直背部聽課或抄筆記，完全不會轉過頭來。
即使從前面傳東西過來（比方發考卷），她也只是身體略旋轉，
伸長左手遞給我。
下課時她也不會轉頭，通常還是端坐在座位，看著書本或筆記。
只有偶爾她要走出教室時，會經過我旁邊，但眼神沒跟我交會。

或許是國三的課業壓力太大，因此她無時無刻都很專注於課業。
但我望著40公分前的背影，覺得這40公分的距離像40公里。
而近看她眼睛瞇成一條縫時的情景，彷彿已經是上輩子的事。

國三的課業確實比以前沉重，而且很多術科也不上了。

比方音樂課上國文，音樂老師就是國文老師；
體育課上物理，體育老師就是物理老師；
美術課上英文，美術老師就是英文老師。
這情形在當時的台灣很普遍，但教育局當然不允許。

有次教育局的督學在未告知學校的情況下，來學校突擊檢查。
督學經過教室時，我們正在上國文課，但其實理論上是音樂課。
國文老師正在講解張繼的〈楓橋夜泊〉，瞥見窗外經過一群人，
她立即改口：「這節是音樂課，老師教大家吟唱唐詩。」
同學們面面相覷，不知道老師是不是吃錯藥？

「月落烏啼霜滿天……江楓漁火對愁眠……
　姑蘇城外寒山寺……夜半鐘聲到客船……」
國文老師吟唱了起來，這調子我很熟，是歌仔戲的曲調。
「來，同學們。」國文老師說，「大家一起吟唱。」
但同學們都嚇傻了，以為老師瘋了，根本沒反應。

「班長，你先唱。」國文老師情急之下，說：「為我們拋磚引玉。」
拋什麼磚？搞不好玉沒引出來，卻先砸死人。
我緩緩站起來，定了定心神，清了清喉嚨，開口吟唱：
『月落烏啼霜滿天……』
我整首詩吟唱完，窗外那群人就走了。

「班長你吟唱得很好。」國文老師笑了，「你的反應很快。」
妳的反應才快吧，馬上能從國文課變音樂課。
老師要全班為我鼓掌，在一片掌聲中，國語推行員竟然轉過頭來，
對著我微笑。

這是我第一次看見她回頭，我差點熱淚盈眶。

下課時，國語推行員又轉過頭來，我們四目相交。
「班長。」她說，「一起去福利社吧。」
『好。』
這是升上國三後，我們第一次去福利社。

『妳不能再請我吃紅豆冰棒。』我說，『我該自己付錢。』
「好。」她說，「不過你還是要講兩句台語。」
『為什麼？』
「這樣你才不會覺得浪費了兩塊錢買冰棒，反而會覺得本來要被罰
　兩塊錢，卻賺到一根冰棒。」
『這樣想也行。』我笑了笑。
「那以後就這樣了。」她也微微一笑。

『好。』我說，『素芬。』
「嗯？」她愣了愣。
『素芬。』我又說。
她似乎有些不好意思，沒有接話。

『兩句了。』
「嗯。」她點點頭。
可能是升上國三後我還沒叫過素芬，她一時之間反應不過來吧。
而我叫的「素芬」，發音依然像素葷——吸菸的台語。

「你怎麼會吟唱那首唐詩呢？」她吃著冰棒，問。
『老師唱的其實是歌仔戲的調子。』我也吃著冰棒，『我常陪奶奶

看歌仔戲，所以算熟。』

「原來如此。」她說，「你唱得很好聽，而且有一種滄桑的味道。」

『滄桑？』我很納悶，『我才十幾歲耶，會嗎？』

「嗯。」她點點頭，問：「你可以再唱一遍給我聽嗎？」

『現在？』

「嗯。」她點點頭。

『這裡？』

「嗯。」她又點點頭。

我清了清喉嚨，又吟唱了一遍〈楓橋夜泊〉。

「很好聽。」她拍拍手，「老師說這首詩有離鄉後思念故鄉的情感，
　將來離開這裡後，如果聽到你吟唱這首詩，一定很有感觸。」

『或許吧。』我說，『不過說這些還早。』

「還早？」她睜大眼睛，「我們明年就會離家了。」

『啊？』我嚇了一跳。

國中畢業後如果要升學，一定得離家，因為鎮裡最高只有國中；
如果要就業，通常也是要離家到都市找工作。
無論是繼續升學或就業，恐怕都得離開家。
在跟她的談話中，我第一次意識到即將離開故鄉。
我會繼續升學，考高中；她應該也是。
但最後到底考上哪座城市的哪所高中，我和她都沒有把握。

「將來離家後，如果我們有機會碰面，你還要唱這首詩給我聽。」

『好。』我點點頭，『那時妳聽到後應該會掉淚。』

「我才不會。」

『不然來打賭，如果我輸了，就隨便妳。如果妳輸了的話，就……』

「就怎樣？」

『嗯……』我想了一下，『妳就說：我很尊敬你。』

「好。」她笑了，露出左臉頰的酒窩。

這是升上國三後，我第一次看見她的酒窩，我又差點熱淚盈眶。

我和她的距離，又回到單純的40公分。

雖說我還是只能看著她背影、欣賞她後頸，但她已經偶爾會回頭了。

只要她一回頭，我們會交換微笑。

偶爾也會一起去吃紅豆冰棒，當然我得講兩句台語。

我總是只講：素芬、素芬。

當她下課時咬著筆看數學考卷時，我會走上前去表明想幫忙。

她會鬆開咬住的筆，用筆尖輕輕點著考卷中某道題目。

然後我會跟她借張紙，慢慢算給她看，邊算邊說明。

她一直有咬筆的習慣，而且越認真思考，咬的力道越強。

我總是由她咬筆的力道大小來判斷那張數學考卷對她來說有多難。

如果題目非常難，她咬著筆的樣子像是咬牙切齒。

明年就要考高中聯考了，我相信對她而言，最困擾的就是數學。

她漸漸養成了放學後還要待在教室裡15分鐘複習數學的習慣。

雖然我可以陪她那15分鐘，但我不能這麼做。

因為一旦讓她覺得我刻意留下來，那麼她一定放學後馬上就走。

所以放學後我只能偶爾找個藉口，或藉故拖延一下，

然後假裝不經意地晃到她旁邊，問她：我可以幫忙嗎？

這種頻率要拿捏得恰到好處，大概三天一次。

而且每次只待5分鐘，不能待滿15分鐘。

「你快回家吧。」差不多5分鐘時,她會說。

『好。』我會立刻背上書包。

「再見。」她說。

我走到教室門口,才會聽見隱約傳來一句:謝謝。

國三的課業壓力越來越重,這點從下課時間教室裡的氣氛就可得知。

國二以前,只要一下課,教室裡就鬧烘烘的;

而國三下課時的教室算安靜,因為很多人會利用下課時間看書。

除了上廁所或跟阿勇閒聊外,我下課時通常也是坐在座位上看書。

阿勇常在下課時晃到我旁邊,我猜他可能只是想近距離看著蔡玉卿。

「豬腸。」蔡玉卿說,「你可以教我這題嗎?」

我吃了一驚。

雖然蔡玉卿就坐我右手邊,但我跟她幾乎沒互動,也很少交談。

這還是她第一次主動開口要我教她數學。

『好。』我無法抗拒她那種天然嗲的聲音,便起身到她桌子旁。

「椅子給你坐。」她竟然站起來,讓出座位。

『這……』我愣住了。

我教國語推行員時,她一直是坐著,而我總是站著彎身。

如今蔡玉卿要我坐她的椅子,我有點不知所措。

而且蔡玉卿是雲,雲應該是看得到摸不到,怎麼可以坐她的椅子呢?

「叫你坐,你就坐。」又晃到我旁邊的阿勇說。

『啊!』我急中生智,『這題阿勇一定會。』

蔡玉卿看了一眼阿勇,阿勇迅速臉紅,飛也似的跑出教室。

「豬腸。」蔡玉卿好像也臉紅了,「請你坐。」
每次聽到她的聲音總是讓我全身酥軟,這次腿完全軟了,
只好坐在她的椅子上。

她的椅子和我的椅子都是木頭做的,但總覺得她的椅子特別軟。
我有種正坐在軟綿綿枕頭上的錯覺。
坐在雲裡,就像這樣嗎?
蔡玉卿畢竟是很可愛的女孩,當她白裡透紅的臉湊過來看我計算時,
我全身像是被化骨綿掌的掌風籠罩,連骨頭都軟了。
題目雖然簡單,但我手軟了甚至還會抖,好不容易才千辛萬苦解完。

「豬腸。」蔡玉卿微微一笑,「謝謝你。」
『不客氣。』我想起身,但腿有點軟。
「這題我想了很久,都想不出來。」
『喔。』腿還是軟的。
「你好厲害。」
『哪裡。』我手撐著腿,想用力站起來。
「你真的好厲害。」
『……』妳不要再說了,我快站不起來了。

終於掙扎著回到座位,屁股又坐回石頭般的椅子,我才回復正常。
蔡玉卿的聲音真的太哆了,跟她相比,項副班長的聲音就是對照組。
記得有次我感冒喉嚨沙啞,大象代替我喊起立敬禮。
大象高喊起立時的聲音很淒厲,而且尾音還會分岔,
全班同學幾乎是嚇得彈起身。

國語推行員突然回頭瞪我一眼,我嚇了一跳。

雖說受到驚嚇，但很久沒看到黑鮪魚了，倒是很懷念。

「班長。」她原本低沉的聲音，壓得更低。

『嗯？』

「班長。」她眼睛瞪得更大，越來越像黑鮪魚。

我正納悶時，瞥見老師已經站在講台中央了，趕緊高喊：『起立！』

下課後，我走到她身旁，說：『謝謝妳提醒我。』

「對不起。」她緩緩站起身，「請讓一讓。」

我趕緊往旁站開一步。

「謝謝。」她轉身走出座位，經過我身旁。

我愣了愣，她的語氣和動作顯得客套而生疏。

而且請、謝謝、對不起都說了，是響應「有禮貌」運動嗎？

放學時，我先跟阿勇閒扯兩句後，再晃到她旁邊。

『我可以幫忙嗎？』我問。

「謝謝你的好意，但我還是自己解決吧。對不起。請你別見怪。」

她這段話裡，竟然同時說了請、謝謝、對不起。

真的只是在響應「有禮貌」運動嗎？

『請給我一個機會吧。』我說。

「請你不要這麼客氣。」

『對不起，我只要三分鐘。』

「我沒有三分鐘，對不起。」

『那一分鐘就好。謝謝妳。』

「謝謝你，但真的不用了。」

我愣在當地，完全不知道該怎麼辦？

「你是白痴嗎？」阿勇走過來敲一下我的頭，「回家了！」
阿勇拉著我離開教室後，我越想越覺得怪，便打發阿勇先走，
趕緊又跑回教室，走到她座位旁。
她正試著求解考卷中的某道選擇題。

『這題很簡單。』我說，『我算給妳看？』
「那麼連這麼簡單的問題都不會的我，一定很笨。」她說。
『我不是那個意思。』我搔著頭，說錯話了。
「我要回家了。」
她迅速把書本和考卷收進書包後，突然站起身，碰到桌角。
這完全不像她平常緩慢而流暢的動作。

『這麼快？』我說，『妳不是都要待15分鐘後才走？』
「你怎麼知道我都待15分鐘？」她把書包上肩，走向教室門口。
『因為……』我吞吞吐吐，『我都躲起來看妳什麼時候才回家。』
她停下腳步，轉頭看了我一眼，好像想開口說什麼，但終究沒說。
然後又轉回頭，挺直背部，繼續往前走。
我跟了上去，跟她並肩走著。

「你不趕快回家，跟著我幹嘛？」她沒停下腳步，視線始終向前。
『我還有時間，不急。』我始終跟她並肩走著。
「如果還有時間，為什麼不去教蔡玉卿？」
『她回家了吧，怎麼教？』我很納悶。
「如果她也留在教室呢？」
『那很好啊，這樣妳就有伴了。』我說，『不用一個人待在教室。』
她突然停下腳步，我也緊急煞車。

我們停頓了幾秒，她沒開口，我也保持沉默。

這樣的氣氛很怪，不如利用這個空檔算給她看？

我急忙從書包拿出紙和筆，左手掌小心翼翼捧著紙，

右手拿著筆在紙上演算那道題，邊算邊說明。

『這樣明白了嗎？』算完後，我說。

「我沒在聽。」

『啊？』

她又開始往前走，我拿著紙筆繼續跟上。

雖然她的視線始終向前，但我還是一面走一面講解。

右手的筆在紙上比來比去，腳步有些凌亂。

她又突然停下腳步，我也馬上停下。

『是不是哪裡聽不懂？』我問。

「你前面是水溝。」她說。

『好險。』我低頭看一眼，我正站在水溝前，『那妳懂了嗎？』

「我還是沒在聽。」

『這……』我不知道該怎麼做了。

「你是躲在哪裡偷看我回家了沒？」她問。

『妳離開教室後會往走廊左邊走，我躲在走廊右邊盡頭的樓梯口。』

我很不好意思，『妳走路時不會回頭，所以不會發現我。』

「原來如此。」她說。

我有些侷促不安，既然她已經知道放學後我會看她何時離開，

那麼她還會留在教室裡15分鐘嗎？

「你怎麼不說話了？」她說。

『要說什麼？』

「如果你不要教我，跟著我走這麼遠幹嘛？」

『我一直在……』瞥見她瞪了我一眼，我便住口。

「你到底要不要教？」

『喔。』我精神一振，『好。』

我重新講解那道題，她也終於轉過頭看著我在紙上演算的過程。

『懂了嗎？』我問。

「嗯。」她點點頭。

『這張紙給妳做參考。』我把紙遞給她。

「再見。」她接下那張紙，繼續往前走幾步，再輕聲說：「謝謝。」

我一聽到她說謝謝，如釋重負，差點往前踏進水溝裡。

隔天放學時就尷尬了，不知道她還會不會再留在教室裡？

我收拾書包時，她還端坐著；書包收拾好了，上肩了，她依然端坐。

我鬆了一口氣，她應該沒有改變放學後還會多留15分鐘的習慣。

昨天我有留下來，所以今天不能留下來5分鐘，得馬上離開教室。

而且我也不能再躲在樓梯口看她是否仍維持15分鐘後回家的習慣。

「班長。」她說。

『怎麼了？』我嚇了一跳，停下腳步。

「以後不要再躲在樓梯口了。」她說，「我一定15分鐘後回家。」

『好。』我應該臉紅了，『我不會再躲在樓梯口了。』

「再見。」她說。

走出教室，心裡覺得很不踏實。

我發現其實我不是在乎她到底會留在教室裡多久？什麼時候回家？

我好像只是不想讓她一個人留在教室裡。

想通了這點後，我硬著頭皮轉身走回教室。

『還是讓我幫妳吧。』我走到她左手邊。

她慢慢鬆開咬住的筆，把筆放桌上，然後緩緩站起身，往右跨一步。

「你坐。」她說。

『啊？』我愣住了，不知道該如何反應？

「班長。」她又說，「請你坐。」

『這……』我還是呆站著。

「蔡玉卿叫你坐，你就坐。」她說，「你是嫌我的椅子不好嗎？」

『沒這回事。』我趕緊一屁股坐下。

我看著桌上那張考卷，她在我右手邊站著，我很不習慣。

而且我有她的椅子比石頭還硬的錯覺。

『哪一題？』我問。

她用手指，指著考卷中某道選擇題，我立刻在紙上邊算邊說明。

『這樣懂了嗎？』

她搖搖頭。當我準備再說明一次時，她說：

「你一定比較喜歡教蔡玉卿，因為她應該馬上就能聽懂。」

『哪有什麼喜不喜歡？她開口要我幫忙，我當然就教她。』我說。

「那她如果沒開口呢？」

『她沒開口，我幹嘛去教？』

「可是我也沒開口，你還是來教我。」

『妳不一樣。』

她沒接話，我也沒再多說，原本安靜的教室更安靜了。

只有窗外隱約傳來樹上的鳥叫聲。

我坐著臉微微朝右上，而她站著彎身把臉湊近。
我們之間的距離不再是40公分，至少縮短了一半，只剩20公分。
而且她彎身靠近我時，背部不再是挺直，而是有弧度。
沒想到在這樣的狀況下，我終於可以看到背部不再挺直的她。

『我再算一遍。』我打破沉默，『妳慢慢看。』
「嗯。」她點點頭。
我放慢速度，重新算一遍，也盡量多做說明。
『這樣懂了嗎？』我問。
「嗯。」她笑了。
只要她一笑，我都有這世界也跟著笑的錯覺。

『還有哪題？』我問。
「依我的數學程度，你覺得還有哪題？」她反問。
『應該是還有……』我看著考卷，不方便往下說。
「沒錯。」她微微一笑，「應該大部分都有問題。」
雖然知道不該跟著笑，但她的笑容很有感染力，我不自覺地笑了。

我們都笑得很開心，她左臉頰的酒窩又露出來了，很深很可愛。
寂靜的教室裡，充滿著我們的笑聲，甚至還有回音。
窗外的鳥叫聲也聽不到了，這世界只剩下我們兩人的笑聲。

「以後放學了，你還是要這樣嗎？」停止笑聲後，她問。
『怎樣？』
「每三天教我5分鐘。」她說，「然後躲起來看我什麼時候離開。」

『應該……』我吞吞吐吐，『會吧。』

「你剛剛不是說不會再躲在樓梯口了？」

『那是……』我很不好意思，『那是我說謊。』

她愣了愣。

「說謊？」她說，「我剛剛真的以為你以後不會再躲在樓梯口了。」

『抱歉。』我搔搔頭，『應該還是會。』

「為什麼？」

『總覺得不能讓妳一個人留在教室裡。』

她沒再說話，似乎在想事情。

「那我以後只留在教室裡10分鐘。」她說。

『為什麼？』

「讓你早點回家。」

『喔。』我想了一下，說：『那我可不可以教妳10分鐘？』

「看你。」她說，「如果你喜歡躲著就躲著。」

『躲著太無聊了。』

「教我就不會無聊嗎？」她說。

『當然不會。』我說，『而且我也可以順便複習數學。』

「順便複習數學這句，應該還是說謊吧？」

『對。』我尷尬地笑了。

她倒是很自然地笑了，嘴角拉出的弧線很可愛。

從此放學後，我便光明正大留下來教她10分鐘數學。

我喜歡在那10分鐘裡，我和她只有20公分的距離；

也喜歡背部終於有弧度而不再挺直的她；

更喜歡那充滿整間教室的笑聲。

國三上學期快結束了，雖然升學壓力越來越大，
但在那短暫的10分鐘裡，我卻可以忘掉一切壓力。
如果國三下學期，我還能繼續擁有這10分鐘，那該有多好。

學期終於要結束了，考完期末考就放寒假。
期末考要考兩天，第二天下午兩點考完最後一科。
一群同學相約要去海邊玩，大象、蔡玉卿也要去。
出乎我意料的是，國語推行員竟然也要跟著去。
我和阿勇帶路，因為海邊算是我們的地盤。

我們一群同學騎著腳踏車，一路騎到海堤邊。
把腳踏車停好後，翻過海堤走進沙灘。
沙灘是黑漫漫的，因為沙子不是白色的貝殼沙而是黑色的海沙泥。
貝殼沙沾在身上，用手一撥就掉了；而海沙泥得用水才沖得掉。
故鄉不是觀光勝地，海沙泥也不受歡迎，因此沙灘通常沒什麼人煙；
加上又是冬天，沙灘上只有我們這群人。

我們在沙灘上追逐嬉戲，偶爾還玩123木頭人、蘿蔔蹲之類的遊戲。
阿勇發現蔡玉卿喜歡在沙灘挖小螃蟹，便帶我們走到更偏遠的沙灘。
「這裡的沙灘有更多小螃蟹，還有竹蟶等貝類喔。」阿勇很得意。
我當然早就知道，也知道阿勇是刻意說給蔡玉卿聽的。
這裡的沙灘更安靜，靜到只能聽見海浪的聲音。
以前我和阿勇常來這裡躺在沙灘上聽海浪聲。

大家又在這沙灘追逐嬉戲時，我突然腳底一陣劇痛。

我低頭一看，右腳掌踩到玻璃碎片，鮮血正源源不絕地流出來。
所有人都慌了，女同學把衛生紙和手帕都用上了，還是止不住血。
我瞥見國語推行員的眼神，從未見過她那種眼神。

「我背你跑到停腳踏車的地方，再騎車到蔡外科診所。」阿勇說。
鎮裡只有一間外科診所，醫生理所當然也姓蔡。
『離停放腳踏車的地方，還有兩公里，又是沙灘，你跑不到的。』
「我可以！」阿勇蹲下身，「豬腸，快上來！」

阿勇背著我拼命奔跑，每跑一步，腳掌便深陷黑色海沙泥中。
他的腳掌和腳踝沾滿海沙泥，已經變全黑。
而我感覺腳下的紅色鮮血正一點一滴，滴在黑色沙灘上。

『阿勇。』我說，『辛苦你了，對不起。』
「是我不好。」阿勇說，「我不該帶大家走那麼遠。」
『跟你無關。是我自己不小心。』
「是我為了讓蔡玉卿挖螃蟹，才走那麼遠。」他的腳步似乎變慢了。
『你是不是很喜歡蔡玉卿？』我問。
「對！」

『你怎麼這麼誠實？』我笑了。
「我本來就不會說謊。」
『那我長得帥嗎？』
「你一點都不帥。」阿勇喘著氣，「連我都長得比你好看。」
『說一下謊會死喔。』
「豬腸。」他的聲音有些抖，「不要說死這個字。」

雖然是冬天，但阿勇背著我在沙灘上吃力地跑，已經汗流浹背。
我看到他髮根滲出的汗水，也聽見他氣喘吁吁。
他的腳步踉蹌，彷彿隨時會倒下。

『放我下來吧。』我說，『你跑不到的。』
「我一定可以！」阿勇大叫一聲，突然加快腳步。
『阿勇，謝謝你。』我說，『對不起……』
「豬腸。」阿勇哽咽了，「你再忍一下，快到了，快到了。」

腳底的劇痛讓我的意識有些模糊。
模模糊糊間，我卻清晰看見國語推行員的眼神。
她眼睛雖然睜得很大，卻完全不像黑鮪魚。
那種眼神中除了驚懼外，還有很深很深的擔心。

「豬腸。你再忍一下，快到了，快到了……」

5.

阿勇真的一路跑到停腳踏車的地方。
然後扶著我坐上腳踏車後座，他再跨上腳踏車。
一路奔馳三公里直到蔡外科診所。

我的右腳掌踩到啤酒瓶的玻璃碎片，刺得很深。
醫生清洗傷口，敷上藥，縫了好幾針。
也打了破傷風疫苗。
我的右腳包了一個禮拜紗布，走路得一跛一跛的。
還好已經放寒假了，不然騎腳踏車上學時恐怕只能用左腳施力。

寒假其實也只放一個禮拜，因為還是得去學校上輔導課。
「你的右腳好了嗎？」國語推行員一看到我，便問。
『嗯。』我點點頭，『已經可以騎腳踏車了。』
「那就好。」她似乎鬆了一口氣，微微一笑。

國三下學期開學了，一切都照舊，只有升學壓力攀上最高峰。
離高中聯考只剩幾個月，這學期除了要上新的課程外，
還要複習過去五個學期的課程。
每個老師每天似乎都在趕課、趕課、趕課。

以前最不喜歡上的課是英文課，現在則是什麼課都不喜歡。
不過上英文課時會有驚喜，因為老師常叫國語推行員朗讀英文句子。
她低沉的聲音朗讀英文時很好聽，我常聽到入迷。

如果有種幹部叫英語推行員，她應該很勝任。
雖然不喜歡英文課，但能聽到她朗讀英文有時覺得是種幸福。

『為什麼妳英文那麼好？』我終於忍不住問她。
「因為英文很重要。」她說，「連外星人都講英文。」
『外星人講英文？』
「電影裡外星人都是講英文呀。」她微微一笑，「所以英文要學好，
　將來有天碰到外星人時，便可說：Welcome to the Earth。」
她說完後便笑開了，左臉頰露出酒窩。
我專注看著她的酒窩，也跟著笑。

「其實我很嚮往國外的生活。」她停止笑聲後，說：「所以我想提升
　自己的英文能力，便常常買書和錄音帶，自己練習英文。」
『難怪妳英文那麼好。』
「那你會不會想問：為什麼我數學那麼糟？」
『不會、不會。』我拼命搖搖手，『絕對不會。』
她看見我緊張的樣子，又笑了，露出的酒窩依舊很深。

我總試圖在沉重繁忙的課業壓力下尋找一個出口，
而那出口或許是她的酒窩。

每天放學後，我還是會陪著她留在教室裡10分鐘，幫她複習數學。
在那10分鐘裡，我總是可以忘掉一切壓力，因為她只離我20公分。
偶爾她會微笑，甚至露出左臉頰上的酒窩；
偶爾整間教室會充滿我們的笑聲。
而那10分鐘過後，我會有她的數學成績已經因此而提高的錯覺。
如果可以提高一點她的數學成績，即使每天兩小時我也很樂意。

「每天耽誤你10分鐘。」她說,「你這樣幫我,我很過意不去。」

『不要這麼說。』我說,『我也需要利用這10分鐘複習數學,所以
　其實是妳幫我,我反而應該感謝妳才對。』

「你真的……」她看了我一眼後,笑著說:「很擅長說謊。」

『大概是吧。』我也笑了。

「你為什麼要這樣幫我呢?」她問。

『我可以……』我猶豫一下,『說謊嗎?』

「可以。」

『因為我也想好好複習數學。』

她看了我一眼,微微一笑,沒再追問。

「你數學那麼好,考上理想的高中應該沒問題。」她說。

『妳英文那麼好,一定也可以考上理想的高中。』

「我不考高中了。」她說,「我想考高職。」

『啊?』我大吃一驚,『妳原本不是要考高中嗎?』

「是呀。」她淡淡地說。

『那為什麼突然改變心意,不考高中而考高職呢?』我問。

「高職不好嗎?」

『我不是這個意思。』我有些慌張地搖搖手,『只是很驚訝。』

「我決定改考高職,只是個無聊的理由而已。」

『喔。』

我不再追問她不考高中的原因,她也沒再多說。

有次上英文課,老師要她朗讀泰戈爾的詩句。

「Let life be beautiful like summer flowers
　and death like autumn leaves. 」
或許是她朗讀時的聲音非常動聽，這句子深深打入我心坎。

生如夏花之絢爛，死如秋葉之靜美。
國中三年的生活原本很蒼白，但因為有她，染上一些色彩。
或許不算絢爛的夏花，但起碼有些繽紛。
而國中畢業後呢？只能像秋葉嗎？

我在課堂中恍神，心思飄到九霄雲外。
進入國中最後一個學期，我一直被龐大的升學壓力壓得喘不過氣。
卻忘了這也是我和她相處的最後一段時間。
不知怎的，我竟然覺得要與她離別遠比升學壓力來得心慌。

在我陷入即將與她離別的心慌情緒中時，班上發生了一件大事。
有個叫蔡宏銘的男同學寫情書給隔壁班的女生告白，而且還成功了。
在那個年代，在我們那裡，在國中生這年紀，
國中生談戀愛或許談不上驚世駭俗，但絕對是前衛且非常大膽。
尤其蔡宏銘又很得意的到處說，他的神情倒不像是炫耀，
似乎只是在分享喜悅。
照理說，這不是應該要好好隱藏的秘密嗎？

這件事鬧得沸沸揚揚，也驚動了老師。
聯考前夕談戀愛幾乎是大逆不道的事，蔡宏銘不斷被老師們勸說。
但他完全不在乎，還是常常跟班上同學訴說他們之間的互動和點滴。
我從他的眼神，看到了堅決、確定和勇氣。
他應該是真的很喜歡那女孩，也認定以後就是她了吧。

這讓我思考我和國語推行員之間的關係。

我不確定是否「喜歡」她，只知道我習慣她的存在、喜歡她的存在。

可能情竇還未開，也可能還不確定自己的感覺是否就叫喜歡，

所以從沒多想，只知道看見她緩慢而流暢的動作心情就很平靜；

看見她左臉頰的酒窩時所有壓力就煙消雲散，只剩喜悅。

但即使我情竇已開，也確定喜歡她，但害羞內向的我，

應該也不敢跟她說吧。

我看著坐在我前面的她，她的背影依舊挺直。

以往總是喜歡這樣注視她，更喜歡她後頸散發出的芬芳。

但現在好像多了一種異樣的感覺，那種異樣加速了心跳。

「班長。」她突然轉頭看著我。

『啊？』我嚇了一跳，但看見老師走進來了，趕緊高喊：『起立！』

「你剛剛上課前為什麼一直看著我背後？」下課後她問。

『我……』我臉頰微微發熱，答不上來。

「是不是你在我背後貼紙條？」

『沒有。』

國中生常有在背後偷偷貼紙條的惡作劇，或許她以為我在惡作劇。

「真的沒有？」她又問。

『真的沒有。』

「嗯。」她說，「一起去吃冰棒吧。」

『好。』我說，『素芬。』

「一句。」

『素芬。』

「一句。」她笑了,「你已經講兩句台語,可以吃冰棒了。」

對我而言,她是一種特別的存在,彷彿是為我量身定制的產品。
她的背後不會貼紙條,如果有,應該是標籤,標示著製造商。
我猜她是天堂製造的,她背部的標籤應該是印上:
Made in heaven,Angel No. 1。

離畢業只剩一個多月,班上同學約好星期天去焢窯。
大約30幾個同學一起去,在一座小山丘的樹林間。
同學分成六組,我、阿勇、國語推行員在同一組。
我們用土塊堆出像圓錐形小塔的窯,從窯口放入柴火讓它燒。
等土窯燒紅了,挖出柴火餘燼,再將玉米、番薯和一隻雞放進窯裡。
最後把土窯搗毀夯實,掩蓋食物,等食物悶熟後就可以挖出來吃。
大概還要一個多小時才會熟。

從堆窯開始,國語推行員就處處表現出好奇,而且興致盎然。
『妳是第一次焢窯?』我問。
「嗯。」她點點頭,然後笑了。
我很驚訝,因為對鄉下小孩來說,焢窯應該是件稀鬆平常的事。
不過既然她是第一次焢窯,我便特別賣力解說,她聽得津津有味。

在等待食物悶熟的時間裡,我們就在山丘上玩遊戲。
國語推行員今天非常活潑,笑得很開懷,酒窩一直出現在她臉頰。
陽光從樹葉間灑落在臉頰,點點金黃映照著酒窩,有一種明亮的美。
我常不小心看到入迷。
還好這不是上課,我不用擔心忘了喊:起立。

玩123木頭人時，她先當鬼。

我發覺我沒辦法玩，一定會輸。

因為一看到她，我的心就跳個不停，身體根本無法急停或完全不動。

「班長。」她笑了，「你動了。」

再15分鐘就可以吃了，我和阿勇自告奮勇要去買冷飲給大家喝。

我和他各騎一輛腳踏車，在附近的雜貨店買了一些冷飲。

買完冷飲回來時，竟然發現我們這組的窯被挖開了，食物都沒了。

原來是住在當地的黃益源，叫了幾個附近的小孩，

趁我和阿勇去買冷飲時，黃益源支開我們這組剩下的組員，

然後那些小孩挖開我們這組的窯，把食物都帶走跑掉了。

惡作劇大成功，黃益源笑得很開心，一直笑個不停。

我看見國語推行員的眼神充滿憤怒、失望，還有一點委屈。

這是她第一次煙窯，為什麼要破壞她的樂趣呢？

我握緊拳頭，心中無名火起。

『幹！』

大罵一聲後，我轉身就走。

我跨上腳踏車，頭也不回地往回家的路上騎。

才騎不到兩分鐘，聽見背後有一輛腳踏車跟來，我想應該是阿勇。

但我回頭一看，竟然是國語推行員。

我大吃一驚，手把幾乎抓不住，腳踏車晃了晃。

「你很久沒說髒話了。」她騎到我左手邊，跟我並排騎著。

『喔。』我很不好意思，『那要罰五塊錢嗎？』

「不用。」她說，「因為今天是假日。」

然後我們並排騎了一會，都不再說話。

『我要回家。』我先打破沉默，『妳呢？』

「我也是順便要回家。」

『順便？』我幾乎大叫，『妳家的方向完全相反耶！』

「你不知道地球是圓的嗎？」

『妳的意思是要繞地球一圈後回家？』

「可以呀。」她笑了。

我心中的無名火，好像熄滅了。

「你為什麼那麼生氣？」她問。

『忙那麼久、等那麼久，都餓壞了。』我說，『怎麼可能不生氣？』

「所以你只是氣自己的東西被吃了？」

『嗯。』我點點頭。

她看著我，眼神好像在打量我。

『怎麼了？』我問。

「你真的很擅長說謊。」她又笑了，「連生氣時也會說謊。」

『我是氣東西被吃了啊。』

「是嗎？」她又打量我一眼。

我臉上一紅，答不出話。

『我剛剛以為是阿勇追過來。』我試著轉移話題，『沒想到他沒跟我一起回家，真是不講義氣。』

「他應該忙著扁人吧。」她說。

『啊！』我緊急煞車，停住腳踏車。

她也跟著停住腳踏車。

「看到你那麼生氣騎回家，他應該會去扁人。」她說。

『對！』我趕緊掉頭，加速騎回小山丘。

我和她騎回小山丘時，聽見阿勇的怒吼，他已經抓住黃益源的衣領。

我甩開腳踏車，衝上前想拉開阿勇，但根本拉不開。

我苦勸阿勇：黃益源也沒惡意，只是惡作劇過了頭而已。

加上我回來了，也說自己氣消了，阿勇才鬆開手。

其他組把食物分一些給我們，所以我們這組還是有東西吃。

看見她很開心地吃番薯，我的氣完完全全消了，甚至也很開心。

『好吃嗎？』我問。

「嗯。」她笑了，臉頰的酒窩沾上了一點烤番薯的黑。

午後的陽光點點灑在她臉上，讓她的笑容更加燦爛。

不管我再驗算幾次，她就是全校最可愛的女孩。

「你剛剛是因為我，才那麼生氣吧？」她問。

『我可以說謊嗎？』

「可以。」

『我不是因為妳而生氣。』

「我就知道。」她笑了。

『焢窯好玩嗎？』大家解散要回家時，我問她。

「很好玩。」她又笑了。

『妳還要繞地球一圈後回家嗎？』

「這次該輪到你繞地球一圈了。」

『這……』我愣住了。

「你是白痴嗎？」阿勇走過來敲一下我的頭，「回家了！」

導師知道我們去焢窯後，激發了他的靈感。
他要我們在紙上寫下自己的願望，或者寫一封信給20年後的自己。
然後把紙塞進玻璃瓶裡，埋在土中，20年後再挖出來看。
這有點類似「時間膠囊」的概念。
「焢窯只要等一個多小時，但這個要等20年才能挖。」導師說。
導師還說，寫在紙上的願望不能讓別人知道，不然願望就不會實現。

『我如果在紙上寫：希望阿勇平安快樂。』我對阿勇說，『然後告訴
　別人我寫什麼，那麼願望就不會實現，你就不會平安快樂了。』
「你是白痴嗎？」阿勇敲一下我的頭，「你敢這樣做試試看！」
我當然不會這麼無聊，我只是不知道該寫什麼願望而已。
20年後，我35歲，那時的我最希望已經實現了什麼樣的心願呢？

國語推行員似乎想都沒想，很快就寫好了，把紙條塞進玻璃瓶。
她的願望是什麼？為什麼她可以那麼確定而完全不猶豫？
但我想了半天，根本想不出該寫什麼願望？
最後我只寫：希望將來看到這張紙條時，我是個快樂的人。

全班同學都把紙條塞進玻璃瓶，將瓶口封好，
一起埋進校園東北角防空洞旁的空地。
防空洞在校園偏僻的角落，平時不會有人經過，天色暗時還很陰森。
看來這些玻璃瓶裝著的願望，應該可以平靜等待20年。
還有20年才能挖出這些願望，但離畢業已經剩不到一個月了。

「離畢業只剩三個禮拜，大家要好好衝刺，準備聯考。」

導師說這段話時，窗外剛好響起今年梅雨季的第一聲雷。
我心頭一驚，思緒完全陷進即將來到的高中聯考壓力。

雨天騎腳踏車上下學是件討厭的事，只能穿雨衣騎車。
穿那種連身式的雨衣騎車，小腿以下總會淋濕，鞋襪則是一定濕透。
而我又戴眼鏡，雨水弄花了鏡片，眼前幾乎是一片模糊。
如果雨天騎車時，看到眼前白茫茫的世界，突然想到高中聯考，
那麼會不會覺得自己的前途也是茫茫？

幸好即使下雨，我和她還是維持放學後留在教室10分鐘的習慣。
「再見。」10分鐘到了，她走到教室門口，再輕聲說：「謝謝。」
咦？現在下雨耶，她怎麼沒穿雨衣？
我跑出教室，追了她幾步後，發現她撐開傘走進雨中。
我鬆了口氣，班上同學習慣只穿雨衣，因此總是穿著雨衣進教室。
看來她應該是把雨衣放在腳踏車上，再撐傘走進教室。

我看見她在空曠的地方停下腳步，站著不動，微微仰起頭。
她在雨中撐傘的身影，彷彿一尊女神雕像在校園中佇立。
雨下得很大，整個世界都變得白濁，只有她是清晰的。
甚至彷彿可以看見她撐著傘的纖細手指。
我看得入迷，視線久久無法離開，忘了自己要回家。
但我突然想到：她為什麼動也不動？是不是發生了什麼事？

『妳沒事吧？』我用書包遮住頭，一路跑到她身旁。
「嗯？」她愣了一下，「沒事呀。」
『喔。』我轉身便想往回跑。
「班長！」她朝我招手，「快進來，別淋雨了。」

『嗯？』我又轉過頭看她。

「快進來呀！」她大叫。

我不加思索，便走進她的傘下。

傘下狹窄的空間中，我和她一起站著，幾乎是面對面。

記得國一時，她比我高一點，大約2公分吧；

國二時我和她幾乎一樣高。

國三上學期，輪到我比她高2公分；

而現在國中快畢業了，我應該比她高了將近5公分。

現在的我，又有了一個新的角度欣賞她。

短髮讓她的肩與頸是空曠的，能明顯看見俐落清晰的兩條鎖骨。

而鎖骨、肩膀、脖子的延伸連接，圍成一道幽深美麗的河谷。

如果雨水滴落，也許能在河谷裡面看見漣漪吧。

「你只是特地跑來問我有沒有事？」她問。

『嗯。』

「真的是這樣？你沒說謊？」

『這次沒說謊。』

「嗯。」她笑了起來，「我只是喜歡雨天，想看看雨而已。」

我靜靜看著她的酒窩，突然落下的雷也無法干擾我。

如果可以，我希望眼睛能完整記錄她酒窩的所有線條和弧度，

並傳送到腦海中建立檔案。

『我可不可以再來一次？』她笑聲停止後，我問。

「再來一次？」她很納悶。

我立刻跑出傘下，跑到教室走廊，再從走廊跑到她身旁。

『妳沒事吧？』我問。

「你神經病嗎？」她笑了起來，「快進來。」

我會這麼做，只是因為我想多看看她的笑容。

這樣就會記得很久、很久。

『還可以再來一次嗎？』我問。

這次她沒回話，直接瞪我一眼，眼睛像黑鮪魚。

即使是黑鮪魚般的眼神，我也想記錄下來並傳送到腦海中歸檔。

白濁下降了，世界漸漸變得清澈，雨變小了。

「趕緊回家吧。」她說。

我全身濕透，頭髮滴下的水落進河谷，那道由她鎖骨圍成的河谷。

我真的有看到漣漪的錯覺。

那河谷的美，值得蕩漾出漣漪來襯托。

她撐著傘陪我走回教室，她再走去學校後門旁的車棚。

我則在教室穿好雨衣後，走到學校正門邊的車棚。

我們兩人的家，在完全相反的方向。

要繞著地球一圈才能相逢。

梅雨季結束，夏天紮紮實實地到了。

酷熱的天氣持續了一個多禮拜後，畢業典禮到了。

坐在教室等待進入禮堂的時間裡，我鼓起勇氣走到她座位旁。

「班長。」她微抬起頭問：「有事嗎？」

『那個……』我吞吞吐吐，『我可以跟妳要枝筆嗎？』

她隨手拿起桌上的筆，遞給我。

『我是跟妳要一枝筆。』我說，『不是借筆來用。』

她似乎很驚訝，拿筆的手頓了頓。

『只是做個紀念而已。』我應該臉紅了。

她緩緩從書包裡拿出鉛筆盒，拉開鉛筆盒的拉鍊，

把所有的筆一枝一枝拿出來放在桌上，共六枝筆；

加上剛剛桌上那枝筆，總共七枝筆整齊排列在桌上。

她所有的動作依然是那樣緩慢而流暢，依然令我心情平靜。

「每枝筆都咬過了。」她似乎有點不好意思，「你還要嗎？」

『我就是要咬得最慘的筆。』

她愣了愣，然後低頭看著桌上的七枝筆。

「好像……」她笑了起來，「每枝都很慘。」

我也跟著笑，我真的很喜歡看著她的酒窩。

「你選一枝吧。」她說。

我指著桌上由左邊算起第四枝筆。

「為什麼選這枝？」她拿起那枝筆。

『放學後那10分鐘裡，妳最常用這枝筆。』

「給你。」她把筆遞給我。

『謝謝。』我用雙手鄭重接下。

這種簡單的互動就像板塊互撞，讓我的心地震了。

我和她都不再說話，只是看著彼此，我有地面在晃動的錯覺。

「豬腸！」阿勇走過來敲一下我的頭，「到禮堂集合了。」

是啊，該去禮堂參加畢業典禮了。

據說這是個催淚的場合，果然當驪歌響起，幾乎所有女生都哭了。

我偷瞄國語推行員，但離她有點遠，看不清楚她是否掉淚？

只看到她依然背部挺直坐著，視線向前。

典禮結束後，我慢慢走回教室。

「班長。」

我轉過頭，是國語推行員在叫我。

「一起去吃紅豆冰棒吧。」她說。

『好。』

但我們一路走到福利社、進了福利社買了兩枝紅豆冰棒、

走出福利社到旁邊的樹下、拆開包裝、一起吃冰棒……

我們都沒交談。

直到冰棒只剩四分之一。

「班長。」她終於打破沉默，「你有忘了什麼嗎？」

『忘了什麼？』我很納悶。

「還是不知道嗎？」

『喔。』我恍然大悟，『素芬。』

「班長。」她說，「一句。」

『素芬。』

「一句。」

她說完後，一滴眼淚迅速掉下。

那滴眼淚在我心中形成推擠的板塊，又讓我的心地震了。
這次的震度更強，震得我胸口疼痛不堪。
我張開嘴想說點什麼，卻完全說不出話來。

國中生活將在今天結束，結束前我做最後一次驗算。
我只得到一個答案：我喜歡她。
不只是喜歡她這個人本身的存在，而是喜歡她這個人本身。

喜歡她咬著筆沉思的模樣；喜歡她緩慢而流暢的動作；
喜歡她說：一句時的神情；喜歡她低沉的聲音朗讀英文；
喜歡她幫我擦藥時的細心溫柔；喜歡她瞪我時黑鮪魚般的眼神；
喜歡她笑開時左臉頰上的酒窩；喜歡她閉目養神時彷彿虔誠的雕像。

喜歡她在雨中撐傘仰頭看天的身影；
喜歡她不管何時何地背部總是很挺直；
喜歡她鎖骨圍成的那道幽深美麗的河谷；
喜歡她坐著時的背影和後頸散發出的芬芳；
喜歡她眼睛瞇成一條縫時比手指的調皮神情；
喜歡她只有嘴角拉出弧度而沒笑聲的清淡微笑；
喜歡她……

但是我遲到了。
如果一個月前我得到這答案，那麼在埋時間膠囊時，
我就知道要寫什麼願望。
我一定會寫：我喜歡國語推行員，我希望能跟她在一起。

也許我遲到更久。

我應該在蔡宏銘寫情書告白成功時，就該得到這答案。
那麼也許我那時就會對她說點什麼，或做點什麼。
也許⋯⋯
不管有多少也許，總之是我遲到了。

那是我國中三年的歲月裡，最後一次見到她。

6.

畢業典禮後半個月，就是高中聯考。

那半個月原本應該沉澱心情，專心衝刺考試。

但半個月沉澱的結果，不是清澈，而是沉澱出更深的雜質。

那些雜質叫做想念。

我想念國語推行員。

放榜結果，我考上台南的高中，蔡玉卿也到台南，但她念五專。

阿勇和寫情書的蔡宏銘都去嘉義，也都念高中。

蔡宏銘喜歡的那女孩，則在嘉義念高職。

據說蔡宏銘和那女孩早已約好，所以都去同一座城市求學。

大象在高雄念高職，國語推行員跑最遠，到屏東念高職。

如果我沒遲到，是不是也可以跟國語推行員約好在同一座城市呢？

但我畢竟遲到了，只能接受我在台南、她在屏東的現實。

聽說她念的是護理，難道她想當護士嗎？

現在回想起來，我除了知道她嚮往國外生活外，

她的志向、理想、未來想做什麼等等，我一無所知。

我離家求學，在台南租個房間住。

我是鄉下小孩，第一次進城市獨自生活，就像剛來到地球的外星人，

處處感到新鮮、好奇，偶爾也有些不適應。

台南離故鄉並不算遠，但如果要回家，要先搭火車再轉乘客運公車。

我覺得麻煩，大約一個月回家一趟。

如果覺得課業重，不想浪費時間回家，就兩個月才回家一趟。

我念的是男校，學校裡沒有女學生。
班上50幾個同學只有我姓蔡，我從沒想過姓蔡會是稀奇的事。
也因為只有我姓蔡，同學叫我菜鳥、菜蟲、菜頭之類，沒什麼創意。
都是「菜」字頭的綽號，但卻從沒固定成某一個。
反正我隨便人叫，只要遠離豬腸這綽號就好。

班上三分之一的同學像我一樣在外面租房間住；
另外三分之一通車上下學，坐的是火車或公車；
剩下三分之一，則是住在台南市。
不管上學的方式有何差異，但放學後大家幾乎都去補習。
我沒補習的習慣，放學後便自己一個人回到租屋處念書。

國中時我數學特別好，但高中這班上幾乎每個人數學都很好。
國中姓蔡沒有辨識度，高中突然變有；
國中我數學好很有辨識度，現在則完全沒有。
我在班上很平凡，身高不高不矮，成績不上不下，個性不好不壞。
可能我這個人在班上也沒辨識度，所以高中三年沒當過一次幹部。

我念的是所謂的明星高中，以考上大學為唯一目的。
高中的課業比國中重，而高中要面臨的大學聯考壓力也大多了，
所以日子除了念書還是念書，像荒蕪的歲月。
國中生活雖然也像荒蕪的歲月，但在那些荒蕪中，卻有顯眼的綠洲。
就是國語推行員。

雖然高中校園內依然禁止講台語，但並沒有國語推行員這種幹部，

因此也沒人在抓講台語的同學。

台南是講台語人口占多數的城市，但學生在學校內還是都講國語。

受環境影響，我也是只講國語，放學後也是。

而當我在學校不小心講台語時，就會突然想起國語推行員。

如果想念得深，就會劈里啪啦講一大串台語還夾雜髒話。

那種突然襲來的想念有時太強烈，會讓我完全陷入回憶的漩渦。

一旦陷入那漩渦，得要很久、很用力，才能離開國語推行員。

我不想在課堂中分心而影響課業，所以大腦下強制命令，

命令語言中樞嚴格控管講台語。

漸漸地，我連不小心講出台語的機會也沒。

甚至放假回故鄉時，也說國語。

放學回到租屋處，只有我一個人存在的空間。

我通常坐在書桌前讀書，幾乎很少做別的事。

但偶爾腦海會莫名其妙清晰浮現國語推行員的臉，

那是我近看她眼睛瞇成一條縫時，她那張充滿我整個視野範圍的臉。

我很想形容她的臉蛋，因為那張臉清晰浮現時的那些夜晚，

內心都熾熱無比。

但我始終找不出貼切適當的形容，也無法具體描述。

對16、7歲的我而言，「好看」不是用來形容自己喜歡的女孩。

在我心中，她很美，美得讓我呼吸急促，美得讓我心慌。

如果無法排解想念她時的心慌，我會拿出她給我的筆，在紙上亂畫。

以前我常拿這枝筆在紙上邊計算邊說明給她聽，

現在我只是亂畫，同時自言自語，說些自己也不懂且毫無章法的話。

看著筆蓋的咬痕，腦海便浮現她咬筆沉思的模樣。
偶爾甚至會有聽到笑聲的錯覺，是那種充滿整間教室的笑聲，
而且還有回音。

有時在上課中我會突然轉頭看我右手邊，然後再看前面。
不管是我右手邊同學的側影，或是前面同學的背影，都是卡其色。
環顧全班，也都是卡其色制服的身影，我好像淹沒在卡其色大海裡。
我莫名的心慌，想找個漩渦，以為進了漩渦就能逃離這片海。
直到腦中浮現國語推行員左臉頰上的酒窩，我才覺得心安。

每當想起她，總會伴隨我和她之間的所有記憶。
每段記憶就像歌曲中的一個小節，所有記憶串連成一首歌。
這首歌時常繚繞在我的腦海，不請自來、揮之不去。

世上最難排解的是遺憾，那會留在體內一輩子。
對於我的遲到，我始終覺得遺憾。
不掀開蓋子，永遠不會知道茶壺裡面的水是否沸騰。
或許水早已沸騰，但恍然未知的我，只是傻傻地等。
直到掀開蓋子，才發覺水已燒乾。
我太晚掀開蓋子了。

我對「遲到」這種行為耿耿於懷，可能心理上為了彌補遺憾，
高中三年我從不遲到，甚至經常是上學時第一個走進教室的人。
但放學後我卻會拖10分鐘才離開教室，常成為最後離開教室的人。
為什麼要拖10分鐘才離開？我也不清楚。
可能覺得放學後10分鐘裡，教室有可能會出現笑聲。

國中時討厭雨天，因為穿雨衣騎腳踏車上下學很麻煩，
又總是弄得全身濕漉漉。
高中在學校附近租房子，走路上下學，雨天就撐傘。
撐傘上下學時，我總不自覺地停下腳步，仰頭看天。
這個瞬間的我和她，雖然相隔百里，但應該同時仰望同一片天空吧？

我變得很喜歡看著陰雨綿綿的天空，覺得世界只剩雨聲，
想念一個人就格外清晰。
偶爾視線會四處搜尋，希望能發現佇足撐傘仰頭看天的身影。
如果坐在書桌前聽見下雨，在那雨水包覆著空間的時刻，
總是讓我心情很平靜。
我這裡下雨了，希望她那裡能放晴。

喜歡是一種記得。
因為和她相遇了，記憶開始不斷累積。
即使離開了，我依然清晰記得她的黑鮪魚眼睛、她的微笑和酒窩、
她挺直的背影、她低沉的聲音、她咬筆的模樣、她掉淚的神情、
她鎖骨圍成的美麗河谷、她緩慢而流暢的動作……
這樣的「記得」，就是喜歡吧。

高二下學期的某個禮拜六下午，我要坐車回家。
我先搭火車，假日的火車總是擁擠，我從沒奢望能有位子坐，
只希望走道某個角落可以棲身便是萬幸。
我上了火車，在車廂走道掙扎前進時，被一座小山擋住。
『借過。』我說。
她轉過頭，我嚇了一跳，竟然是項副班長。

「借什麼東西時，通常不會還？」她問。

『借過。』我說。

「答對了。」她笑了起來，「豬腸，好久不見。」

『是啊。』我也笑了笑，『真巧。』

國中畢業快兩年了，沒想到在火車上巧遇。

大象和我一樣也是要回家，她從高雄坐火車。

快兩年沒見，她變得……

嗯……我該怎麼說，才能保持禮貌呢？

我詞窮了，只好直接說了，她變得更大隻。

在搖搖晃晃行進的火車上，她站得很穩，讓人很有安全感。

我想即使火車翻了，她也依然站得很穩。

我們閒聊了一下，大概都是聊彼此的高中生活。

我不禁想起以前的大象，她是個善良熱心的人。

她當副班長時，常常主動來幫我，而且她總是幫了很大的忙。

比方要去搬書，她一個人可抵三個男生。

現在的她除了更穩重外，幾乎都沒變。

下了火車，我們又一起去搭客運公車。

車上有位子，我讓她坐靠窗的位子，我靠走道。

我盡量將身體往走道方向移，左腳幾乎都在走道上了。

「差點忘了。」她說，「下個禮拜天我們學校園遊會，你要來哦。」

她遞給我一張邀請卡，我看了看，便點頭說好。

大象早我兩站下車，她下車時我突然愣住，忘了跟她說再見。

因為我想起國語推行員，內心有些激動。

國語推行員也住這村落，如果她坐這班車，一定也在這站下車。
我和國語推行員雖然在不同城市求學，但家裡都在同一個鎮。
如果假日要回家，應該會有遇見的可能吧。
以後會不會在回家的車上，像偶遇大象一樣，遇見國語推行員呢？

園遊會的日子到了，一早我便從台南坐火車到高雄。
大象念的是商職，學校的女生明顯比男生多。
而且今天還有一些運動賽事，很多女生都穿著運動服。
對念男校的我而言，可以看見那麼多青春亮麗的女高生是種幸福。
我不禁想起高中班上某位同學的志願：到女子高中當體育老師。
這真的是非常令人羨慕的職業。

大象出現了，她也穿運動服。
嗯……看來那種令人羨慕的職業也是有風險。

大象帶我去她們班的攤位，這攤位主要賣烤香腸和烤肉等。
她請我吃一支烤香腸，我說聲謝謝便雙手接過。
「本姑娘！」她朝遠處揮揮手，同時大叫：「在這裡！」
大象平時的聲音還好，但只要一高喊，聲音便淒厲而且尾音還分岔。
我嚇了一跳，差點噎住。

我其實應該噎住的，如果那瞬間我立刻知道本姑娘是誰的話。
但我在五秒後，才突然醒悟本姑娘就是國語推行員的綽號。
我忘記咀嚼口中的香腸，順著大象的視線往前看。
在前方20步的距離，我看見國語推行員。
心跳瞬間加速，腦海比 double A 的紙還要空白。

國語推行員依然是那樣挺直的身體，走路的動作也依然緩慢而流暢。
但她走了幾步後，似乎發現了我，便停下腳步，站著不動。
大約停頓五秒後，她再繼續往前，走到我和大象面前。
「班長。」她微微一笑，「好久不見。」
『國……』我有點結巴，『是啊，好久不見。』
所謂的「好久」不見，大概是一年又十個月。

我突然想到，她是國中班上唯一不叫我豬腸的人，她只叫我班長。
而我可能也是唯一不叫她本姑娘的人。
以前如果當面稱呼她，會叫素芬，但那是因為要讓她記台語的緣故。
如果跟別人提起她，我都是叫她國語推行員。
現在她當面叫我班長，我卻無法當面叫她國語推行員；
而素芬，我莫名其妙叫不出口了。

大象沒有發現我和國語推行員之間的微妙氣氛，只是熱情招待我們。
她請我們吃烤香腸和冷飲，還帶我們逛了逛校園。
我們三人在草地上坐著閒聊，我一直偷偷打量著國語推行員。
她的面貌沒什麼變，舉止也都是緩慢而流暢。
如果硬要說有什麼改變的話，那就是她多了一點成熟的風韻。

她的頭髮長了一點，國中時切齊耳根，現在則到耳下兩公分。
雖然是春末夏初，南台灣的天氣卻很炎熱，
她穿著寬鬆的亮黃色短袖T恤，兩道鎖骨圍成的河谷依然幽深美麗。
她說話時的聲音依舊是有莫名磁性的低沉；
而她的坐姿，背部始終挺直。

校園響起廣播，拔河比賽要開始了。

「我要去參加拔河比賽。」大象站起身。
腦中迅速閃過大象拔河時，她的喊聲應該會讓對手喪膽；
而她的力氣⋯⋯
『妳要手下留情。』我說，『別出了人命。』
「豬腸你胡說什麼。」大象笑著拍了一下我的肩膀。
其實很痛耶。

「那我先走了。」國語推行員也站起身。
要分別了嗎？我驚慌地彈起身。
「不急呀。」大象說，「你們可以去看場電影，附近有電影院。」
大象仔細描述電影院的位置，又教我們該怎麼走到那裡。
國語推行員沒回話，只是看我一眼。

大象走後，我和國語推行員面對面呆站著，都沒有說話。
上次這麼跟她面對面站著，是國三畢業前的梅雨季。
那時在傘下狹窄的世界中，我發現已經比她高5公分。
現在這差距應該又增加了2公分。
今天是豔陽高照，但我依稀聽見當時的雨聲。

校園內人聲鼎沸，音響也不時播放著流行歌曲，氣氛很歡樂。
而我和她之間的靜默，在熱鬧的校園中顯得很突兀。
「班長。」她終於打破沉默，「你功課還好吧？」
『普普通通。』我說。

「你數學那麼好，一定沒問題。」她說。
『在我們班上，幾乎每個人數學都很好。』
「是哦。」她看了我一眼。

『妳呢？』我問：『數學還可以嗎？』

「念護理幾乎不需要接觸數學。」她說，「所以逃過一劫了。」

以前我數學很好、她數學很糟，是強烈的對比；

而且數學也是我和她之間最大的聯結。

現在我數學已經不是特別好，她也不用再上數學課，

那麼我和她之間的聯結是什麼？

「我們走吧。」她說完後，便往前走。

我也跟著走，跟她幾乎並肩，沒有交談。

所謂「幾乎並肩」，是指我和她肩膀間的距離，還可以穿過一個人。

我感覺腳下的土地很軟，好像不是踏在現實的土地上，

而是正在夢境中行走。

我突然對她產生一種莫名的距離感，但這種距離感卻很熟悉。

那是國二時她坐在我右手邊，我們桌子間的距離只有40公分，

但有陣子我卻感覺桌子間的地板變成一條河。

『妳為什麼念護理？』我試著找話題。

「念護理不好嗎？」

『我不是這個意思。』我緊張地搖搖手，『只是好奇。』

她看見我緊張的樣子，便微微一笑。

那是嘴角拉出些微弧度的清淡笑容，我非常熟悉而且還夢見過。

剛剛那種莫名的距離感，好像消失了。

「因為念護理就不用念數學了呀。」她說。

『是喔。』

「開玩笑的。」她說,「其實只是個無聊的理由而已。」

『嗯。』我應了一聲,沒再追問。

她走路時背部始終挺直,我從沒忘記過這種不太合人體工學的挺直。

我有種我們正要走去福利社買紅豆冰棒的錯覺。

「如果你的數學已經不算特別好,那你會不會⋯⋯」她欲言又止。

『會不會怎樣?』

「會不會失望或者等等等。」

『等等等?』

「就是⋯⋯」她竟然沒往下說,直接瞪我一眼。

一點都沒變耶,這樣的黑鮪魚眼睛,好熟悉又好懷念。

『喔。』我大概明白了她的意思,『我不會因此受打擊的。』

「那就好。」她像是突然想起什麼似的,「你沒說謊吧?」

『呃⋯⋯』我很不好意思,『算有吧。』

「呀?」她吃了一驚,停下腳步,轉頭看著我。

『其實也不算受打擊,只是會有一種感覺。』我也停下腳步。

「什麼感覺?」她問。

『那感覺像是從神變成凡人,然後會喪失一些自信。』我說,

『但下凡也不錯,人間比較可愛。』

她閃過一絲擔心的眼神,有點像是我踩到玻璃時她的眼神。

「班長⋯⋯」她又開始向前走。

『我不當班長已經很久了。』我也跟上。

「叫習慣了,改不過來。」

『妳為什麼不叫我豬腸呢?』

「因為你不喜歡別人叫你豬腸。」

『啊？』我嚇了一跳，『妳怎麼知道？』

「我當然知道。」她淡淡地說，沒解釋原因。

快走到校門口了，我突然發現我和她已經可以算是並肩了。

我和她肩膀間的距離只剩10公分，大概只能穿過一隻麻雀。

沒想到不知不覺間，我和她又回到國中時一起走路的情景。

「我要搭公車到火車站。」終於走到校門口時，她停下腳步。

『那……』離別的氣氛突然襲來，我感到不知所措。

「班長。」她說，「即使你下凡了，你還是神。」

『是神經病的神嗎？』

她笑了起來，久違的左臉頰上酒窩終於出現，我眼眶微微發熱。

「即使你下凡了，你還是神。」她又強調一次。

這次不只眼眶發熱，連心頭也熱了。

『我們去看電影吧。』我一定是鼓起了生平最大的勇氣。

「可是我們是國中同學呀！」她說。

『國中同學就不能一起去看電影嗎？』

她愣了愣，好像在思考。如果她這時有枝筆，一定用嘴咬住。

她又開始向前走，我立刻跟上。

這時我才因為剛剛那句邀約而臉頰發熱，心跳加速。

她沒點頭也沒搖頭，更沒回答好或不好，只是向前走。

我臉更熱，心跳更快，經過公車站牌時，漸漸放慢腳步，最後停下。

「班長。」她在十步外回頭看我，「你怎麼不走了？」

『妳不是要搭公車嗎？』我說。

「你不是要看電影嗎？」她說。

『啊？』

「如果你不要看電影，跟著我走這麼遠幹嘛？」

『我……』瞥見她瞪了我一眼，我便住口。

「你到底要不要看電影？」

『要！』我立刻跑上前。

她等我跟她並肩後，繼續向前走。

『西類（抱歉）。』我說。

「一句。」

『喔。』我從口袋掏出一塊錢，拿給她。

「我會交給老師。」她伸手接下，笑了笑。

已經很久沒講台語了，不知道剛剛怎麼突然冒出那句西類？

但只要能讓她說：一句，我總是莫名其妙覺得滿足。

到了電影院，我走到售票亭，彎下頭說：『兩張學生票。』

我拿到兩張票後，她也彎下頭朝玻璃窗內的售票員說：

「我和他只是國中同學。」

『嗯？』我一頭霧水，『幹嘛跟售票員那樣說？』

「強調一下而已。」

只剩五分鐘就要開演，我們直接走進播放電影的廳內。

我把兩張票給收票員，她又對收票員說：

「我和他只是國中同學。」

『妳為什麼要一直強調？』我問。

她直接用黑鮪魚的眼睛瞪我，我便住口。

這部電影是譚詠麟主演的香港愛情文藝片，
劇情大概是真愛無敵可以衝破任何一切考驗難關之類的。
我不是很專心看電影，很難融入劇情，甚至常出戲。
這並不是因為電影難看，而是她坐在我右手邊的狀況跟國中時一樣。
我融入的不是眼前的電影劇情，而是國中時的回憶片段。

她依然坐得挺直，視線微微向上，非常專注。
此刻我們之間的距離縮得更短，只有一張椅子的把手。
我不由自主地偷瞄她，像國中閉目養神的時間那樣。
我差點忍不住要對她比出幾根手指頭。

四周一片黑暗，我不禁有這是在作夢的錯覺。
今早只抱著來走走的心態，完全沒想到竟然遇見快兩年沒見的她，
而且正坐在一起看電影。
真的能確定這不是夢嗎？

燈亮了，夢境，喔不，電影結束了。
我們起身離開座位，與一對看似大學生情侶擦肩。
『我和她只是國中同學。』我對他們說。
他們滿臉問號，而她愣了愣後，瞪了我一眼。

快走出電影院時，又和另一對看似高中生情侶擦肩。
『我和她只是國中同學。』我對他們說。
那男生趕緊拉著女生的手走開，可能以為碰到瘋子了。
他們逃掉後，她先是瞪我一眼，然後突然笑了出來。
左臉頰上的酒窩好美好迷人，剛剛電影中的女主角整個被她打趴。

今天午後的陽光，是灑在空氣中的蜂蜜。

我和她在人行道並肩走著，閒聊剛剛電影的劇情。

她顯然比我專心多了，很多細節我沒印象，但她卻一清二楚。

其實電影演什麼根本不是重點，重點是我和她一起看了電影。

故鄉沒有電影院，要看電影只能坐車到附近城市的電影院。

以前國中同學之間並沒有相約去電影院看電影的習慣，

看電影這種事通常是跟家人一起完成。

我和她雖然只是國中同學而已，但已經一起看了電影，

那麼關係應該會有所不同吧？

路旁有一座小公園，我們很有默契順勢穿進去。

我看到有個女孩跑到一棵樹前，大喊：「哇！好漂亮的樹！」

我忍不住笑了起來，而且一直笑，停不下來。

「有這麼好笑嗎？」她問。

我停止笑聲，說起國中時看過一本書，書裡有教人如何放屁。

那本書的理論很怪，人一緊張就容易想放屁。

書裡勸誡第一次約會時千萬不要看電影，因為兩個人坐在一起，

如果想放屁時根本躲不掉，很容易被對方察覺。

「那麼第一次約會時應該幹嘛？」她問。

『去空曠的地方，比方公園。如果突然想放屁，馬上快跑向前，心裡
默數 1、2、3，然後大叫「哇」的瞬間同時放屁。因為已經跟對方
拉開了距離，而且放屁的聲音也被哇聲掩蓋，所以這個屁就神不知
鬼不覺了。』我又笑了起來，『剛剛那女孩應該也看過那本書。』

她靜靜看著我笑，沒有說話，我過了一會才停止笑聲。

「我們剛剛一起看電影，應該不算第一次約會吧。」她淡淡地說，
「因為你看過的那本書說了，第一次約會時千萬不要看電影。」
我愣了愣，不知道該接什麼？
雖然約她一起看電影時，只是想多跟她相處一些時間，
心中沒存著約會的念頭。但和她一起看電影，確實像約會啊。
如果可以算「約會」，那我跟她不就邁出了一大步？
原本已在無意中邁出那一大步，為什麼要莫名其妙提到那本書呢？

「我們只是國中同學。」她說。
我心頭一震，震得我有點疼。

「班長。」她說，「我差不多該回屏東了。」
『嗯。』我點點頭，但掩不住失望的情緒，『我也該回台南了。』
離別的氣氛再次襲來，我又感到不知所措。
我們靜靜走出公園，看到公車站牌，我們在站牌邊停下腳步。
陽光不再像蜂蜜，而是有些刺眼。

『那麼剛剛的公園算吧？』我說。
「算什麼？」她很納悶。
『那本書說，第一次約會要去空曠的地方，比方公園。』
「嗯……」她開始沉思。
我很想拿給她一枝筆，讓她咬著，幫助她思考。

「那不算吧。」她說，「因為我們只是路過而已。」
『素芬……』情急之下脫口而出，我自己也感到驚訝。

「班長。」她看著我,「你國語變好了。」

『是嗎?』我再叫一次,『素芬。』

連叫了兩次素芬,都沒聽到她跟我說:一句。

但我聽出來了,我叫的素芬,已經不像素葷——吸菸的台語。

沒想到刻意讓自己不說台語只說國語的情況下,日子久了,

素芬已經是標準的素芬,而不再是素葷。

叫她素芬是為了讓她記一句台語,

可是這默契卻隨著我國語變得比較標準而失去。

我很難過,因為失去了一樣重要而珍貴的東西。

公車來了,我們上了車,站在走道上右手拉著拉環。

火車站到了,我們下車,走進車站排隊買票。

她排在我前面,她要買南下屏東的車票,我要買北上台南的車票。

從上公車到現在排隊買票,我們都沒交談,氣氛很靜默。

看著她挺直的背影,是那麼熟悉卻又帶點陌生;

而她的後頸,依然散發令我沉醉的芬芳。

我突然聯想到描述美國南北戰爭的影集《北與南》。

影集中兩個男人分別來自南方與北方,一起進西點軍校,

受訓過程中彼此欣賞而培養出深厚的情誼,並成為知心好友。

南北戰爭爆發後,兩人都被各自的家鄉徵召,得返鄉參與戰爭。

他們從學校一起走到火車站,一個要搭火車往北;另一個要往南。

「從這裡開始,我們就是敵人了。」

原本的同窗好友,只因身處的家鄉不同,便成為生死拼博的敵人。

而我和國語推行員,在高雄火車站裡,一個往南、一個往北,

當回到各自求學的地方後，我們會維持什麼關係呢？

「我們只是國中同學。」

想到她剛說的這句，心裡還是一陣疼痛。

買完了車票，看了看時間，她的火車先到，而且只剩五分鐘。

「班長，我先走了。」她說，「再見。」

『我……』

「嗯？」她等了我一會後，問：「你有什麼話要說嗎？」

真的要離別了，我一句話也說不出來。

「班長。」她說，「你快升高三了，等考上大學後再說吧。」

我愣了愣，覺得這句話好像有深意。

是不是她要我不要多想，要專心準備大學聯考？

是不是我們之間的關係，只能等到我考上大學後再重新定義？

是不是……

等我回神時，她已穿過剪票口，消失在人潮中。

我就像正被一大群土撥鼠拼命挖掘內部的山丘。

外表雖然維持山丘的形狀，但內部開始脆弱化、空虛化。

山丘內部越來越空，彷彿整個身體都被挖空，連心也是。

直到山丘崩落。

在人來人往擁擠的車站大廳中，我終於支撐不住，雙腿癱軟，

抱著頭蹲下來。

7.

我們都希望過，時間可以停在某一秒。
如果讓我選擇，我希望時間停在我和國語推行員看完電影後，
並肩走在人行道上，感受像蜂蜜般的陽光。

可是時間不會停止，即使感情再深、不捨的念頭再強，
任何力量都不足以拉住時間的衣袖，所以時間還是繼續向前。
於是我升上高三了。

「等考上大學後再說吧。」
國語推行員在高雄火車站時說過這句話。
而高三這段日子，師長、父母、朋友甚至所有人也把這句掛在嘴邊。
於是你想做什麼，先別想，考上大學後再說；
你喜歡什麼，先壓抑欲望，考上大學後再說。

高三的日子裡，活著的唯一目的與意義，就是努力念書。
最後在大學聯考中拿到好成績，升上大學。
所有跟念書無直接相關的人（男人和女人）、事（大事和小事）、
物（植物和動物），如果會占用你念書的時間或讓你不能專心念書，
那就是洪水猛獸，都應該避之唯恐不及，甚至該放棄。

雖然我認為考上大學後所有問題就能迎刃而解只是緩兵之計，
那些暫時放棄的熱情，考上大學後就能重拾嗎？
而所有的困惑，考上大學後就能得到解答嗎？

但在環境的集體催眠下，我也像其他高三學生一樣，
變得什麼都不想，只知道要更加用功念書。

在人生的這段時間，我只知道低著頭向前走，視線集中在書本。
不曾抬頭看天空是陰或晴，也不在乎是否颱風或下雨。
路旁所有的風景與擾動，都不會吸引我的目光；
而腳下踏的是什麼樣的土地，我也毫無知覺。

但即使如此，國語推行員的身影仍然會突如其來在腦中亂竄。
比方我口袋裡放了英文單字卡，以便隨時隨地可以拿出來背誦；
可是在背英文單字時，耳畔偶爾會響起她朗讀英文時的低沉嗓音。
「Let life be beautiful like summer flowers
　and death like autumn leaves.」
我下意識摀住耳朵，繼續背誦英文單字。

而我在算數學練習題絞盡腦汁到有些恍惚時，
偶爾會有她正站在我右手邊低頭彎身將臉湊近看我演算的錯覺。
我甚至忍不住轉頭朝右上，想接觸她的視線，卻只能接觸空氣。
我拍拍頭，將身體略朝左轉，繼續絞盡腦汁。

我常常驗算，得到的結論都一樣。
在我心目中，她是最可愛的女孩，而且我喜歡她。
可是國語推行員，請妳原諒我，我不能再想起妳。
如果要想妳，「等考上大學後再說吧。」

每當在學校莫名其妙想起國語推行員，陷入回憶的漩渦時，
我就會看一眼黑板左上角的紅色粉筆字，那代表距聯考還剩幾天。

然後我會瞬間清醒，離開漩渦上岸。

如果在深夜時的租屋處想起她，我會不知所措。
因為我不知道該如何回到六根清淨的高三生身分？
有時看著書桌上疊成一堆的書本，可以勉強回到現實；
如果書堆不夠力，我會把書堆的書一本本拿下，再隨機堆起來。
藉著反覆改變書堆上下排列順序的無意義動作，讓自己回到現實。

有次書堆的上下順序已經改變了十幾遍，但她依然占據我腦海。
我無法離開回憶的漩渦，因為腦海裡都是她臉上的酒窩。
我只好拿起她給我的那枝筆，在紙上拼命亂畫。
最後在紙上用力寫下：等考上大學後再說吧！
於是我離開了酒窩、離開了黑鮪魚的眼睛，回到現實。

『等考上大學後再說吧。』
我終於學會也跟自己這麼說。
於是想念國語推行員的心，進入了冬眠。
或許將來考上大學後，能像春天一樣喚醒那顆心。

時間依然不留情地往前大步邁進，我終於考完大學聯考。
考完後我便收拾行囊，暫時搬回故鄉。
一個月後放榜，我打了查榜電話，按鍵輸入准考證號碼，
電話那頭的聲音說我考上台南的國立大學。
那瞬間我有些茫然，腦海裡響起：「等考上大學後再說吧。」
那麼，再說什麼呢？

隔天我去找阿勇，他也在大學聯考後暫時回到故鄉。

念高中那三年裡，我跟他都在外地求學，碰面的次數寥寥無幾，
大概只有在都回老家過年時，才有機會相約出來聊聊。
「豬腸！」阿勇一見面就敲我的頭，「你考上哪裡？」
我揉了揉被敲痛的頭，說出錄取的學校和科系。

我們爬上約四層樓高的鹽山，坐在鹽山上，吹著海風遠眺大海。
上次看見鹽山是國中時的事，那時總覺得鹽山好高好高；
而爬上鹽山坐在山頂時會覺得離地面好遠好遠。
如今覺得鹽山沒有印象中那麼高，坐在山頂時也沒覺得離地面很遠。
我突然覺得我「長大」了。

阿勇考上台中的私立大學，他很興奮，他說只要不落榜就心滿意足。
他對國中同學考大學的結果很感興趣，但昨天才放榜，
他只知道寫情書的蔡宏銘考上台北的私立大學，其他一無所知。
而蔡宏銘喜歡的那女孩則打算上台北考大學夜間部。
我心想，他們將來大概又會在同一座城市。

阿勇一一詢問其他國中同學的放榜結果，我全都搖頭。
『國語推行員呢？』輪到我問他。
「國語推行員？」阿勇先是愣了一下，隨即問：「本姑娘嗎？」
『嗯。』我點點頭。
「本姑娘又沒考大學。」
『我知道。』我說，『但你知道她的近況嗎？』
「聽說她高職畢業後，就在屏東醫院上班了。」
阿勇的語氣有些平淡，好像這不是值得多討論的話題。

考上大學讓我覺得長大了，而國語推行員應該也長大了。

但她長得更大，因為她已經去工作賺錢了，而我以後還會是學生。
我突然有種感覺，彷彿繼續念大學的人在一個世界，
已經工作的人則在另一個世界。
而這兩個世界沒有交集。

我站起身，面朝大海的方向，雙手圈在嘴邊大叫：
『我已經考上大學了，然後呢？』
聲音從鹽山上向四周遠遠散去，但沒有回音。
「喂！」阿勇嚇了一跳，「被人聽到怎麼辦？」
我沒理他，一字一字用盡全力大叫：『然——後——呢——』
「你是白痴嗎？」阿勇狠狠敲一下我的頭，「閉嘴啦！」

山下傳來一陣哨子聲，鹽場的工作人員在鹽山下指著我們大叫：
「趕快下來！」
我和阿勇互看一眼後，拔腿就跑。
快跑到鹽山邊緣時，就從鹽山上像溜滑梯一樣溜下來。
現在是盛夏，覆蓋著鹽山的磚紅色帆布早已被曬得發燙，
我們一路摩擦帆布滑下，即使穿著長褲，也是燙得哇哇叫。
終於滑到山下，我們立刻站起身，拍拍發燙的腿，繼續奔跑。

直到追兵已被甩得老遠，我們才停下腳步喘氣。
我又和阿勇互看一眼，同時哈哈大笑。
「你沒事幹嘛亂叫？」笑聲停止後，阿勇說。
眼前是一望無際的鹽田，我又朝遠處大叫：
『我已經考上大學了，然後呢？』
「你是白痴嗎？」阿勇敲一下我的頭，「當然就好好念大學啊！」

回家後想洗個澡，脫下長褲後沒發現傷口，但我看到右膝的疤痕。
國二時的擦傷都已過了四年，疤痕卻依然清晰可見。
我不禁想起國語推行員幫我敷藥的情景。
那時她蹲下來，神情專注，所有擦藥的動作依然是緩慢而流暢。
撫摸著那疤痕，我感受到熾熱，那是她的嘴朝傷口輕輕吹氣的溫度。

「好了。」
敷完藥後，她蹲在地上，仰頭看著我，微微一笑。
我幾乎能看見她的微笑，聽見她的聲音。

高中三年我驗算多次，她依然是我心目中最可愛的女生。
但她長大了，也在工作了，用「可愛」形容還適合嗎？
耳畔響起她的聲音：「班長。即使你下凡了，你還是神。」
當我對數學喪失自信時，她堅定的語氣鼓舞了我。
我重新驗算一次，我想可以把「可愛」修改成「溫柔善解」。
在我心目中，她是最溫柔善解的女孩。

隔天我收到一張賀卡，是國語推行員從屏東醫院寄來的。
郵戳顯示寄件時間是放榜當天，卡片的樣式很素雅，內容也很簡單。
大意是她從報紙得知我錄取的學校和科系，於是恭賀我金榜題名。
我知道放榜當天的報紙上會密密麻麻印上所有錄取學生的姓名，
但起碼有三萬個名字，難道她從三萬個名字中一一找尋我的名字？

腦海突然閃過以前閉目養神時她的身影。
她總是略低著頭，閉上眼，很像在禱告，而且很虔誠。
但其實她的眼睛瞇成一條縫，周圍的擾動依然逃不出她眼睛。
所以她時常提醒我老師走進來了，我該喊起立。

她的側面在我腦海裡越來越清晰，我幾乎可以看見她的眼皮和睫毛。

國語推行員，我心目中最溫柔善解的女孩，謝謝妳的用心。
可惜我無法用類似的話語回應妳，妳可以恭賀我金榜題名，
難道我要恭賀妳白袍加身？
我上了金榜，妳穿了白袍，我們的世界該以何種方式取得交集？

「等考上大學後再說吧。」
『我已經考上大學了，然後呢？』
阿勇說得沒錯，「當然就好好念大學啊！」

大學開學前，我們這些剛錄取的新生要到成功嶺接受六星期的軍訓。
我上了成功嶺，編入第一學訓師第二旅第四營第三連。
集訓的方式比照新兵訓練，對剛從高中畢業的我們這群學生而言，
日子過得很緊繃且不適應，時時刻刻得戰戰兢兢。
每晚熄燈後，總帶著不安的心與疲憊的身體入眠。

有一晚，我夢見國語推行員。
場景是三合院似的平房，院子裡有一條長長的竹竿。
她在院子裡曬衣服，所有的動作始終緩慢而流暢。
對我而言，她那緩慢而流暢的動作會讓我心情很平靜。
夢中如此，醒來後亦復如是。

升上高三後開始壓抑住想起她的念頭，像是用符咒勉強封印。
一旦不小心想起她，便又再貼張符咒鎮住。
直到那晚，所有的符咒都被撕掉，思念便排山倒海傾瀉而出。
那些思念像暴雨襲來，我無處躲避，渾身濕透。

但暴雨過後，烏雲散去，少許陽光穿透雲層照射在身上。

我在第三連寢室的鐵床上看著天花板，內心感受到滿滿的平靜。

帶著這種平靜心情，我度過剩下的成功嶺集訓日子。

下成功嶺後沒幾天，我便提著行囊搬進大學宿舍。

寢室一間有四個人，都是系上新生，大家由於陌生而顯得害羞，

只簡單相互自我介紹，沒其他互動。

隔天開始連續兩天的新生訓練，之後就開學。

新生訓練在大禮堂內舉行，說是「訓練」也沒真的訓練，

大概都是坐著聽台上宣導或公告一些重要資訊。

我覺得有些無聊，開始昏昏欲睡。

終於有休息的空檔，我站起身想走出禮堂透透氣。

「同學。」有個女孩叫住我。

我轉過身，發現她跟我坐在同一區，所以她也是系上新生。

「你記住幾個同學的名字？」她問。

『啊？』這問題很怪，但我還是回答：『目前我只認識室友，但都
　還沒記住任何人的名字。』

「可是我全部都記住了哦。」

『是嗎？』我難以置信。

「不信的話，告訴我你姓什麼，我馬上能說出你的名字。」

她的語氣透露出自信。

『我姓蔡。』

「班上有兩個同學姓蔡。一個來自新竹，另一個是台南。」她問：
「你是哪裡？」

『算台南吧。』

「那你是蔡志常。」

『妳好厲害。』我嚇了一跳，睜大眼睛看著她。

「我叫艾琳。艾草的艾，琳瑯滿目的琳。」她笑了笑，「請指教。」

她說完後轉身就走了，留下又納悶又驚訝的我。

沒想到她又走去找其他系上新生，並問了相同的問題：

「你記住幾個同學的名字？」

她一連問了好幾個同學，似乎樂此不疲。

我更納悶和驚訝了，完全忘了我要走出禮堂透透氣。

新生訓練第二天，中場休息時我又想走出禮堂。

「同學。」艾琳又叫住我。

『有事嗎？』我轉過身。

「你記住幾個同學的名字？」她問。

我愣住了，心想這問題妳昨天不是問過了嗎？

「你記住幾個同學的名字？」她看我沒回答，又問一次。

『算一個吧。』

「可是我全部都記住了哦。」

『喔。』

「不信的話，告訴我你姓什麼，我馬上能說出你的名字。」

她應該忘了昨天已經問過我了，那麼她到底是厲害？還是迷糊？

『我姓蔡。』

「班上有兩個同學姓蔡。一個來自新竹，另一個是台南。」她問：

「你是哪裡？」

『新竹。』

「那你是蔡源行。」

『錯。』我說，『我是三角形，不是圓形。』

她愣住了，說不出話。我笑了笑，走出禮堂透氣。

「我知道了。」她跑出禮堂，走到我身邊，「你是蔡志常。」

『對。』

「原來我昨天就問過你了。」她笑了笑。

『是啊。』我也笑了笑。

「我記名字很厲害，但認人就不行了。」她吐了吐舌頭。

『我的臉普普通通，也沒什麼特色。』我說，『加上昨天是第一次
　見面，所以妳認不出來很正常。』

「你的臉嘛……」她打量著我，「嗯……」

『是不是認為我說得對，但基於禮貌又不能直接表達認同？』

她笑了起來，臉頰上竟然有兩個小酒窩，我突然聯想起國語推行員。

我莫名其妙對這女孩有了好感。

『妳怎麼馬上就能記住全部同學的名字？』我問。

「放榜後我閒著沒事，就把班上所有同學的名字一一記牢。」她說，
「等開學了，同學發現我老早就記住他們的名字，一定會很驚訝。」

『妳這樣做，只是為了讓同學感到驚訝？』

「是呀。」她說，「你不覺得讓人驚訝很有趣嗎？」

『也許很有趣。』我笑了笑，『但妳確實是滿閒的。』

她又笑了起來，看見她的酒窩，我有些恍惚。

「你剛說你只記住一個同學的名字？」她問。

『嗯。』我點點頭。

「是誰？」

『艾琳。』

「謝謝。我好榮幸。」

『這是妳昨天告訴我的。』

「我知道我說過。」她笑了，「但你記住了呀！」

她說完後轉身走進禮堂，我卻留在當地陷入沉思。

高中三年裡我從沒認識新的女孩，連跟女孩講話的機會也幾乎沒有。

但經過三年的空白後，剛開始跟艾琳交談時卻很自然，也很自在。

艾琳的個子嬌小，五官清秀，個性應該算活潑，舉止敏捷俐落。

無論身材、面貌、個性、舉止等，她跟國語推行員一點都不像，

可是不知道為什麼，她總讓我聯想起國語推行員。

難道只是因為艾琳也有酒窩嗎？

開學了，教室比高中時的教室明亮，空間也更寬敞。

中學時代，桌子是桌子、椅子是椅子，桌椅都是木頭製的；

但這教室裡桌椅連成一體，而且除了桌面和椅面是木頭外，

其餘部分都是金屬做的。

所有的一切都是嶄新的開始，我將從這裡展開我的大學生活。

「同學。」艾琳走過來，「你記住幾個同學的名字？」

『妳……』

「開玩笑的。」她笑了起來，「我知道我問過你兩次了。」

『妳好像很閒。』

「我忙得很呢。」她說，「我要繼續去收集驚訝了。」

『收集驚訝？』

「嗯。」她點點頭後便跑開,「只剩下幾個同學還沒問。」
看來她真的很閒。

下午上完最後一堂課後,我走出教室準備回寢室。
「嗨!」艾琳跟我打招呼,「三角形。」
『三角形?』
「你昨天說你是三角形呀!」
『喔。』我想起昨天跟她開的玩笑,簡單笑了笑。

「跟你說哦,蔡源行真的是圓形耶。」她說。
『是嗎?』
「他的臉很圓。」她笑了笑,「身材也是。」
我看著她臉上的酒窩,果然又聯想起國語推行員。

「再跟你說一件事。」
『什麼事?』
「我已經……」她深深吸了一口氣後,突然大叫:「全部搞定!」
我嚇了一跳,問:『搞定什麼?』
「班上有50個男生和5個女生,除了我之外,我全部都問完了。」
『妳真的很閒。』

「看著大家驚訝的神情,真是有說不出的滿足呀!」
她得意地大笑,笑聲停止後假哭了幾聲,還用手擦拭眼角。
『又怎麼了?』
「我被自己的毅力感動了。」她還在擦拭眼角。
『那不叫毅力,只是很閒而已。』

「bye-bye，三角形。」她笑了起來，兩頰的酒窩很深。

她揮揮手後便轉身離開，她的所有動作都是迅速而俐落。

看著她離去的背影，腦海裡還殘留著酒窩的影像。

我跨上腳踏車，騎回寢室的途中，耳畔縈繞著艾琳清脆響亮的笑聲。

跟國語推行員的清淡微笑相比，簡直像默片碰上戰爭片。

回到寢室，我躺在床上看著天花板，靜靜想著國語推行員。

今天是上大學念書的第一天，我各方面都還算適應；

而遠在屏東醫院工作的國語推行員，應該已經工作幾個月了，

那麼她還適應嗎？

班上該選幹部了，跟以前不一樣的是，並沒有導師監督。

同學自己開會推選，先選班代，原來大學的班長已經改叫班代了。

選班代時根本是全體通過、毫無異議，而且眾望所歸，就是艾琳。

因為她知道全班每個人的姓名，而且每個人也都認識她。

「謝謝。」艾琳站起身，「我一定努力做好，不辜負大家的期盼。」

她很會說話，但我並沒有期盼什麼。

「副班代的人選可以由我指定嗎？」艾琳問全班。

班上同學都沒意見，大概就是隨她高興就好。

「那請三角形……」她指著我，「哦，不，是蔡志常當副班代。」

我嚇了一跳，也納悶她為什麼要指定我當副班代？

難道她像國中導師選蔡玉卿當副班長一樣，只是認為我長得最帥？

所有幹部都選完了，會也開完了，我問艾琳為什麼選我？

「因為我跟你最熟呀！」她笑說。

『我跟妳很熟嗎？』

「那個問題其他同學我都只問一次，可是我問你兩次耶！」她說，
「你是其他人的兩倍，所以我當然跟你最熟呀！」
『只是這樣？』我愣了愣。

「不然呢？難道你以為我覺得你是班上最帥的男生所以才選你？」
『這……』我有點不好意思，也覺得尷尬。
「咦？」她看著我，「我說對了？」
我瞬間臉紅，吶吶地說不出話。
「你真老實。」她笑了起來，兩頰的酒窩很深。

在我的認知裡，像阿勇那樣死都不會說謊的人才叫老實。
而我在面對國語推行員時，有時不敢坦白內心真正的想法或心情，
只好說出違心之論。我和國語推行都認為，這也算「說謊」。
如果我可以說謊，那我就不老實。
面對艾琳的說法，我其實可以簡單一句：哪有，來混過去。
但我完全沒有想「說謊」混過去的念頭。
我不禁在想，是不是我只會對國語推行員「說謊」？

「三角形。」艾琳說，「你要好好輔佐我哦！」
竟然用輔佐這詞，看來她很認真，但我卻只想當闌尾。
可惜班代的任務很多，而艾琳幾乎每件都要我幫忙。
因此我根本不是闌尾，而是四肢。
不僅要動手做，還要跑腿。

大一的新鮮人生活，學校舉辦了各式各樣的迎新活動，
包括露營、郊遊、晚會、舞會等，還有新生盃各項活動和賽事。
系上學長姊也舉辦了很多迎新活動，這些都讓大一的日子裡，

顏色多采多姿，聲音喧囂熱鬧，氣氛溫馨歡樂。

學校雖然男生遠多於女生，但校園內女生還是很多。
與高中三年的和尚生活相比，大學生活簡直像極樂人間。
雖然班上只有5位女生，但經由各類活動和聯誼，
我也多認識了一些女孩。此外，我加入了環保社。
那時環保意識正抬頭，但我並不是因為這個理由而加入。
主因是有個室友是環保社員，在他鼓吹之下，我就順勢進入環保社。
當然真正的原因是免繳社費還送一件T恤，而且女社員也很多。

每當新認識一個女孩，我總不自覺地聯想起國語推行員。
不是想比較孰優孰劣，也不是想比較她們之間有何共通點，
更不是想嘗試讓新認識的女孩可以取代她在我心裡的位置。
我只是很單純地聯想起她而已，好像那是一種反射動作。
或許在我心裡始終對「遲到」這件事耿耿於懷，
以至於每當新認識一個女孩時，都想及早判斷該不該付諸行動？

而最容易讓我聯想起國語推行員的女孩，就是艾琳。
有時在跟艾琳對話的過程中，會瞬間跌入過去的時空，
恍惚間會有正跟國語推行員對話的錯覺。
但艾琳的一顰一笑、一言一行，明明跟國語推行員一點都不像，
甚至可說是強烈的對比，沒理由看到燒餅會聯想到西瓜吧？
可是在我心裡，艾琳跟國語推行員的連結卻越來越強。

艾琳是台北人，有時敏捷伶俐讓人覺得好厲害；有時卻非常迷糊。
她做事很急，比方要我幫忙做某件事，明明隔天去教室就可以交辦，
但她卻要我當晚在女生宿舍門口等她。

每當我在女生宿舍門口時，聽見一陣劈里啪啦，就知道她下樓了。
她衝下樓的聲音很像放鞭炮。

她交辦我做事時非常有條理，交辦完後就會馬上跑進宿舍。
但她跑進宿舍沒多久又會衝出來，因為她忘了某個細節。
我常常在女生宿舍門口，看她跑進跑出宿舍大門。
最高記錄是四次來回。

「喂！」艾琳又衝出宿舍叫住我，「三角形！」
『妳又忘了什麼嗎？』我停下腳步。
「你是台南人嗎？」
『嗯？』我很納悶，『妳怎麼突然問這個？』
「反正你只要回答我，你是台南人嗎？」
『我不是台南人，我只是在台南念高中而已。』
「差不多啦！反正你是南部人，對吧？」
『對。』

「南部人應該很會講台語。」她說。
『住在動物園附近的人就會比較了解猴子嗎？』
「什麼意思？」
『沒什麼。』我問：『所以呢？』
「所以你教我講台語好嗎？」她說，「拜託嘛！」

我整個人愣住，完全說不出話。
對經歷了校園內禁止說方言甚至講台語就要罰錢年代的我而言，
從沒想過有人會拜託人教台語。
時代變了嗎？

時代確實變了。

我考上大學的這一年，台灣宣布解嚴。

解嚴後，「校內禁止說方言」政策已被廢除，講台語不用被處罰了。

國語推行員這種幹部也徹底消失，已經成為歷史。

而在我心裡，國語推行員是不是也要成為歷史？

以前台灣限制電視台的台語節目播放時間一天不能超過一小時，

而且播出的時段也有限制，解嚴後也都沒限制了。

以前講台語會有「沒水準」的偏見，但現在電視藝人喜歡講台語，

或者國台語交雜，好像覺得會講台語是一件很潮、值得炫耀的事。

台灣的社會已經快速變遷，不禁讓人有今夕是何夕的感慨。

「喂！」艾琳大叫一聲。

『嗯？』我如大夢初醒，看著她。

「你到底要不要教我講台語？」

『妳為什麼想學台語？』

「就是想學嘛！」她說，「我完全不會講台語。」

『其實妳常常講台語。』我說。

「哪有？」她很驚訝，「怎麼可能？」

『妳唸唸自己的名字。』

「艾琳？」

『艾琳就是愛人的台語。』我說，『愛人的台語發音，就是艾琳。』

「真的嗎？」她眼睛一亮。

『嗯。』我點點頭。

「艾琳、艾琳、艾琳、艾琳、艾琳、艾琳、艾琳……」她微微一笑，
「沒想到我的名字在台語裡這麼美，愛人耶！艾琳耶！」
她笑了起來，露出酒窩。

「只要叫我的名字，就像用台語呼喚著愛人。」她興奮地大叫，
「愛人呀！艾琳唷！」
她一直笑個不停，酒窩越來越深。

用台語呼喚著愛人？

我終於明白了。
我之所以很容易因為艾琳而聯想起國語推行員，
最主要的原因並不是她們都有酒窩，而是她們的名字都像台語。
隨著我艾琳、艾琳一直叫，我回到了國中時叫素芬的感覺。
那是我和國語推行員的專屬默契，也是我和她最根深蒂固的情感。

『素芬。』
「一句。」

台灣解嚴了，不再有國語推行員。
但在我心裡，依然還是有素葷。

8.

很多人說，時間會讓人改變。情感會降溫、記憶會淡去。
可是我好像還是停留在國中那段時間裡，
情感的時間座標值並未往前推進。
我常專心地回憶國語推行員，不是妄想改變什麼，
僅僅只是回味認識她的過程和相處時的點滴。

與其說是對她念念不忘，倒不如說是對「遲到」這件事耿耿於懷。
因為遲到，我和她便錯過，只能是很好的國中同學關係。
但也許這種悔恨非但不是下一份感情的阻礙，
有時反而會成為新感情「怎樣才能不再留下遺憾」的經驗。

也有人說，放棄某些自己想要的東西，
是幸福生活中不可或缺的一部分。
如果要讓自己追求新的感情，我應該要放棄對國語推行員的執念。
就像泰戈爾所說：
「如果你因為錯過太陽而流淚，那麼你也將錯過星星。」

我做了上大學後第一次驗算，結論仍然是：
在我心目中，國語推行員是最溫柔善解的女孩。
可是既然我已錯過太陽，不能再錯過星星。
所以我試著不再因每個新認識的女孩而聯想起國語推行員。
這很難，因為聯想起國語推行員幾乎是我的反射動作。
我只能告訴自己，國語推行員是太陽，沒人能取代她的光與熱；

但我要努力欣賞星星，如果心動了，也應該有所行動。

艾琳是所有上大學後認識的女孩中，跟我最熟、互動最密切的。
因為是同學，而且她是班代、我是副班代，我們有很多機會相處。
自從她拜託我教她講台語後，她更是一有空檔就纏著我要我教。

經過中學時代被嚴格「訓練」後，講國語早已成了反射動作。
除了回故鄉跟長輩會用台語交談外，我已經不說台語了。
因此上大學後教艾琳講台語前的日子裡，我從沒說過半句台語。
當我第一次開口講台語給艾琳聽時，我自己都覺得怪怪的、卡卡的。

我並不是有系統地「教」艾琳，只是想到什麼、碰到什麼就隨口講。
而艾琳只是跟著唸，學習欲望很強，我都搞不懂她幹嘛這麼熱衷？
當我在教台語時，我才發覺台語並不好學，尤其對說慣了國語的人。
比方：去香港買香很香這句，這三個「香」字，國語都是同一個音。
可是在台語，三個「香」字各自要發不同的音。
艾琳說台語時老是唸成都一樣，她也不懂為什麼音要不一樣？

我還算熱心教她，但她的個性真的很急。
有次下課後我騎腳踏車要回宿舍時，她竟然衝到車前。
我嚇了一大跳，緊急煞車。
「三角形。」她抓住腳踏車的把手，「教我講台語。」
『璀細。』我說。
「嗯？」
『就是找死的台語。』
趁艾琳放開把手試著唸看看時，我加速騎車走人。

班上當然很多人都會講台語，但因為我有「海口腔」，腔調較重，
這些人覺得我講台語的發音很有趣，便喜歡跟我用台語交流。
而有幾個不會講台語的男生也要我教台語，他們倒不是真的要學，
只是想學幾句台語充充樣子，特別是髒話。

『真的要學髒話？』我很疑惑。
「對。越髒越好。」他們笑說，「就三字經那種。」
『可是很難聽耶。』
「不會啦，那一定很酷。」
酷三小，髒話就是髒話，以前講一句就要罰五塊錢。

所以他們大概就只是想用台語罵：「幹」、「幹你娘」之類。
每當我示範用台語講髒話時，我都會很尷尬，甚至會臉紅。
但他們跟著用台語唸髒話時，總是爽度破表的樣子，好像覺得超酷。
過沒多久，他們就把「幹」當發語詞和口頭禪了。
我有時會勸他們不要老把「幹你娘」之類掛在嘴邊，那真的很難聽。
「不會很難聽啊！」他們笑說，「幹你娘就像是承諾，說的人多，
　但做到的人少之又少。」

「椪柑、李子、涼麵。」他們又說，「這三種東西合稱？」
『柑李涼？』
「對！」他們又笑了，「就是幹你娘。」
我決定放棄勸他們了。

上大學前，我從來沒想過我在大學校園裡會講台語；
但進了大學後，我卻常講台語，甚至教人講台語。
我講台語時偶爾會想起國語推行員，也想起自願成為她戰果的往事。

有時甚至會有聽到她說：一句的錯覺。

因為教艾琳講台語，艾琳跟國語推行員的連結更強了。
我常分不出是因為講台語而想到國語推行員？
還是因為艾琳這個人而想到國語推行員？
搞得我有點錯亂，有次我甚至從口袋掏出一塊錢拿給艾琳。

「你幹嘛給我一塊錢？」艾琳直接伸手接下，「里洗挖Ａ艾琳嗎（你是我的愛人嗎）？」
我愣了愣，有點尷尬。
「雅洗工，挖洗里Ａ艾琳（或者說，我是你的愛人）？」她又說。
『妳台語說得越來越好了。』
「謝謝。」她笑了起來，「那這一塊錢就當是我的獎勵嘍！」
沒想到以前講台語要罰錢，現在變成台語講得好可以拿錢。

艾琳的台語確實越講越好，而班上講台語的人也越來越多。
常常會在教室裡聽見「幹」、「靠腰」、「你娘咧」之類的。
如果國語推行員現在也是我的同學，不知道她聽到時會怎樣？
她的黑鮪魚眼睛，會不會瞪出血來？

「幹，五告雖小（有夠倒楣）！」艾琳說。
『妳……』我嚇了一跳。
「這發音準嗎？」
『我沒教妳這個吧？』
「你是沒教。」她笑了，「但大家都在說呀！」

看到艾琳跟其他男同學一樣，也把說台語髒話當成很酷的事，

那瞬間，我突然不再錯亂，腦筋清楚、心下雪亮：
艾琳是艾琳，國語推行員是國語推行員，兩者涇渭分明。
因為國語推行員聽到台語髒話的反應，一定是馬上向黑鮪魚借眼睛。
艾琳再怎麼明亮，最多就是一顆閃耀的星星，但絕對不是太陽。

大一下學期才剛開學，艾琳就問我班上要不要辦一次出去玩的活動？
『不用了吧。』我說，『學校和系上都已經辦過一堆迎新了。』
「不一樣啦！」她加強語氣，「這是我們班自己辦的活動耶。」
『所以妳只是告知我，而不是徵求我意見？』
「嗯。」她笑了起來，露出的酒窩很深。

班上熱烈討論要去哪裡玩，大家的意見還真多。
艾琳獨排眾議，她說她知道一個私房景點，大家一定會喜歡。
結果大家就聽她的，決定去屏東的深山裡，大約有40個同學參加。
艾琳規劃了所有行程、租了輛遊覽車、訂了間民宿。

去程的車上，艾琳拿起麥克風在車上唱了幾首歌。
艾琳的歌聲很好聽，清脆而嘹亮，很能帶動車上的氣氛。
我不禁想到從沒聽過國語推行員唱歌，如果她低沉的聲音唱起歌來，
車上的同學會不會忘了我們正要去玩而以為是要上戰場？
唉，我竟然在出去玩的遊覽車上，又想起國語推行員。

原以為艾琳哪會知道什麼了不起的私房景點，但車子抵達目的地後，
我四處看了看，非常驚訝。
這裡有山有水也有林，環境幽靜清雅，頗有世外桃源的味道。
『妳怎麼知道有這種地方？』我問她。
「嘿嘿。」她笑得有點曖昧，「不告訴你。」

班上同學也很滿意艾琳選的地點，這讓她更得意了。

可是等到晚上要睡覺時，卻發現事情大條了。

艾琳只訂了兩間房，這兩間房的大小和配置都一樣。

房間有張大木板床，床上鋪了榻榻米當通鋪。

如果把人當屍體，通鋪上大概可排放8具男生屍體或9具女生屍體。

但是，我們有40個人啊！

『妳只有訂這兩間？』我把艾琳拉到一旁，偷偷問她。

「嗯。」她的神色有些慌亂。

『妳訂房的時候，沒問一間可睡多少人？』

「老闆說房間很大，可以睡很多人呀！」

『很大是多大？』我語氣有點嚴厲，『我們有40個人耶！』

「我⋯⋯」她聲音幾乎細不可聞，「我沒問。」

『妳到底是厲害？』我嘆了口氣，『還是迷糊？』

「怎麼辦？」她好像快哭了。

『沒關係。』我有點不忍心，『還是可以解決的。』

其中一間通鋪就只讓5個女生睡，所有男生就擠另外一間通鋪，

和這兩間房間的地板。

大家的行李如果堆在一起的話，每間地板大概勉強可擠9個男生。

還有大約10個男生沒地方睡，那就只好有的男生睡上半夜，

有的睡下半夜。

剩下的另一個問題，這裡是山上，現在又是冬天，但棉被根本不夠。

不過男生正值年輕力壯，將就一晚應該還好。

班上同學完全沒有埋怨或責怪的意思，反正出來玩怎麼睡不重要。

有的男生甚至打算熬夜不睡，就在戶外喝茶聊天或夜遊。

女生比較重要，把她們安頓好後，我也在戶外跟同學閒聊。

沒多久艾琳走出房間，來到我身旁坐下。

『妳不睡嗎？』我問，『是不是睡不著？』

她搖搖頭，沒說話。

「對不起。」過一會後，她突然開口。

『沒關係啦。』我笑了笑，『這地方很好，大家都很開心。』

「別安慰我了。」她說，「你問得沒錯。我到底是厲害？還是迷糊？我想應該是迷糊吧。」

『一、大家都很開心，這是真的，不是安慰。二、大家也不介意睡覺擠擠這種小事，這也是真的。三、我到現在才勉強記住全班同學的名字，但妳還沒進大學前就全記住了，所以妳很厲害。』

「謝謝。」她看了我一眼後，說。

『不客氣。』

「你說話竟然還用一、二、三，果然是三角形。」她笑了起來。

我看著她的酒窩，心想如果國語推行員此刻就在這裡，該有多好。

『我還是確定一下好了。』我問：『妳有訂回程的遊覽車嗎？』

「回程的遊覽車？」

『是啊，不然我們怎麼回去？』

「所以回程也要訂嗎？」

『難道妳……』我大驚失色。

「廢話。」她笑了，「我當然有訂回程，明天下午四點車子會來。」

『妳嚇了我一跳。』我鬆了一口氣。

「我只是迷糊，又不是白痴。」她又笑了起來。

我突然想起我現在也在屏東，雖然我在深山、國語推行員在平地，

但同樣是在屏東，距離應該變近了吧？

艾琳跟著一些男生去夜遊，我覺得累了，就進去房間想睡覺。

我把外套拉鍊拉到頂，立起衣領，像蝦子一樣縮著身體躺在地板上。

屋外隱約傳來一些笑聲，讓我覺得很安心，便沉沉睡去。

醒來後，戴上眼鏡，看見右側睡的我右邊躺了個左側睡的同學，

那是張女生的臉，我們兩張臉的距離不到20公分。

一、二、三……

我整個人往後彈起，後腦杓還撞到放置在地板上的茶几，好痛！

但痛不是重點，重點是那是艾琳的臉啊！

「早。」艾琳似乎被我吵醒，睜開眼睛說。

『妳……』我竟然結巴了，『妳怎麼會躺在這裡？』

「因為這裡有位置呀！」她直起身，伸了個懶腰。

四下有好幾個同學還在睡，我趕緊起身，拉著艾琳走出房間。

『妳應該去睡女生那間的通鋪啊！』我說。

「我害那麼多人睡地板，我怎麼好意思自己去睡通鋪呢？」

『可是……』我又結巴了。

「欸，你睡覺時很會打呼，很吵耶！」她說，「我差點扁你。」

我瞬間臉紅，說不出話。

整個上午我的臉都是紅的，尤其是想到醒來後艾琳的臉就在眼前時。

雖然睡得熟，但靠那麼近，睡夢中翻身時會不會抱著她？

然後我竟然又莫名其妙想起國語推行員。

我想起近看她眼睛瞇成一條縫時，整個視野範圍都是她的臉。

多麼平靜安詳的一張臉啊，我彷彿又可以聞到國語推行員的呼吸。

下午要上車回學校時，我看見艾琳打了幾個噴嚏。

『妳感冒了嗎？』

「應該吧。」艾琳說，「大概是被你傳染。」

『被我傳染？』

「因為昨天晚上我們兩個人睡在一起呀！」

我趕緊摀住她的嘴，但來不及了，同學都聽到了。

這下跳到黃河也洗不清了。

「挖洗里Ａ狼嘍（我是你的人了）。」艾琳撥開我摀住她的手。

『不要再開玩笑了。』

「那我這樣說，對嗎？」

『算對。』

「你也認同我是你的人了？」

『不不不。』我急忙搖手，『我是說妳那句台語的發音算對。』

「你真老實。」她笑得很開心。

之後有一段時間，我看見艾琳時會覺得尷尬，但她卻若無其事。

照理說，女生應該比較尷尬吧？

畢竟如果這種情形發生在古代，她搞不好就要一輩子跟著我耶。

新生盃籃球賽決賽那晚，經歷緊張刺激的球賽後，我們班拿到冠軍。

同學們都很亢奮，又叫又跳的，還想熱烈慶祝一下。

剛好這天是我19歲生日，大家提議買個蛋糕回宿舍順便幫我慶生。
我們在宿舍十樓的交誼廳慶祝，歡笑聲不斷，也不怕吵到別人。
反正這層樓住的都是我們自己系上的學生。

雖然照理說女生不能進男生宿舍，但艾琳還是溜上來了。
可能被周遭的亢奮氣氛感染，切蛋糕前艾琳對我說：「我要獻吻。」
我以為她在開玩笑，但大家馬上拍手叫好。
『不行啦！』我說。
「你們在屏東那晚都睡在一起了，親一下有什麼關係。」同學說。
我啞口無言，而同學們則開始起鬨。

『不要鬧了。』我看苗頭不對，便想開溜。
「同學們！」艾琳指著我，「抓住他！」
好幾個同學立刻圍上來抓住我，按住我乖乖坐在椅子上。
我每隻手各被兩個同學緊抓著，身體被牢牢抱住，頭也被固定著。
還有人趴在地上拉住我小腿。
我絲毫動彈不得，只見艾琳笑得很開心。

艾琳慢慢靠近我，微嘟著嘴，輕輕在我右臉頰啄了一下。
我感覺右臉頰被她柔軟的嘴唇觸碰，雖然一觸即彈開，
但接觸的瞬間產生一股電流，電得我臉頰發紅發熱、心跳也狂飆。
同學們很滿意地放開我，趴在地上拉住我小腿的人也滿足地站起身。
所有人都哈哈大笑，只有我一臉茫然。

之後發生什麼我有點模糊，我像是喝醉酒的人那樣朦朧。
以致同學們拿蛋糕塗我的臉時，我也都隨便了。
直到女生宿舍的門禁時間快到了，同學們又起鬨要我送艾琳回去。

我跟艾琳坐電梯下樓，我還是有些恍惚。
走出宿舍，夜風拂面，我才算有了三分清醒。

我們在夜空下並肩走著，大約有三分鐘的沉默。
「感覺怎樣？」艾琳突然打破沉默。
『什麼感覺？』
「初吻呀！」她問：「你是初吻吧？」
『呃……』我又臉紅了，『算是吧。』
她笑了起來，我看著她的酒窩，又想起國語推行員。

「那麼感覺怎樣？」她又問。
『什麼感覺？』
「初吻呀！」她說，「你在跳針嗎？」
『喔。』我想了一下，『就像看到〈出師表〉。』
「出師表？」她很納悶。
『難得有女生肯親我，我就像看到〈出師表〉一樣感動。』
她又笑了起來，酒窩更深了。

「三角形。」她說，「我有時候覺得你很有趣。」
『是嗎？』
「嗯。」她點點頭，「是很有趣的那種。」
『是嗎？』
「你在跳針嗎？」
『對。』
我們都笑了起來，女生宿舍快到了。

「西類（抱歉）。」她說，「沒經過你允許，我就那樣做。」

『不用抱歉。』我笑了笑，『我知道妳喜歡開玩笑。』

「其實……」她語尾音拖得很長。

『其實什麼？』

「我沒開玩笑的意思。」

我心下一震，停下腳步。女生宿舍就在眼前了。

「三角形。」艾琳也停下腳步，「我告訴你一件事。」

『請說。』

「我也是。」

『也是什麼？』

「我也是初吻。」

我愣了愣，還沒回神時，她已經揮揮手走進女生宿舍了。

我下意識摸了摸右臉頰，好像還殘存著她嘴唇的柔軟觸感。

抬頭看著夜空，天邊掛著幾顆星星。

我想，艾琳應該是一顆閃亮的星星吧。

嚴格說起來親臉頰這種事可能不算初吻，但她說是就是吧。

我心裡開始有了一些微妙的化學變化，面對艾琳時不再那麼自然。

而看到她臉頰上露出的酒窩時，我開始覺得那非常迷人。

我不知道是否我「心動」了，只知道如果不要再有遲到的遺憾，

應該要有所行動。

醞釀了一些時間後，我終於鼓起勇氣約艾琳一起看電影。

至於國中時看過的那本書說第一次約會時千萬不要看電影，

我完全不想鳥它。

因為我想定調我和國語推行員那年一起看電影，就是第一次約會。

「你要約我看電影？」艾琳似乎很驚訝。

『嗯。』我很緊張，『等期末考考完之後。』

「三角形。」她問：「你是要追我嗎？」

我的尷尬度瞬間破表，完全說不出話。

「我說對了？」她打量著我。

我沒法「說謊」，終於緩緩的，點了點頭。

「你還是一樣老實。」她微微一笑。

『那麼……』我有點結巴，『可以嗎？』

「這個嘛……」她想了一下。

『如果不方便，沒關係。』

我覺得應該被拒絕了，有點尷尬，轉身就離開。

「三角形！」艾琳叫住我。

我停下腳步回頭，但沒說話，只是看著她。

「明晚我先請你吃飯。」她問：「你有空嗎？」

『當然有空。』我很納悶，『但是，妳先請我吃飯？』

「嗯。」她點點頭，「你怎麼不問我：是不是想先倒追你？」

我臉紅了，她卻笑得很開心。

雖然很納悶要約女生看電影時，女生竟然說要先請你吃飯。

但艾琳要請我吃飯，應該是她給的一個很好的回應。

我依照約定時間，來到跟艾琳約好的餐廳門口。

一走進餐廳，便看見她站起身跟我招招手，我往她走去。

我走到艾琳的桌旁，卻發現她身旁坐了一個男生。

「三角形。」她指著身旁的他,「我跟你介紹,這位是我男朋友。」
突然五雷轟頂,我感覺魂飛魄散,站也不是,坐也不是。

「你坐呀!」艾琳指著我,「他叫蔡志常,是我們班的副班代,平時
　都是他在幫我,而且他還教我講台語呢。他人很老實,也很有趣,
　我都叫他三角形。我們是很要好的同班同學……」
艾琳口若懸河、滔滔不絕,我很想叫她不要再說了。
再說下去,她男朋友不會吃醋嗎?
萬一她男朋友吃醋抓狂了,場面會很尷尬吧?

「三角形。」艾琳終於停了,「你怎麼還不坐下?」
我只好挪動早已僵直的腿,緩緩坐在椅子上。
「很高興認識你。」她男朋友伸出右手,「謝謝你平常照顧艾琳。」
我只好也伸出右手,跟他握了握,但講不出半句話。
還有更尷尬的嗎?

艾琳說他們高中就認識了,上大學後在迎新舞會巧遇,
之後就馬上交往,成為男女朋友。
「屏東那個私房景點,就是他騎機車載我去玩的,所以我才知道。」
她笑了笑,「但沒過夜,所以才不清楚住宿的狀況。」
喔,原來如此。但這已經不重要了吧?

雖然很想馬上離開現場,但我只能乖乖坐下,趕快吃完飯。
吃的是排餐,菜是一道一道上的,上菜的間隔時間又長。
我很想大叫:把所有的菜一次上完吧!來吧!一起上吧!我隨便了!
但我只能咬牙忍受這緩慢而冗長的過程。
如果將來發明了時光機可以穿越時空,我一定要從未來坐回現在,

絕對要阻止我走進餐廳忍受這一個多小時地獄般的煎熬。

終於要結束了，我自由了。
走出餐廳的瞬間，我馬上跟他們說了聲 bye-bye，轉身光速離開。
我從沒想過我走路的速度能有這麼快。

「三角形！」艾琳的聲音從背後傳來，「等等我！」
我停下腳步，回頭看見她正朝我跑來。
「你……」她追上了我，停下腳步喘氣，「你沒事吧？」
『我沒事。』我說，『但我很抱歉，請妳忘了看電影這件事吧。』
我說完後，又轉身光速離開，這次就不回頭了。

坦白說，我並沒有類似「失戀」的感覺，因為我和艾琳還沒開始。
我只是被艾琳的一句話深深衝擊：「我們是很要好的同班同學。」
我原以為，我跟她的互動可能超過單純的同學關係；
加上經過「初吻」事件的催化，我以為她應該算「喜歡」我，
最起碼有一定的好感。

沒想到這些都只是我「以為」而已。
對艾琳而言，「我們是很要好的同班同學」。

我想起高二那年跟國語推行員看電影時，她一直強調：
「我和他只是國中同學。」
我覺得國語推行員應該對我有好感，或至少我們有些曖昧；
但國語推行員會不會也像艾琳一樣，認為「我們只是同學」？

我想由過去的某些片段，「證明」國語推行員應該是喜歡我，

或起碼有好感或曖昧，而不是只是以單純的同學關係看待我。
但我根本無法證明，而且艾琳事件的經驗也告訴我，
國語推行員很可能也只是把我當成很要好的國中同學而已。

如果國語推行員只把我當同學，那我就沒有「遲到」的遺憾。
搞不好我反而該慶幸當初沒有行動，不然也只會留下尷尬而已。
即使即使，國語推行員對我比單純的同學還多出一點曖昧，
但曖昧就像所有鮮亮的東西一樣，隨著時間過去，是會褪色的。
經過這些年流動，她當初對我的曖昧，現在也應該褪色消失了吧。

再假設一個最完美的狀況。
國中時的我是 A，國中時的國語推行員是 B。
A 和 B 是相愛的。
上大學的我變成 A1，A1 與 A 有所差異；
在屏東醫院工作的國語推行員變成 B1，B1 與 B 也有所差異。
那麼，A1 和 B1 還是會相愛嗎？

我像是努力維持形狀的布丁，腦中不斷變換思維模式與自己辯論著。
但我完全無法得到驗證或結論，思緒一片混沌。
國語推行員跟我，到底是什麼關係呢？

大一的日子要結束了，在結束前我做了一次驗算。
國語推行員依然是我心目中最溫柔善解的女孩。
可是……

我始終算不出來，我在她心目中，是以什麼角色存在著？

9.

在一片迷茫中,我升上大二。
開始有了學弟妹,也開始有人叫我學長,我感覺自己又長大了。
如果這時讓我看到鹽山,我一定覺得鹽山更小、更低。

我也開始躲避接觸艾琳,還好我們都不是幹部了,沒公事要合作。
上課時如果她坐在教室左前方,我就坐右後方,取對角線最長距離。
下課後或平時班上的活動,我一定避開她,連眼神也避免接觸。
至於教她講台語?這事已經完全不幹了。
甚至自己也避免講台語,因為我盡量不要想起國語推行員。

我對艾琳並不存在生氣、怨恨等負面情緒,只是單純覺得尷尬而已。
然而畢竟是同班同學,根本不可能完全避開。
一旦不小心有眼神接觸之類的,我會勉強擠個微笑,然後光速離開。
有幾次感覺艾琳特地向我走過來,或是她試圖跟我說話,
但我馬上會光速離開。

我知道這種行為很不成熟,我應該要坦然與艾琳當同學、當朋友。
可是我真的覺得很尷尬。
另外我也怕經歷這事件後,以後還可以跟艾琳維持正常的同學關係。
因為這會讓我聯想,即使我和國語推行員過去那段可能有感情成分,
日後還是可以保持單純的同學關係。
在我心裡,即使知道以後很可能不會跟國語推行員有任何發展,
我仍然希望將來我跟她之間,不只是同學關係。

我在班上沒被選為幹部,但在社團裡卻被選為文書組的幹部。

環保社的活動算多,所以我進社團的時間也變多了。

今年環保社新收的大一社員不少,女生比例也很高。

在社辦經常看到一些新生女社員圍在一起嘰嘰喳喳,很熱鬧的樣子。

甚至還有一個新生女社員常常拿教科書來社辦念書。

有這麼認真嗎?

一問之下才知道,她的家在台南,所以沒住宿舍。

白天如果空堂沒課,就直接到社辦來,不像住宿的學生會回寢室。

我注意到她在社辦時總是拿出課本,坐著低頭認真演算。

不知道為什麼,看見她演算時的側面,我就想起國語推行員。

沒想到她竟然咬筆苦思!

認真的側面、咬筆的神情,彷彿國語推行員正活生生地坐在我面前。

也許只是我太久沒看見國語推行員咬筆苦思的神情;

也許只是國語推行員咬筆苦思的神情在我記憶裡太鮮明深刻;

所以即使她和國語推行員並不是那麼相像,

我還是將國語推行員的身影投射在她身上。

我忍不住悄悄靠近,想看看她被哪道題目困擾著?

「學長。」她轉頭往左上方看著我,「有事嗎?」

『沒事。』我很尷尬,『抱歉,只是好奇妳在算什麼?』

「微積分。」她把書本闔上,指著封面上的字:calculus。

『喔。』我說,『那妳要節哀。』

「節哀?」

『嗯。』我笑了笑,『因為微積分有點難。』

「不是有點難，是太難了！」她苦著臉，「上課幾乎都聽不懂。」

『是嗎？』

「嗯。」她說，「我從小數學就不好，碰上微積分頭就更痛了。」

聽到「數學不好」這句，國語推行員的身影又浮現在眼前。

『可以讓我看看妳剛剛在算的那題嗎？』

「好。」她翻開課本，翻到某一頁停住，指著右上角，「就這題。」

『妳的筆借我好嗎？』我看完題目後說，『還有借我一張紙。』

她立刻將手中的筆遞給我，我看著筆上的咬痕，有些恍惚。

「學長。」她叫了一聲。

『嗯？』

「紙。」她手中拿著一張紙，作勢要遞給我。

『喔。』我伸手接下。

我站著微彎著身，把紙放在桌上，一邊演算，一邊說明。

『這樣明白了嗎？』我問。

「嗯。」她用力點頭，「學長，你好強哦，你怎麼那麼厲害。」

『只是學過而已。』我笑了笑，『還有別的題目嗎？』

「當然有呀！」她說，「學長你還可以教我嗎？」

『嗯。』我點點頭。

她馬上翻開另一頁，指著其中一道題目。

『只有這題嗎？』

「不。」她說，「是除了這題會算外，其他全部都不會。」

『啊？』

「我微積分真的很爛。」她笑了笑，吐了吐舌頭。
『我盡量了。』我看著那一整頁滿滿都是題目，涼了半截。

「抱歉，學長。」她突然站起身，讓出座位，「椅子給你坐。」
我愣了愣，忘了要回應。
「學長。」她笑了笑，「請坐呀！」
我緩緩坐下，感覺像坐時光機回到從前。

我試著一題一題運算，但常需要停頓一下、思考一下。
以前國語推行員在我解題過程中完全不說話也沒任何動作，
我解完後她也只是緩緩點個頭，最後說句音量幾乎細不可聞的謝謝。
而這個學妹在我解題過程中，常常插嘴問為什麼或要我再說一次；
我解完後她會明顯表達原來如此或懂了，甚至興奮地手舞足蹈，
然後劈里啪啦說出一串學長你好棒、好強、好厲害之類的讚美話。

她跟國語推行員完全不一樣，她的話很多，表情豐富、動作急躁；
但我卻總是在她身上看到國語推行員的身影。
我想，我一定太懷念以前在教室裡教國語推行員數學時的情景。

大約算完第五或第六題時，我轉頭將臉微微朝右上，
視線剛好接觸著彎身把臉湊近看我演算的她。
她笑了，雖然沒有酒窩，但她的笑聲很好聽，我也跟著笑了。
社辦充滿著我們的笑聲，隱約還可以聽到回音。

腦海裡突然跳出一幅清晰的影像，而且自動播放，還有聲音。
我坐著臉微微朝右上，而國語推行員站著彎身把臉湊近看我計算。
我和她之間的距離只剩20公分，而且她的背部終於不再是挺直。

然後我們都笑得很開心，她左臉頰露出酒窩，很深很可愛。
寂靜的教室裡，充滿著我們的笑聲，甚至還有回音。
彷彿這世界只剩下我們兩人的笑聲。

我眼眶濕潤，視線有些模糊。
那瞬間，我終於明白，我有多麼懷念那充滿整間教室的笑聲。
我也終於明白，我有多麼想念國語推行員。

原以為我上大學後，想念國語推行員的次數會越來越少。
就像微積分裡的「極限」概念，隨著時間越來越長，想起她的次數，
將會越來越少，最後趨近於零。
但沒想到如果你思念一個人的次數越來越少時，
有時並不表示你漸漸忘了她，也許只是因為這種相思已慢慢入骨。

「學長。你是不是累了？」她說，「我看你眼睛紅紅的。」
『喔。』我回到現實，趕緊摘下眼鏡，揉了揉眼睛。
「學長。」她似乎很不好意思，「抱歉讓你這麼累。」
『不要這麼說。』我勉強擠了個微笑，『沒事。』

「學長，真的很謝謝你。」她急匆匆將微積分課本收進她的背包裡，
「以後我還可以問你微積分嗎？」
『當然可以。』
「那太好了。」她笑了起來，「學長，我是企管一的趙麗娟。」
『幸會。』我在心裡唸了趙麗娟這名字幾次。
還好，這名字沒有任何台語諧音。

「我的綽號是麥茶。」她的笑聲很好聽，「學長可以叫我麥茶。」

『麥茶？』我很納悶，『妳喜歡喝麥茶？』

「不是。因為我話很多，打開話匣子就說個不停。別人有時覺得吵，
　就會叫我：賣岔。」她又笑了，「賣岔就是台語別吵的意思。」

『我知道。』原來還是跟台語有關。

「賣岔賣岔叫久了，就演變成麥茶這個綽號。」

『麥茶這綽號好聽。』我說。

「學長有綽號嗎？」

『目前沒有。』

「那我幫你取一個。」她說，「學長微積分這麼強，乾脆叫：小微、
　小積、小微積、微積之神、微積王子、神算微積子、微積不危機、
　微微一笑很機車……」

『麥茶。』我叫了聲，算是打斷她。

「哦？」她愣了愣，隨即笑了起來，「學長你終於知道我這個麥茶
　綽號的真諦了。」

我也笑了笑。這個學妹雖然話多了點，但個性不錯。

「學長，我走了。」她拿起背包，「下次再請教你微積分。」

麥茶走後，我坐在社辦裡，專心回味教國語推行員數學時的記憶。

此後麥茶每次到社辦都會背個背包，包裡一定有微積分那本教科書。

如果我也去社辦，便會教她微積分。

我坐著算，她站著彎身把臉湊近看我計算過程。

這幅景象很像以前在放學後的教室裡教國語推行員數學時的場景。

差別的只是，麥茶在那過程中常常插嘴、話說不停。

我很喜歡在社辦教麥茶微積分的感覺，那種感覺像是一種慰藉。

慰藉我思念國語推行員的心，讓我的心很平靜。
就像看到國語推行員緩慢而流暢的動作時總是覺得心情很平靜那樣。

每當拿起麥茶的筆，我都會下意識先看一眼筆蓋的咬痕。
在演算說明的過程中，有時會恍惚，便會不自覺將臉轉往右上，
彷彿這樣就可以看到國語推行員的臉、看到她的酒窩、
聽見她的笑聲。

可能麥茶很感謝我吧，她常帶些食物或飲料請我吃。
「學長。」她拿出一盤蛋糕，「這是我做的，你吃吃看。」
『妳會做蛋糕喔。』我很驚訝。
「這又沒什麼，只要有烤箱，誰都會做。」
『妳給我十個烤箱，我也不會做。』我說，『所以妳很厲害。』
麥茶似乎有點不好意思，淡淡地笑了笑。

這樣的相處模式久了，我跟麥茶便算很熟。
如果教她微積分時累了，我們會走出社辦聊聊天。
麥茶的話真的算多，聊天時通常是她在講，而我只是聽。
她聊天的話題很廣，幾乎是想到什麼說什麼，別人很難打斷她。
但說到一半時她可能突然改變話題，然後就回不去原來的話題。
就像行駛在高速公路的車子，原本有個目的地；
中途突然下了某個交流道後便四處亂竄，再也回不去高速公路上。

室友林家興是拉我進環保社的環保社員，他常看到我和麥茶的互動。
「麥茶常問你功課，又做蛋糕給你吃，應該對你有意思。」他說。
『不會吧？』
「我覺得她應該喜歡你。」他說，「如果要追就要快，我們學校男女

的比例幾乎快十比一，只要女生還不錯，很快就被追走了。」

『那就祝福她早點被追走吧。』
「欸，我是說真的。」他似乎很急，「你趕快約她看電影。」
『如果我約她看電影，她可能會先請我吃飯。』
「為什麼？」
『沒什麼。這是只有我自己才懂的梗。』
他聽了一頭霧水，我也沒再解釋。

即使別人看來麥茶似乎對我有好感，但我還是覺得我和她很單純。
經過艾琳事件後，我不敢再自作多情，也很怕誤判。
所以如果像是我和麥茶的相處模式，我會傾向這沒什麼，
就是熱心的學長教學妹微積分，而學妹做點東西表達感謝之情。
就這樣而已。

說到艾琳，不成熟的我還是躲著她，直到迎新露營才躲不掉。
我們要幫系上大一新生辦迎新，就像去年學長幫我們辦迎新一樣。
系上的傳統是辦露營活動，所以我們挑了個地點去露營。
我們班有很多人是工作人員，我和艾琳都是。
晚上大一學弟妹進帳篷睡覺後，我一個人在營火邊守夜。
陪伴我的，只有一台收音機，和它播放出的歌曲。

冬天深夜的戶外特別冷，我泡了杯熱茶，坐著靠近營火取暖。
沒想到艾琳鑽出帳篷，向營火走來，我反射動作就是站起身想跑，
但意識到我正在守夜不能離開，便尷尬地僵在當場。
「三角形。」艾琳說，「你不用擔心，我不會說話。」
她走到營火邊也坐下，果然沒再說話。

我才緩緩地坐下。

「五告令（有夠冷）。」收音機連續播放了三首歌後，她突然說。
不是說了不會說話嗎？怎麼還說？
『再去加件衣服吧。』過了一會後，我說。
「挖甘哪請安咧（我只有穿這樣）。」
我看她直打哆嗦，只好脫下自己的外套，遞給她。

「安咧里Ａ令（這樣你會冷）。」她伸手接下。
『我沒關係。』
「兜瞎（多謝）。」她穿上我外套。
『不用客氣。』
然後她終於不說話了。

「我可以上廁所嗎？」收音機又播放了兩首歌後，她又開口。
『當然可以。』我說，『不過不要把營火滅了。』
「我為什麼要把營火滅了？」她很納悶。
我沒回答。只是指著20公尺外的廁所，並給她手電筒。
『有點暗，走路小心。』我說。
「謝謝。」她接過手電筒。

她上完廁所回來後，收音機正播放邰肇玫的〈沉默〉。
她站著、我坐著，我們都沉默。
「我去睡了。」〈沉默〉播完後，她打破沉默。
我只點個頭，保持沉默。

她鑽進帳篷後，沒多久又鑽出來，走到我身邊。

「手電筒還你。」她說。

我接過手電筒，點個頭，還是沒說話。

「對不起。」她說。

我愣了愣，不懂她為什麼說對不起？便看著她。

她欲言又止，停頓一會，還是沒往下說。

她轉身又鑽進帳篷，但很快又鑽出來，走到我身邊。

「外套還你。」她說。

我接過外套，迅速穿上。

收音機播放著〈忘了我是誰〉，艾琳跟著旋律哼唱了幾句。

「你約我看電影時，我其實只要說：我有男朋友了就好。」她說，

「但我有男朋友了這句話我對你說不出口。」

我看著她，還是沒說話。

「你可能想問我為什麼？但我真的不知道。」她說，「我只知道那時
完全不想對你說：我有男朋友了。」

我還是沒接話，只是看著她。

「完全不想。」她又強調。

她走回帳篷邊，鑽進帳篷。過了一會後又從帳篷鑽出來。

「你剛剛說：不要把營火滅了。」她走到我身邊，「你以為我會直接
尿在營火上？」

『妳不會嗎？』

「當然不會！」她笑了起來，露出酒窩，「你真的很無聊。」

我看著她的酒窩，並沒有聯想起國語推行員。

對我而言，艾琳的酒窩似乎已經只是她臉部的特徵而已。

她又鑽進她的帳篷。她到底累不累？我看得都累了。
看她這樣鑽進鑽出帳篷，不由得讓我想到以前常在女生宿舍門口，
看她跑進跑出宿舍大門。我記得最高記錄是四次來回。
沒想到她竟然又鑽出帳篷，走了過來。
破記錄了，這是第五次。

「我可以在這裡陪你守夜嗎？」她說。
『外面很冷，妳受不了的。』我說，『妳還是回帳篷睡覺吧。』
「好吧。」
『妳這次回帳篷後，不要再出來了。』
「如果我又出來呢？」
『妳可以試試看。』

我看她終於又鑽進她的帳篷，這應該是最後一次了吧。
但我猜錯了，艾琳鑽出帳篷，抱著睡袋走到我身邊。
收音機此刻播放著齊豫的〈橄欖樹〉。
『妳怎麼又出來了？』
「你不是要我企跨埋（試試看）？」
『妳……』
「不要問我從哪裡來，我的故鄉在遠方……」她哼唱〈橄欖樹〉。

她把睡袋鋪在地上，拉開睡袋拉鍊，人鑽進去躺下，再拉上拉鍊。
「晚安。三角形。」她說完後便閉上雙眼，不再說話。
我也沒再說話，轉過身，面對著營火。
〈橄欖樹〉播完了，接著播放〈思念總在分手後〉。
在寂靜寒冷的冬天深夜，這是非常適合思念國語推行員的歌。

我不懂為什麼艾琳完全不想說那句話？

說「我有男朋友了」應該很簡單吧。

但這已經不重要了，我不想耗腦力去想，更不想問她。

之後我還是會選擇避開艾琳，但不再是光速離開，而是盡量遠離。

盡量就好，但不會太刻意。

反而我和麥茶碰面的機會增加了，以前我有事才會進社辦，

漸漸變成沒事也會進社辦。

而我只要進社辦，遇見麥茶的機率相當高。

我和她的互動模式還是一樣，我教她微積分、偶爾走出社辦聊天。

「學長。」麥茶說，「你認為你像指數函數——e的x次方嗎？」

『為什麼這麼問？』我很納悶。

「因為不管對指數函數微分多少次，都是e的x次方，永遠不變。」

她說，「你說過這就像堅定不移的愛情，再怎麼微分，都不會變。」

『是啊，我說過。』我說，『但是妳突然問我……』

「這種比喻很美。」她打斷我，「所以想問學長認為自己像嗎？」

『我頂多就是x的一次方，微分一次就變成常數。』我笑了笑，

『如果再微分一次，就變成0了。』

「學長真的這麼認為嗎？」她說。

『大概吧。』我聳聳肩，『我最多只能被微分兩次。』

「可是我覺得學長你像指數函數耶。」

『妳為什麼覺得我像？』我有點驚訝。

「感覺呀，沒有為什麼。就像我感覺企鵝一定很可愛那樣。」她說，

「我去年去木柵動物園看到企鵝，哇！真的好可愛，我那時……」
她下企鵝交流道了，再也回不去高速公路，回不去指數函數這話題。

一個禮拜後我走進社辦，看見麥茶一副神祕兮兮的樣子。
「學長。」她突然大叫，「生日快樂！」
我嚇了一大跳，一時之間說不出話。
「我做了蛋糕給你。」她拿出一個6吋左右的小蛋糕。
蛋糕上還用奶油寫下：微積分學長生日快樂。

『妳怎麼知道今天是我生日？』我很驚訝。
「上禮拜林家興學長偷偷告訴我的。」
原來如此，看來他還是希望我趕快追求麥茶。
『謝謝妳。』我指著蛋糕上的字，『妳的手很巧，很厲害。』
「雕蟲小技而已。」她笑了笑。

我吃了兩小塊蛋糕，麥茶吃一小塊，剩下大約一半就留給其他社員。
我和麥茶走出社辦，走到陽台邊，靠著欄杆聊天。
「學長。」她問：「你會喜歡話多的女生嗎？」
『嗯……』我想了一下。
我認識的女孩不多，話多的我會直覺想到艾琳，當然麥茶的話更多。

『話多或話少的女生，我沒什麼特別的感覺。』我說，『但如果我
　喜歡的女孩話很多，那麼我就會喜歡話多的女生。』
「意思是如果你喜歡的女孩話很少，那你就會喜歡話少的女生？」
『差不多是這意思。』
「學長真的像指數函數。」她笑了笑。
話題又要轉到指數函數了嗎？

『妳為什麼突然問我喜不喜歡話多的女生？』

「嗯……」她想了一下，「其實我想跟學長說一件事。」

『什麼事？』

「我……」

她竟然有點結巴，說不出話，這對話很多的她而言，落差很大。

『怎麼了？』我問。

「我有一個喜歡的人。」她的臉似乎泛紅。

『喔。』我有點尷尬，不知道要接什麼，只能說：『那很好。』

「他也是環保社的社員，算是我的學長。」她的臉更紅了，「我每次來社辦，只是想見到他。我很想跟他告白，但始終說不出口。」

『他是誰？』

麥茶的臉瞬間暴紅，沒有回話，低下頭。

等等。難道說……

麥茶喜歡的人是我？

啊？怎麼辦？我沒心理準備啊，我對她也沒特別意思啊。

如果她直接說出口了，我怎麼回應？要說什麼話？

要表示接受？婉拒？或只要帥氣地說聲：我知道了、辛苦妳了？

我不知道怎麼回應啊，完全沒經驗，也沒人教過我。

我突然緊張度破表，心跳瞬間狂飆，很想逃離現場。

「是……」她吞吞吐吐，「是社長。」

什麼？不是我？怎麼不是我？雖說鬆了一口氣但也有些失望。

而且我對剛剛的自作多情超尷尬。

『原來是社長喔。』我定了定心神，勉強鎮定。

「終於說出口了，好開心。」她呼出一口長長的氣，「還好有學長你
　可以聽我說這個，不然我都不知道可以跟誰說。」
『這是我的榮幸。』

「社長不知道會不會喜歡話多的女生？」
『妳只是健談，健談當然話就多。』我說，『妳有很多優點，認真、
　乖巧、可愛，而且又有手藝，很多男生都會喜歡妳。』
「真的嗎？」她眼睛睜得很大。
『嗯。』我點點頭。

麥茶說她對具有什麼「長」身分的，比方班長、社長等，
會莫名其妙有一種仰慕之情。
社長是大三生，身材高高瘦瘦，長相斯文，談吐溫和。
他平時話不多，但在社團裡發號施令時有一股魅力。
麥茶一進環保社便被社長深深吸引，開始暗戀他。
所以只要空堂沒課，她就往社辦跑，希望能看到社長。
而待在社辦等待社長出現的時間裡，她就拿微積分來打發時間。

原來麥茶不是把社辦當圖書館，她只是在社辦裡等待見到社長。
這確實是能多看到社長、接近社長的最笨卻最直接、有效的辦法。
而漫長的等待中，複習微積分既可打發時間，功課也能進步。
如果社長出現了，看到她總是認真在社辦念書，也會留下好印象。

『我很佩服妳的毅力。』我說。
「毅力？」她笑了笑，「如果喜歡一個人，當然想每天看到他。每次
　到社辦都可能看到他，這過程令人期待又興奮，一點也不苦。就像
　如果每天低頭走路都很有可能撿到錢，於是就每天低頭走路，走了

好幾年。這不叫毅力，只是單純想每天都撿到錢。」

『說的也是。』我也笑了笑，麥茶的話真的多。

「學長熱心教我微積分，我很感激也很感動。」她說，「但很抱歉，
　常常你認真教我時，我心裡卻只想著社長怎麼沒出現？我只想看到
　社長，很難專心聽你講解微積分。如果我們走出社辦聊天時，我也
　一直偷瞄社辦的門，看看社長是否會走進社辦。」

麥茶一直道歉，我笑了笑說沒關係。

但我突然想起國語推行員。

國中三年我都是班長，國語推行員會不會也像麥茶一樣，

對「班長」有種莫名的仰慕之情？

如果她有，那麼早已不再是班長的我，她還有可能「仰慕」嗎？

以前放學後的教室裡，我教她數學，她站著彎身把臉湊近看我演算。

偶爾我轉頭將臉微微朝右上接觸她的視線；偶爾我們相視而笑。

我一直覺得這樣的互動，醞釀了我和她之間的情感。

但如果國語推行員也像麥茶一樣的心態呢？

國語推行員會不會只是一心想把數學成績提高，

並認為一直認真教她的我，只是個熱心的同學而已？

這天是我20歲生日，我做了一次驗算。

國語推行員依然是我心目中最溫柔善解的女孩。

可是在她心目中，我們是有感情基礎？

還是我只是個熱心助人的好同學而已？

國語推行員對我，是感激？感動？
還是有感情？

10.

大二剩下的日子裡，我一次也沒進社辦。
因為如果我教麥茶微積分時，社長剛好也在社辦，
那麥茶怎麼跟社長互動？
而且萬一社長以為我和麥茶有曖昧，那可能會斷了麥茶的機會。

剛升上大三沒多久，聽林家興說社長好像正跟麥茶在交往。
「你後悔了吧？」林家興說。
『我真是痛不欲生、痛心疾首、痛徹心扉啊！』我說。
「別難過了。」他拍拍我的肩，「我請你吃飯。」
『這種痛除了高級排餐外，根本無法撫平啊！』
所以除了替麥茶感到高興外，我還額外賺到一頓高級排餐。

既然麥茶已經達陣，我對進社辦便不再有所顧忌。
當我在大三第一次要走進社辦時，剛好在門口遇見正走出來的麥茶。
「學長。」她大叫，「好久不見！」
我點了點頭，笑了笑。

「學長怎麼那麼久沒來？」她說，「我還以為你是不是交了女朋友？
　轉學了？出海跑船了？出車禍失去記憶所以忘了社辦在哪？練武功
　練到閉關？要找尋生命的意義所以去環遊世界？去……」
『麥茶。』我打斷她，『好久不見。』
她終於不再多說，笑了起來。

我們走到以前聊天的老位置，靠著陽台邊的欄杆。

『妳怎麼跟社長在一起的？』我問。

「生日蛋糕。」她說，「我偷偷打聽到社長的生日，便做了一個8吋
　　蛋糕想碰碰運氣……」

『為什麼社長的生日蛋糕是8吋，我的才6吋？』

「呀？」她愣了愣，隨即笑了起來，「學長你講話很犀利。」

結果麥茶的運氣很好，社長生日那天他有進社辦。

麥茶鼓起勇氣拿出生日蛋糕，社長雖然驚訝，卻很高興。

此後社長一進社辦總會跟麥茶說說話，也會請她幫忙處理社務。

漸漸地，兩人就走在一起了。

「學長，謝謝你教我微積分。」她說，「原以為微積分一定會被當，
　　我很擔心也很恐慌。結果我大一上下學期的微積分都沒被當，而且
　　分數還不錯，這都是你的功勞。」

『沒那麼誇張，是妳自己很用功。』

「真的都是學長的功勞。」她說，「學長的大恩大德，小妹來世必當
　　結草銜環以報。」

我心裡OS：其實妳這輩子就可以考慮以身相許。

『妳現在終於不用帶微積分課本進社辦了。』我注意到她沒拿背包。

「嗯。」她點點頭，「以後也不會進社辦了。」

『啊？』

「我今天是來辦退社的。」她說，「我不想再看見社長。」

『為什麼？』我大吃一驚。

　麥茶說她跟社長交往一段日子後，發現社長早已有個外校的女朋友。

但在本校，社長還是以單身狀態同時與幾個女生交往。

社長似乎很享受被女生仰慕的感覺，而且來者不拒。

『社長這麼糟糕？』我很驚訝。

「嗯。」麥茶點個頭。

「我看男生的眼光很差，第一眼的感覺如果是很好，後來就會發現很
　糟糕。社長就是這樣，第一眼看到他時，覺得他很好。高中時我也
　暗戀過一個男生，第一眼的感覺超好，但後來那個人也很糟糕。」

『是喔。』我說，『這其實也算特異功能吧。』

「唉。」她嘆了一口氣，「我對男生第一眼的感覺明明誤差很大，但
　偏偏就是會因為第一眼的感覺而喜歡上那個人。」

『這樣確實傷腦筋。』

「學長。」她看了我一眼，「你怎麼不問我對你第一眼的感覺？」

『我不敢問。』我笑了笑，『我怕妳對我第一眼的感覺是好的。』

「其實我對學長第一眼的感覺很糟糕。」她笑了笑，「非常糟糕。」

『真的嗎？』我很驚訝。

「那時我坐著算微積分，眼角瞄到你從後面慢慢靠近我，腳步很輕，
　鬼鬼祟祟的。我以為學長是色狼，想偷偷吃我豆腐。」她笑了笑，
「所以我只好趕緊轉頭看著你，問你要幹什麼。」

『真是不好意思。』我想到當時的情景，覺得有些尷尬。

因為麥茶咬筆苦思的神情，讓我把國語推行員的身影投射在她身上，

我才會悄悄靠近她，想看看她被哪道題目所困擾。

「學長那時為什麼會這樣？」她問。

我猶豫了一下，便跟麥茶細說國語推行員這個人。

這些年來，我是第一次跟別人提到我跟國語推行員的故事。

沒想到一開口便一發不可收拾，我甚至還講了思念她的心情。

我發覺我話也滿多的，可能不輸麥茶。

「學長，你絕對不是x的一次方。」她聽完後說，「我覺得你一定是
指數函數——e的x次方。」

『妳說過這是妳的感覺。』我說，『可是妳的感覺誤差很大耶。』

「我第一眼的感覺誤差太大，但只要認識了，我的感覺卻很準。」
她指著我，「學長你是e的x次方，不管怎麼微分，都不會變。」

『我應該……』我嘆口氣，『會變吧。』

「不管時間過了多久、不管你認識了多少女孩……」
麥茶的語氣很篤定，「你對國語推行員的感情都不會變。」

我真的是這樣嗎？

「學長，我該走了。」她笑了笑，「請你記住，我對你第一眼的感覺
很糟糕很糟糕，所以學長你一定是個很好很好的人。」

『謝謝。』我也笑了笑，『我記住了。』

「再見。」她轉身走了幾步，揮揮手，「很糟糕很糟糕的學長。」
麥茶走了，從此我沒在社辦遇見她。

大三是課業壓力明顯比較大的時期，一堆很硬的必修課要修。

開課的老師很多是大刀級，刀子早就磨好要砍學生。

我比以前認真多了，假日偶爾還會到系館補做實驗之類的。

另外我也兼了家教，主要是教一個國二女生數學。

較繁重的課業與當家教老師，讓我的日子過得比以前忙碌。

那時很多家長會請大學生當家教老師，到家裡來教小孩。
對大學生而言，當家教老師比其他打工性質的收入高很多，
所以我很珍惜這份工作。
我家教的時間是每週兩次，每次兩個小時，晚上七點到九點。
家教學生叫小敏，看起來很乖巧，在班上的成績算中等。

第一次看見小敏時，覺得她一臉稚氣，只是個小孩。
我心想，國二時的我和國語推行員，是否也是如此稚氣的臉龐？
現在的我，覺得自己是成人了，那麼國語推行員呢？
而成年人的她，會是什麼樣的容顏呢？

台灣解嚴後，中學生的髮禁也跟著解除。
小敏的頭髮長度不再是切齊耳根，而是到了肩膀。
後頸被頭髮蓋住，不再能散發出芬芳。
記憶中國語推行員後頸所散發出的芬芳，恐怕已經成了絕響。

我對國二數學得心應手，而且也有教國語推行員的豐富經驗，
所以教小敏對我而言很輕鬆。
雖然我們兩人都是坐著，不是我坐著、國語推行員站著彎身的情景，
但我偶爾還是會因為小敏的側面而想起國語推行員。

有次我說明如何求解二元一次聯立方程式時，
想起第一次教國語推行員時，就是教她求解二元一次聯立方程式。
我不禁停下筆，眼眶發熱。
那張考卷她才考25分，而且這分數是我改的。
當她鬆開口中咬住的筆，用筆尖點了考卷中的那道題目，
就是求解二元一次聯立方程式啊！

沒想到我對那張考卷的記憶這麼鮮明深刻，

我甚至可以看到我用紅筆在考卷右上角寫著：25。

「你被罰25塊，我就只考25分。這樣你滿意了吧？」

國語推行員低沉的聲音隱約在耳邊響起……

「老師。」小敏叫了一聲。

『喔。』我回過神，聲音有些乾澀，『這樣明白了嗎？』

「老師，你還沒算完。」

我低頭一看，發現才解到一半，趕緊定了定神，把那道題目解完。

『這樣明白了嗎？』

「嗯。」她點點頭，「我明白了。」

『我再算一遍。』

「老師，我說我明白了。」

我有點恍惚，記憶中國語推行員通常至少需要演算兩遍才會懂。

我讓小敏練習別的題目，我在旁看她如何計算。

小敏思考時，右手手指會轉動筆，逆時針轉幾圈，再順時針轉幾圈。

『妳怎麼沒咬筆？』我問。

「咬筆？」她說，「那很髒耶！」

『喔。』我很不好意思，不該一直想起國語推行員。

『妳們班有國語推行員這種幹部嗎？』要下課時，我問。

「國語推行員？」小敏很納悶，「那是什麼東東？」

『那是一種幹部。任務是推行國語，而且還要抓講台語的同學。』

「有這種幹部嗎？」她很驚訝，「而且為什麼要抓講台語的同學？」

講台語不對嗎？可是我們班很多人講台語耶！」
看來國語推行員這種幹部，真的走入歷史，而且也被人遺忘了。

隨著上課次數多了，我跟小敏越來越熟，偶爾會抽空閒聊。
雖然她叫我老師，但我們只差七歲，而且我也還是學生，
所以她並沒有把我當長輩，應該是把我當兄長看待。
我記憶中國中女生的樣子，大多數是文靜內向；
小敏雖然乖巧，個性卻非常活潑，人也很健談。

『有男生會主動教妳數學嗎？』我問。
「怎麼可能？」她說，「不嘲笑我就不錯了。」
『所以都沒有嗎？』
「當然沒有，誰會那麼閒。」她很好奇，「老師你為什麼這麼問？」

『如果，我只是說如果……』我咳咳兩聲，『如果有男生主動教女生
　　數學，而且教了一段時間，女生也願意讓男生教。妳覺得如何？』
「那男生應該很喜歡女生。」她馬上說。
『女生呢？』
「頂多覺得這男生很熱心。」
這個答案讓我很洩氣。

『女生應該也有可能喜歡教她的男生吧？』我不死心，又問。
「如果教她的男生長得帥，就有可能喜歡他。如果長得不帥嘛……」
她微微一笑，「就只有感謝他嘍！」
『那妳覺得我長得帥嗎？』

「老師。」小敏仔細地打量我，笑了起來，「我覺得你問這個問題，

真的很有勇氣。」

『我也覺得。』

唉，我竟然淪落到跟一個國二女生求證。

而小敏給的答案也是熱心和感謝，這讓我心情很低落。

耶誕時節快到了，系上舉辦了一個莫名其妙的比賽：

12月30中午前，看誰收到的耶誕卡片最多。

收到的卡片必須是寄來的，有貼郵票蓋郵戳那種。

據說是某民間團體為了鼓勵大家在耶誕節寄卡片，

所以贊助了一些錢和獎品，在大學校園內舉辦這種比賽。

因為獎品不錯而且還有獎金，所以系上很多人很感興趣。

要收到卡片的關鍵，除了被動等別人寄來外，

如果主動先寄卡片給對方，對方通常也會回寄卡片給你。

所以大家猛寄卡片給親朋好友，期待可以收到對方回寄的卡片。

我猜今年耶誕卡片的銷量可能會因為這種比賽而提高。

這是什麼樣的民間團體？搞不好只是卡片製造商而已。

我對這比賽沒興趣，而且小學、國中、高中的畢業通訊錄都在老家，

如果要寄卡片，頂多只能寄給在大學裡認識的人。

我以前沒寄耶誕卡片的習慣，也不會為了不會贏的比賽而寄卡片。

但我竟然收到艾琳寄來的卡片，上面只寫：三角形，耶誕快樂。

然後ps.要記得回寄卡片給我哦！

白痴，這是系上的比賽，班上同學也是她的競爭者啊！

她寄給我，我就多一張卡片了。

誰會笨到回寄卡片，讓她也多一張卡片呢？

回寄卡片？

我腦中靈光乍現，趕緊打開抽屜，翻出一張卡片。

寄件地址是屏東醫院，收件人是我。

那是兩年多前國語推行員寄給我的卡片，祝賀我金榜題名。

雖然只有短短幾句，但看見她的字跡，我內心洶湧澎湃。

拿出放在抽屜深處的筆，那枝她最常用的筆，咬得最慘的筆。

國中時在放學後的教室裡，我拿這枝筆在紙上邊計算邊說明給她聽。

高中時在租屋處，我拿這枝筆在紙上亂畫，排解想念她時的心慌。

大學聯考前夕，我拿這枝筆在紙上用力寫下：等考上大學後再說吧！

之後這枝筆就被我深藏著，直到今天才重見天日。

看著筆蓋的咬痕，所有過去的影像和聲音一一浮現，歷歷在目。

回憶是很不可思議的情感，總是被完整珍藏在內心某個角落。

平時不會出現，除非觸碰了某些開關，回憶才會被釋放出來。

對我而言，這枝筆就是開關。

我買了張耶誕卡片，想寄給國語推行員。

攤開卡片，拿起那枝筆，我卻不知道該寫什麼文字？

我坐在書桌前整整一晚，最後只寫了耶誕快樂、平安喜樂等關鍵字，

便將卡片寄出。

將卡片投進郵筒的瞬間，就是我等待的開始。

一個多禮拜過後，我終於等到了。

我等到了一張卡片，但這張卻是我寄出去的卡片。

差別的只是在信封外面加蓋了一個藍色的印戳——查無此人。

看到那四個藍色的字，我愣住的時間，
恐怕跟寫這張卡片所花的時間一樣長。

我又覺得「遲到」了。
我應該早點跟她聯絡，如果可以早一點，也許她還在屏東醫院。
以前即使不知如何靠近她或無法靠近她，但起碼知道她就在那裡。
思念可以有方向，也有目的地。
現在她不在那裡了，思念像脫手而出的氣球，漫無目的、四處亂飄。

每一個最後一次，都不會知道自己是最後一次。
但緣分並不是一個圓，總有最後一次。
高二的那場電影，會是我和國語推行員的最後一次嗎？

放寒假了，我回故鄉過年。
鄉下的過年總是熱鬧，也總是可以見到許久未見的人。
這年我看到阿勇，是上大學後第一次看到他。
阿勇跟他哥借了輛車，要載我出去走走。
『你有汽車駕照嗎？』我問。
「你是白痴嗎？」阿勇敲一下我的頭，「當然有！」

上車後才知道阿勇不只邀我，還邀了蔡玉卿。
『那你幹嘛邀我？』我說，『你應該只載她出去玩就好。』
「我……」阿勇吞吞吐吐，「我不敢。」
『起碼你已經敢開口邀她了。』我點點頭，『勇氣可嘉。』
「我跟她說，是你要邀她。」
『喂！』
「我真的不敢開口說我要邀她。」他嘆了一口氣，「真的不敢。」

國中時，我就知道阿勇喜歡蔡玉卿，是默默喜歡那種，很低調。
我相信會有一些國中同學喜歡蔡玉卿，但能堅持到現在的人，
應該只有阿勇。
這些年來，蔡玉卿在哪念書、去哪工作、遇見什麼人、發生什麼事，
他都一清二楚。
甚至連蔡玉卿交了男朋友以及後來分手了，他都知道。

『咦？』我很納悶，『你不是不會說謊嗎？』
「我是不會說謊沒錯。」阿勇說，「但對蔡玉卿，我會。」
我沒再追問，因為他這種心情，我明白。

到了蔡玉卿家，我和阿勇先下車，過年期間要進門拜年是傳統。
這間三合院似的平房國一時看過，那時覺得很一般，沒特別之處。
這些年在城市習慣了水泥巨獸，眼前這種紅磚平房感覺十分老舊，
好像已經不屬於這個時代，顯得破敗與荒涼。

「豬腸。」阿勇說，「蔡玉卿剛跟男朋友分手，你……」
『我知道。』我打斷他，『這種話題我不會提。』
「還有今天盡量讓蔡玉卿開心點。」
『嗯。』我點點頭，『其實你應該鼓起勇氣追求她，她會很開心。』
「我不敢。」阿勇抬頭看了一眼天空。
我也抬頭看著天空，幾朵白雲浮在空中，依然是可望不可即。

一進屋便是人聲鼎沸，客廳擠了十幾個人，應該都是親朋好友。
這些人我一個都不認識，也沒看過，但還是可以坐下來閒聊。
即使互不認識，一句恭喜恭喜，便可輕易閒話家常。

蔡玉卿的面貌變化很大，曾經白裡透紅的皮膚現在有些暗沉，
臉頰上也殘留著青春痘存在過的痕跡。
而以往總是羞澀的神情，現在看起來卻有種滄桑感。
印象中的白雲，雖說不至於變成烏雲，但已經有點灰濛濛了。
我是靠聲音認出她，她叫的那句「豬腸，好久不見」依舊是天然嗲。
如果她不說話，即使我們在路上擦肩，我也未必認得她。

在她家坐了十分鐘後，我和阿勇先離開，蔡玉卿說她很快就出來。
才剛走出她的家門，視線便離不開隔壁同樣也是三合院似的平房。
那是國語推行員的家，我也在國一時看過。
那時她穿著白色短袖T恤、灰色運動長褲，在院子裡曬衣服。
無論是抖衣服、拿衣架套衣服、把衣服掛在竹竿、拿夾子夾住衣服，
她的動作始終緩慢而流暢，那樣的優雅總是讓我心情很平靜。

與蔡玉卿的家相比，國語推行員的家感覺更老舊也更荒涼。
院子裡那條長長的竹竿沒有掛上任何衣物，在寒風中顯得蕭瑟。
屋子裡隱約傳出聲音，她會在家嗎？我該唐突進門拜年嗎？
我緊盯著院子，一心期待她能走出院子，走出我心裡來到我眼前。

恍惚間她出現了，她還是穿著那件白色短袖T恤和灰色運動長褲，
手裡提了兩桶衣服。
她看到我了，但兩手都提了東西，只能用微笑打招呼。
她的模樣完全沒改變，已經21歲的她還維持著13歲的容顏。
但現在正值最寒冷的時節，只穿短袖衣服可以抵擋戶外的寒風嗎？

一陣尖銳刺耳的汽車喇叭聲劃破寧靜，她的影像立刻消失。

「豬腸！」阿勇在車內大叫，「快上車啦！」

我大夢初醒，趕緊跑到車邊，打開車門，坐在副駕駛座上。

「你耳聾嗎？」阿勇猛敲一下我的頭，「叫你那麼多次都沒聽到！」

『抱歉。』我摸摸被敲痛的頭，『我……』

「豬腸。」蔡玉卿說，「本姑娘問你這幾年過得怎樣？」

『她什麼時候問的？』

「剛剛。」

『她有回來過年嗎？』

「當然有。」

我馬上抓住阿勇放在排檔桿的右手，他嚇了一跳，緊急煞車。

「幹嘛啦！」阿勇大叫。

『掉頭。』我說，『我要去找她，跟她說說話。』

「你可以自己回頭跟她說話。」蔡玉卿說。

「回頭？」我很納悶，便轉過頭。

轉頭看見蔡玉卿的右手邊似乎還坐著一個人。

將身體挪一挪，再增加頭和脖子的轉動角度……

身體猛地震動一下，我看見國語推行員坐在我正後方。

是21歲有血有肉的她，不是記憶中她10幾歲的影像。

「你這幾年過得怎樣？」國語推行員問。

我竟然一個字也說不出來，我的喉嚨沒辦法發音了。

「你是白痴嗎？」阿勇騰出右手敲一下我的頭，「不會回答嗎？」

『我過得很好。』被敲痛的頭讓我終於可以說出話。

「那就好。」國語推行員微微一笑。

仍然是那種只有嘴角拉出弧度的清淡微笑，完全沒變。

她的模樣或許成熟了點，但依舊是我記憶中的容顏。

而那容顏總是能輕易撼動我的心。

並不是因為她有多漂亮、多美麗、多動人，那樣形容她很俗套。

而是因為這是由喜歡而產生的主觀美感，我喜歡她，

所以她的模樣在我心目中就是唯一的女神。

「坐好啦！」阿勇說。

我才發覺整個人轉了135度，一直看著坐在我正後方的國語推行員。

趕緊將身體轉正，背部靠著椅背。

看著車窗外的景色，鹽田、魚塭、路旁綿延的木麻黃。

這是我的故鄉，我回來了，或者說我根本沒離開。

出外求學6年，我的心始終沒離開故鄉的國語推行員。

「豬腸，你不知道本姑娘也要一起去玩嗎？」蔡玉卿問。

我瞪了阿勇一眼，他說：「你又沒問。」

「阿勇叫我找個伴，我就找本姑娘了。」

『謝謝妳。』我說。

蔡玉卿笑了，隱約也夾雜著國語推行員的笑聲。

從後視鏡勉強可以看見蔡玉卿，但根本看不見國語推行員。

我坐立難安，因為想回頭，可是回頭也只能看見蔡玉卿而已。

除非轉動身體超過135度，但這樣會被阿勇敲頭。

剛剛如果國語推行員也笑了，應該可以看見她左臉頰上的酒窩吧？

如果夢中看到的不算，上次看見她酒窩已經是四年前高二時的事了。

我真的好想看她的酒窩啊！

「問菩薩為何倒坐？」國語推行員突然說。

我愣了愣，轉動身體超過135度，回頭看著她。

『嘆眾生不肯回頭。』我回答。

「還好你回頭了。」她笑了起來，露出左臉頰上的酒窩。

我也笑了，笑到眼眶發熱，一股暖流湧上心頭。

這是我所熟悉的國語推行員，而且是真實的存在，不是腦海的影像。

我維持那樣的姿勢十幾秒鐘，直到被阿勇敲頭為止。

但無所謂，我已經確定一切了。

對我而言，國語推行員左臉頰上的酒窩，就是一切。

『阿勇。』我問，『你有汽車駕照嗎？』

「有啦！」他大叫，「你是要問幾次？」

『真的有嗎？』我又問，『你確定？』

「確定有！」他騰出放在方向盤的右手，敲一下我的頭。

「豬腸。」蔡玉卿說，「你為什麼這麼問？」

阿勇國中時，常常騎機車四處晃，也載過我，但他根本沒駕照，

因為那時他還沒到考駕照的年齡。

當時無照騎機車的情形在故鄉還滿普遍的，但以成年人居多，

因為他們懶得去考駕照。

有次阿勇騎機車時被警察攔下來，警察發現他只是國中生，

氣得直接將他連人帶車抓回警察局，然後要他爸爸來領他回去。

「結果呢？」蔡玉卿問。

『阿勇的爸爸也沒駕照。』我說。

蔡玉卿笑了,我和國語推行員也笑了,三人的笑聲沒有停止的跡象。
阿勇整張臉漲紅,完全說不出話。

我們一路閒聊,通常是阿勇和蔡玉卿在說,我和國語推行員在聽。
阿勇說他的大學生活,蔡玉卿說她的職場經歷。
阿勇的大學生活乏善可陳,比較特別的是他常去捐血。
在他們學校,如果上課沒到被記一次曠課,要扣操行成績1分。
而捐血一次,操行成績可以加5分。
所以他只要被點名五次不到,就會跑去捐血。

蔡玉卿在貿易公司上班,雖然她沒明說,但聽得出來不乏追求者。
只要她的話題即將轉進「男朋友」時,阿勇的神色便很緊張,
我就會插入東扯西扯,把話題支開。
照理說被很多男性追求的女生,在言談之間多少會透露出一些自信,
但她完全沒有,甚至她的神色隱約浮現這年紀不該有的滄桑。

我很想問國語推行員現在做什麼?但始終不敢開口問她。
「本姑娘。」蔡玉卿終於問了,「妳還在屏東嗎?」
『嗯。』國語推行員點點頭。
所以她沒離開屏東,只是到別的醫院工作嗎?還是不在醫院工作了?
正期待蔡玉卿繼續問時,我們要下車了。

我們在**觸口村**先下車停留一些時間,今天的目的地是阿里山。
這裡有兩座古樸的吊橋,地久橋在下方,橫跨八掌溪;
天長橋在上方,連接兩座山頭。
一在天上、一在地下,聽說有情人攜手共渡二橋,便能天長地久。

「唬爛的啦！」阿勇說。

『那我去邀蔡玉卿走吊橋。』

「你試試看！」阿勇敲了一下我的頭。

「要去走吊橋嗎？」蔡玉卿剛好走過來，「本姑娘已經去走了。」

『阿勇陪妳走。』我馬上轉身，『我去陪她！』

往地久橋才跑了十幾步，遠遠便看見國語推行員。

就像憑聲音認出蔡玉卿一樣，我可以憑背影認出國語推行員。

她走路時背部始終挺直，步伐總是平穩而流暢。

我從沒忘記過她的挺直，也從沒忘記過她那對我而言是優雅的舉止。

因此即使四周滿是遊客，我還是可以一眼就發現她。

『素芬！』眼看她就要踏上地久橋，我脫口而出。

她在橋頭聽到我的叫聲便回頭，停下腳步等我。

『一起走吧。』我跑到她身邊，氣喘吁吁。

「嗯。」她點點頭。

我們並肩往前走了幾步，然後同時踏上地久橋。

地久橋的橋身由鋼絲構成，橋面鋪上厚木板，看起來很堅固。

橋下是八掌溪，橋離水面並不高，不至於會有太大的不安全感。

但每踏一步還是會有輕微的晃動感，心跳也因而加速。

「班長。」她問，「你聽過吊橋效應嗎？」

『沒有。』我搖搖頭。

「這是心理學的實驗。」她說，「這實驗是女生把自己的電話號碼，
分別給在吊橋上和一般石橋上的許多男生。實驗結果顯示在吊橋上
的男生，回電比例遠遠大於在一般石橋上的男生。」

『這實驗很白目。』我笑了笑。

「在吊橋上這種較危險的環境，會不由自主心跳加速，如果碰巧遇到
　異性時，便會把心跳加速的生理現象，誤以為是對方令自己心動，
　因此很容易產生情愫。」她笑了笑，「廣義來說，當人們處在情緒
　較緊張的情況下，如果身邊有異性存在，會很容易把這種生理現象
　當成是戀愛的悸動，因而產生戀愛的感覺。」

『妳變得健談了。』我說。
「哪有。」她笑了笑，「可能在醫院工作久了，就習慣說這些。」
說的也是，從高中以後我們就各自往不同的專業發展，
不再像國中時面對同樣的科目，或許講話的樣子會因此而改變。
這可能是我們之間最大的變化吧。

走完地久橋了，我們不約而同停下腳步，並肩站著。
回想國一時，她比我高2公分；國二時我們幾乎一樣高；
國中快畢業時，我比她高5公分；高二看電影時，我比她高7公分。
此刻我比她高了差不多10公分。
以後我們應該都不會再長高了，並肩時就會維持這樣的視線角度吧。

「問菩薩為何倒坐？」她說。
『嘆眾生不肯回頭。』我答。
「好。」她笑了笑，「我們回頭吧。」
我們同時轉身，再踏上地久橋。

「如果你遇見喜歡的女生，記得要約她一起走吊橋。」她說，
「在吊橋上說些好聽的話，她一定會被你打動。」

『嗯。』我點點頭,『所以我剛剛約妳一起走吊橋。』
她突然停下腳步,我也跟著停下腳步。
我意識到竟然有勇氣說出那句話,不禁心跳加速。

「班長。」她繼續往前走,「我們還在吊橋上。」
『所以呢?』我也往前走。
「所以會有吊橋效應。」她說。

我愣了愣,沒有接話。
迎面剛好走來阿勇和蔡玉卿,他們不算並肩,阿勇走在後頭。
我們只跟他們打聲招呼,沒停下腳步,繼續往前走。
又走完了地久橋。

『我們現在不在吊橋上了。』我問,『對吧?』
「對。」
『我心跳回復正常了。』我又問,『妳心跳也回復正常了,對吧?』
「對。」
『我們現在所說的話,不會有吊橋效應了。』我再問,『對吧?』
「對。」

『我們一起去走天長橋。』我最後問,『好嗎?』
她愣了愣,看了我一眼,但沒說話。

「好。」她終於說。

11.

「聽說有情人攜手共渡天長橋和地久橋，就可以天長地久耶。」
路過一對情侶，其中的男生說。
「那我們一起去走吧。」女生笑了。

我和國語推行員並肩站著，保持沉默。
「這樣你還想走天長橋嗎？」她打破沉默。
『這樣是怎樣？』
「就……」她瞪我一眼，「就剛剛他們說的那樣。」
我看著久違的黑鮪魚眼睛，又熟悉又懷念。

「這樣你還想走嗎？」她又問。
『就是因為這樣，才更想走。』我說。
她沒回話，似乎陷入沉思。
我摸摸外套的口袋，找出一枝筆，拿給她。

「給我筆幹嘛？」她很納悶。
『妳不是要思考嗎？』我說，『妳可以咬著筆幫助思考。』
她笑了起來，左臉頰上又露出酒窩，好深好深。
我靜靜欣賞她的酒窩，內心有說不出的滿足感。

她咬了筆蓋一口，便把筆還我。
「走吧。」說完她便往前走。
『去哪？』

「你不是要走天長橋？」她又向黑鮪魚借了眼睛。

『喔。』我立刻跟上。

從地久橋遙望，天長橋像是飛翔在天空中的巨龍。

我們並肩爬一段山路，路有點陡，但她似乎毫不費力。

她爬山時背部依然挺直，一般人早彎腰駝背了。

終於走到天長橋的橋頭，我們停下腳步，微微喘氣，相視而笑。

天長橋的結構和地久橋相似，但它連接兩座山頭，高懸在半空。

橋長136公尺，比地久橋長一些，但橋面距谷底超過150公尺。

站在橋頭往下看，幾乎深不見底。

「好像……」她站在橋頭，瞄了橋下一眼，「很高。」

『妳會怕嗎？』我也看了橋下一眼。

「有一點。」她說，「我可能有懼高症。」

『我也有懼高症。』我說。

「你也有嗎？」她睜大眼睛。

『嗯。』我點點頭，『我很害怕跟高個子的女孩交往。』

她愣了愣，隨即笑了起來，臉頰露出淺淺的酒窩。

『不要往下看就沒事。』我說。

「好。」她說。

『如果腿軟了走不下去，我會背妳。』

「好。」

『但如果半途嚇瘋了，歇斯底里。』我說，『我會裝作不認識妳。』

「好。」她笑了。

我們並肩再往前走了幾步，同時踏上天長橋。

如果走地久橋時的心跳速度，像汽車在市區行進；
那麼走天長橋時，汽車已經上高速公路了。
雖然天長橋像地久橋一樣堅固，但由於孤懸在高空中，
導致每踏一步所產生的晃動錯覺要強烈多了。

『如果摔下去，依自由落體公式，大約5.5秒才會落地。』我說，
『那麼還來得及說最後一句話。』
「如果是你，你會說什麼？」她問。
『阿耨多羅三藐三菩提。』
她笑了起來，我有整座吊橋都在晃動的錯覺。

即使不在吊橋上，我看到她時通常也會緊張、心跳加速。
處在會讓人不由自主心跳加速的高空吊橋上，又跟她並肩走著，
此刻我的心跳節奏，像是踩著雙踏的重金屬鼓手。
我感覺自己充滿power，也很有勇氣。

『在車上，妳說妳還在屏東。』我終於開口問了，『但妳應該不在
　屏東醫院工作了。是嗎？』
「你怎麼知道？」她很驚訝。
『去年耶誕節時我曾寄給妳卡片，但被退回來了。』
「哦。」她應了一聲，沒往下說。

『只有哦？』
「不然呢？」她問，「用嗯可以嗎？」
『不可以。』
「好吧。」她說，「因為要專心考大學，就先把工作辭了。」

『妳要考大學？』這次輪到我很驚訝。

「我不可以考大學嗎？」
『我沒這個意思。』我拼命搖搖手，『只是沒想到，所以很驚訝。』
可能我的動作太大，加劇了橋面的晃動。
「班長。」她笑了笑，「冷靜點，我們正在半空中的吊橋上。」
『好險。』我也笑了笑，『差點要說阿耨多羅三藐三菩提了。』

「高職畢業後，我一面在醫院工作，一面準備考大學。去年是第二次
　參加大學聯考，其實去年我有考上台北的私立大學。」
『那妳為什麼不去念？』我很納悶，『因為是私立的？』
「不是國立私立的問題。」她說，「是城市不對。」

『城市不對？』
「我不想去台北念大學。」
『為什麼？』
「因為……」她看了我一眼，「沒什麼，只是個無聊的理由。」
『喔。』

「今年要考第三次，想專心拼拼看，所以去年12月初辭掉工作。」
她說，「如果晚十幾天離職，就能收到你寄的耶誕卡了。」
『加油。』我說，『妳一定沒問題的。』
「數學是最大的問題，所以我只好去補習班補數學。」她嘆口氣，
「其實也是因為要去補習班上課，所以不得不辭掉工作。」

『對不起。』我說。
「為什麼說對不起？」

『因為不能教妳數學。』
「好。」她笑了起來,「我原諒你。」

終於走完天長橋,我們同時停下腳步。
「好懷念有你在的日子。」她抬頭看著藍天。
『我也是。』我也看著藍天。
天很藍,風很大,氣溫很低,身邊的她很溫暖。

「等考上大學後再說吧。」她說。
我心頭一震,高二時在高雄火車站,她就是說這句話。
這句話對我造成很深的影響,也曾封印住我。
難道我和她之間,又要等她考上大學後再說?

「回頭吧。」她說。
『我已經是馬入夾道。』
「什麼意思?」
『不能回頭了。』
「那我自己先走了。」她轉頭就走。
我立刻跟上,跟她並肩又走進天長橋。

「那張耶誕卡⋯⋯」她欲言又止。
『什麼耶誕卡?』
「就你剛說去年寄給我的耶誕卡。」
『退回來了啊!』
「我知道。」她瞪我一眼,「我是問卡片裡面寫什麼?」
黑鮪魚又出現了。

『耶誕卡片裡面當然寫耶誕快樂，難道寫早生貴子嗎？』

她又瞪我一眼，這次的黑鮪魚更大隻。

「你唸給我聽。」她說。

『現在？』

「嗯。」

『這……』

「唸。」

『素芬：在這平安喜樂的時節，衷心祝妳耶誕快樂。』

「就這樣？」

『不好意思。』我臉頰發燙，『想了一整晚，不知道要對妳說什麼？
　只好直接祝妳耶誕快樂。』

「署名呢？」

『我想了很久，最後署名：蔡志常。』

「班長。」

『嗯？』

「耶誕快樂。」

『現在是農曆春節耶！』

「但我現在才收到你寄的耶誕卡，所以也要跟你說聲耶誕快樂。」

她笑了起來，臉頰又露出酒窩，很可愛。

「耶誕快樂。」她說，「Merry Christmas ！」

『耶誕快樂。』我也說。

剛剛碰到的那對情侶正好迎面走來，他們應該覺得我們瘋了。

「班長：謝謝您的祝福。天冷了，願您有一顆溫暖的心。煩惱離身，

　　喜樂降臨。祝您耶誕快樂，事事順心，一切平安。署名：素芬。」
她一字一字唸，「收到我回寄的卡片了嗎？」
『收到了。』我說，『謝謝。』

『但是……』
「怎麼了？」
『用「您」太客氣了吧。』我很納悶，『為什麼不用你而用您？』
「沒什麼，只是個無聊的理由。」
　　又是個無聊的理由？那什麼理由才是有聊？

　　終於又走完天長橋，我們沿原路下山。
　　與阿勇和蔡玉卿會合後，得知他們沒去走天長橋。
　　這裡的遊客雖然多，但去走地久橋的人很少，
　　走天長橋的人更是少之又少。
「天長橋太高了，我會怕。」蔡玉卿說。

　　阿勇說5分鐘後繼續上路，要蔡玉卿和國語推行員先去上洗手間。
「豬腸。」她們走後，阿勇說：「聽說情侶如果一起走天長地久橋，
　　一定會分手。」
『什麼？』我大吃一驚，『不是應該天長地久嗎？』
「兩種說法都有。」他說，「還有人說順序很重要，要先走天長橋，
　　再走地久橋，才會天長地久。」
『到底是怎樣？』我大叫，『是天長地久橋？還是分手快樂橋？』

「豬腸。」阿勇問，「你幹嘛那麼在意？」
『我……』我一時語塞。
「也許關鍵是攜手。」他說，「如果情侶攜手過橋，就天長地久；

沒攜手過橋，就一定分手。」

『那更慘，我們都沒牽手啊！』

「什麼？」

『沒事。』

到底是天長地久橋？還是分手快樂橋？

如果我預先知道走天長地久橋會分手，還會陪國語推行員走嗎？

算了，是祝福還是詛咒，「等考上大學後再說吧」。

原本打算去阿里山，但沿路車子太多，塞車的車陣很長。

我們看苗頭不對，便臨時改去奮起湖。

到了奮起湖，我們四人逛逛老街，走走周圍的棧道和古道。

吃完頗具盛名的奮起湖便當後，便開車回去了。

在奮起湖停留的時間裡，我們四個人都是一起行動。

我沒什麼機會跟國語推行員單獨說話。

人潮很擁擠，但她在人潮中總是與眾不同，一眼就能辨識。

雖然這可能是我的主觀美感，但她的挺直也是重要因素。

最後要去吃便當時，我看見她走遠了，便叫了聲：素芬。

但她走向我時，並沒有跟我說：一句。

那是我今天第二次叫她素芬。

第一次是她要獨自走地久橋時，我在後面叫住她。

今天總共叫了她兩次素芬，但都沒聽到她跟我說：一句。

我叫的素芬跟高二那時一樣，都是標準的素芬，不再是素葷。

沒能找回以前跟她的那種默契，我很遺憾。

開車回去時，天快黑了，阿勇抄了條小路，路上車子很少。
黑夜很快降臨，山路幾乎沒有燈光，四周黑漫漫的。
車子前面有一輛機車緩緩行進，車後載了滿滿的物品。
那輛機車沿著中間的雙黃線前進，阿勇很難超車。
「幹。」阿勇低聲罵了一句。

『阿勇。』我說，『那輛機車載很多東西下山，應該是從山下到山上
　做生意，直到現在才回家。』
「所以呢？」
『現在四周一片黑暗，山路又狹小，一邊是山壁，山壁下有大水溝，
　另一邊是懸崖。他沿著中間的雙黃線行駛，比較不會發生危險。』
「可是他騎那麼慢，又沒靠邊，很沒品耶。」

『過年跑到山上做生意，這麼晚才回家，應該是賺辛苦錢的人。』
我說，『他只想安全地回到老婆小孩身邊而已，你不要跟他計較。』
阿勇嘆口氣，默默跟在機車後方。
過了一會，那輛機車停在路旁的一盞路燈下，讓阿勇的車過去。

「她們睡了嗎？」阿勇低聲問。
我轉過頭，發現蔡玉卿和國語推行員都靠躺在椅背，閉上眼睛。
『應該睡了吧。』我也低聲說，『我確認一下。』
我右手朝國語推行員比了食指、中指、無名指三根指頭。

國語推行員緩緩地舉起左手，也向我伸出三根指頭。
我縮回無名指，只比出食指和中指。
她也立刻向我伸出兩根指頭。
我再縮回食指，只比出中指。

「不要只比中指。」她睜開眼睛。

想起了國二時的閉目養神運動,我和她相視而笑。
『妳怎麼沒睡?』我問,『妳不累嗎?』
「是有點累。」她說,「但閉上眼睛休息一下就好。」
『那妳剛剛有聽到阿勇罵了一聲幹吧?』
「有。」
『要罰他嗎?』
「不要。」她說,「我只要罰你。」

『那我真雖小。』
「班長。」她說,「一句。」
『妳沒聽過麻雀雖小,五臟俱全?』
「一句。」
『雖小,明明是雖然很小的意思。』
「一句。」
我從口袋掏出三塊錢,她伸手接下,笑了起來。
昏暗的車內,只隱約看見她的酒窩,但依然覺得很美。

「班長。」她說,「我以前就覺得你是個溫柔善良的人。」
『我是嗎?』
「嗯。」她說,「現在也是。」
『還好我沒變。』
「我也沒變。」她說,「還是喜歡罰你錢。」
我們同時笑了起來,昏暗光線下看著酒窩,另有一種韻味。

『妳睡一下吧。』

「好。」她閉上眼睛,「那你不要再比手指頭了哦。」

『好。』我轉回身體,靠著椅背。

她還是以前的國語推行員,這讓我非常安心,心情很平靜。

終於回到蔡玉卿的家門口,我們四人都下車。

簡單互道新年快樂後,便道別。

『阿勇。』蔡玉卿走進家門前問,『你真的有駕照嗎?』

阿勇瞬間臉紅,我們其他三人則笑了起來。

我看著國語推行員的背影,只希望她能回頭讓我再看一眼。

『問菩薩為何倒坐?』我說。

她停下腳步,回頭,微微一笑。

「嘆眾生不肯回頭。」她說。

我們互相凝視,沒有說話,也不知道該說什麼?

『加油。』過了一會,我說。

「嗯。」她點點頭,轉身進屋。

她的背影消失的那瞬間,心頭湧上一陣酸楚。

每次她剛走的瞬間,就是我無盡思念的開始。

「等考上大學後再說吧」這句,可能又將封印住我。

但她畢竟辭去工作,孤注一擲,要準備考第三次大學聯考。

我能做的,只有祝福與加油了。

過完年後一個月,奶奶去世了。

辦完喪事後兩個月,我們舉家搬到台北。

父親在故鄉是做小生意的,收入一直平平,勉強維持家計。

那時故鄉有很多人陸續搬到城市謀生,父親也加入這行列。
以前念國中時,每個年級有11個班,現在只剩8個班。
故鄉的人口,正以緩慢的速度流失至城市。

搬家那天,我沒回老家,所以沒看老家最後一眼。
而鹽山、大海、魚塭、隨處可見的木麻黃⋯⋯
這些恐怕都將成為記憶中的影像。
在台南上課的我,感覺心中有根線斷了,是那條與故鄉連結的線。
從此,「回家」與「回故鄉」是完全不同的概念。

大三結束時的暑假,大學聯考放榜那天,我買了份報紙。
報紙有六個版面是榜單,看見密密麻麻的人名,整個人都愣住了。
這要怎麼找啊!
只好用最笨的方法,從每面報紙的右上角,由右至左、由上至下,
一個一個比對名字,直到那面報紙的左下角為止。

比對到第三個版面的中間部分,我終於發現了「邱素芬」。
我不禁大叫一聲,很興奮,心情像一飛沖天的鳥。
然而看見校系是台北的私立大學時,這隻鳥瞬間跌入谷底。
怎麼辦?她會去念嗎?還是要再考第四次?

我知道她孤傲、特立獨行,某種程度上非常固執。
如果她不想去台北念大學,那麼應該沒有遷就的空間。
我想她會再考第四次吧。
只是為什麼不想去台北念?那個無聊的理由到底是什麼?
我毫無頭緒。

「等考上大學後再說吧。」
如果她還要考第四次大學聯考，那麼什麼時候才能「再說」？

升上大四了，要修的科目變少了，但由於要準備考研究所，
所以課業壓力還是一樣重，甚至更重。
另外我繼續當小敏的家教老師，還是教數學。
不知道是湊巧還是我真的教得好，小敏的數學成績突飛猛進，
其他科目的成績也連帶進步。
小敏國二的成績在她們班是中等，國三上學期時已進步到前三名了。

『小敏。』我問，『妳覺得我是不是教得很好？』
「不知道耶。」她說，「我只碰過你和我們班數學老師。」
『那我比妳的數學老師教得好嗎？』
「比不出來。」她說，「但我比較聽得懂你教的。」
『這是不是因為我們兩個很有緣？』
「老師。」她笑了起來，「我們之間是不可能的啦！」
『不要亂開玩笑。』我輕輕敲了敲她的頭。

大四這年，我想起國語推行員的次數，多數是因為教小敏數學。
一想到國語推行員可能要面對第四次大學聯考，我甚至會自責。
我對國中數學很有把握，畢竟當初是以滿分為標準，錯一題打一下。
可是高中數學我並不夠好，沒有太大的自信。
雖然很想在國語推行員身邊教她高中數學，可是我有能力嗎？
為什麼我高中時沒對數學多下苦功呢？

如果我高中數學也像國中數學那樣厲害，我就有自信教她，
那麼也許她就不必去補習班補習了。

也許還不用辭掉工作，也許不用考第三次甚至是第四次大學聯考，
也許……

不管有再多的也許，我還是只能教小敏國中數學，
而國語推行員可能還是要面對明年的第四次大學聯考。
我除了自責外，心情也非常沉重。

耶誕時節又到了，這次沒有誰收到最多耶誕卡的無聊比賽。
但我卻買了張卡片，依然寄到屏東醫院給國語推行員。
我抱著微小可能：她雖然準備大學聯考，卻回屏東醫院工作。
「素芬：在這平安喜樂的時節，衷心祝妳耶誕快樂。」
卡片內容和署名都跟去年一模一樣，因為我知道即使想再久，
也不會知道該對她說什麼？

兩個禮拜後，收到了我寄出的卡片。
信封外面依然加蓋了一個藍色的印戳——查無此人。
雖然這在意料之中，但還是讓我心情陷入谷底。
我還有可能會收到她在天長橋唸給我聽的耶誕卡片嗎？

放寒假了，今年是第一次要去台北過年。
是「去」台北過年，不是「回」台北過年。
在我心中深處，很認同羅大佑唱的那句：台北不是我的家。

果然在台北過年的味道完全不對。
以前在故鄉過年時，總是一堆親朋好友來家裡拜年，
而我也會去親朋好友家拜年。
家裡通常是熱鬧的，充滿談笑聲和麻將聲。

但在台北過年,根本沒親朋好友來拜年,出門到哪兒都是人擠人。

如果沿著一條路走,從路頭到路尾,所有百貨公司和商店同時播放:

恭喜恭喜恭喜你呀,恭喜恭喜你……

聽一兩次還好,如果沿路都是,那幾乎是魔音傳腦。

我有種想拿衝鋒槍掃射所有音響的衝動。

為了避免衝動,我只好窩在電視機前看一大堆綜藝節目。

矗立於一望無際鹽田中的鹽山、安靜到只能聽見海浪聲的黑色沙灘,

在一片恭喜發財聲中,不斷浮現在我腦海。

大四下學期開學了,我大學生涯最後一個學期。

但沒什麼好依戀或不捨的,因為很快就要考研究所。

我幾乎是閉關念書,全力衝刺。

四、五月是各學校研究所考試的旺季,我一共報考四間學校。

最後僥倖考上本校的研究所,其他三間則槓龜。

畢業典禮到了,校園裡很熱鬧。

到處是穿著黑色大學服的畢業生和一堆親朋好友在合影。

我也跟班上幾個比較要好的同學合影留念。

艾琳突然從後面衝過來勾著我左手,對前面拿相機的同學說:

「幫我們拍一張。」

我勉強擠出微笑面對鏡頭,艾琳則笑得很開心。

「對不起。」她低聲說。

快門按下了,我很納悶,轉頭看著她。

但她沒看我,又對拿相機的同學說:

「再拍一張。」

在準備按下快門前的短短幾秒,她又低聲說:
「挖英蓋五尬以里(我以前有喜歡你)。」
我心頭一震,同時快門按下。

艾琳跑向前,把自己的相機給同學,說:「用我的相機再拍一張。」
然後她跑回來右手勾著我左手,說:「三角形,笑一個。」
我勉強又擠出微笑時,聽見她說:
「挖塔督啊洗工金咧(我剛剛是說真的)。」
快門又按下了。

艾琳拿回自己的相機,看著我,欲言又止。
剛好一位班上同學路過,她又叫住他:「幫我們拍一張。」
說完又跑去把相機給那位同學,再跑回來勾著我的手拍照。
「我說完了。」她低聲說。
快門按下。

她拿回她的相機,視線似乎又在四處搜尋同學。
我想起以前她跑進跑出宿舍大門還有鑽進鑽出帳篷的樣子。

『艾琳,說對不起的人應該是我。』我終於說,『我只是面對妳會很
　尷尬而已,並沒有抱怨妳或生妳氣的意思。』
「我知道。」她說。
『妳知道?』
「三角形。」她笑了,「我們是四年的同學耶,你是什麼樣的人我會
　不知道?」

『那我是什麼樣的人？』我問。

「溫柔善良。」她說。

那瞬間，我想起國語推行員，想起在阿勇車內昏暗的光線下，
國語推行員的酒窩。

「總之……」艾琳最後說，「我太早交男朋友了。」

她揮揮手說聲再見，就離開了。

原來這世間，有人遺憾「遲到」，但也有人遺憾「早到」。

對愛情突然到來感到不知所措，在慌張下總覺得遺憾。

於是有人遺憾早到，有人遺憾遲到。

是這樣的原因吧？

今天的太陽很耀眼，我瞇著眼睛看著天上的太陽。

大學生涯結束了，結束前我做最後一次驗算。

得到一個答案：

太陽的光與熱，對我而言是唯一，再多星星也比不上。

錯過太陽，就錯過全部了，即使擁有全部的星星也沒意義。

而國語推行員就是我的太陽。

12.

畢業後兩個月,又到了大學聯考放榜的日子。

這次比對完六個報紙版面的榜單,都沒有發現「邱素芬」。

如果她考了第四次大學聯考,那麼落榜的她,該何去何從?

她人生列車的下一站,會是哪裡?

而我的人生列車,繼續往前直達研究所。

我搬離住了四年的大學宿舍,成為研究所新生。

研究生宿舍床位不夠,要住研究生宿舍的人得抽籤。

我籤運不好,沒抽中宿舍,只好在學校附近租房子。

我找到一個還不錯的地方,是頂樓陽台加蓋兩個房間。

我住其中一間,另一間也是住本校的研究生,念航太所。

但搬進去住了一個禮拜,從未遇見他,他的房間也一直沒亮燈。

第八天晚上他房間的燈終於亮了,而且房門虛掩。

我輕敲他房門,想打聲招呼,認識一下。

「我叫李育翔,叫我阿翔就好。」他說。

『我叫蔡志常,叫我……』我想了一下,『隨便你叫吧。』

「那我叫你菜菜。」他笑了,「可以嗎?」

『可以。』我也笑了。

雖然菜菜有點怪,但如果他喜歡叫,就隨他意了。

我問他前陣子去哪?他說去醫院。

「我認識一個女孩，因為剛失戀哭得很傷心。」他說，「安慰她時，
　她問可以借我的肩膀嗎？我當然很man的說可以。」
『這跟去醫院有關？』我很納悶。
「原本她趴在我肩膀上哭，後來情緒激動，就搥打了幾下。」他說，
「她是空手道兩段，手刀一劈，我骨頭就斷了。」

『你是開玩笑嗎？』
「我是說真的。」他說，「你是不是覺得很像開玩笑？」
『對。』
「我也覺得很像開玩笑。」他笑了，「但骨頭真的被她劈斷了。」
我不禁跟著他笑了起來，這確實有些搞笑。

「菜菜。」他還在笑，「以後女孩要借你的肩膀哭泣時，記得問她
　有沒有練過空手道。」
『好。』我也還在笑，『我記下了。』
阿翔看起來是個有趣的人，應該很好相處。

「初次見面，請多指教。」他笑了笑，「以後盡量把我當正常人。」
『好。』我也笑了笑，『我盡量。』
跟他簡單握一下手後，我們各自回房間。

除了阿翔外，我也多認識了一些新同學。
研究所要修的課不多，但課餘時間大多還是待在研究室裡。
系館有五間研究室，每間用隔板隔出12個位子。
隔板讓每個研究生坐在位子時不會看見別人，也不會被別人看見。
每個位子有一張L型書桌，研究生通常放了台電腦。
室內有面牆整面釘成書櫃，高度到天花板，讓大家共用。

我在L型書桌上放了台電腦，書籍和資料等放在書櫃裡。

如果在學校，除了上課外，我都待在研究室。

通常晚上才回去租屋處，有時甚至待到深夜或凌晨才回去。

假日偶爾也會去研究室，日子過得充實而忙碌。

我買了輛二手機車，方便隨時移動。

小敏考上台南一所女子高中，也算明星高中。

她父母希望我繼續教小敏，但我以不擅長高中數學為由婉拒了。

沒想到開學一個月後的某個假日，小敏竟然跑到研究室找我。

「老師。」小敏一見到我就說，「救命呀！」

『怎麼了？』我嚇了一跳。

「我數學都聽不懂。」她苦著一張臉。

『喔。』我鬆了一口氣，『妳可以去補習班補數學。』

「我不想去補習班。」

『補習班有很多，妳先去聽聽看。』我說，『補習班老師很會教。』

「我就是不想去補習班。」

『那……』我一時語塞。

「老師。」她說，「你回來教我數學啦！」

『這……』

「我已經是高中生了耶。」她說。

『所以呢？』

「你不覺得可以跟一個女高中生近距離接觸，很令人興奮嗎？」

『我沒那麼變態。』我輕輕敲了她的頭。

「老師。」她拉拉我衣袖，「拜託啦！」

我拗不過她的請求，只好勉強答應。

但我還是強調不擅長高中數學，她要有去補習班的心理準備。

「好。」她點點頭，「如果老師應付不來，我就去補習班補數學。」

沒想到剛開始教小敏高中數學時，我發現自己仍然得心應手。

大致翻了一下高一數學的內容，也覺得沒什麼問題。

小敏聽得懂我所教的，不再對高中數學恐慌，數學成績也進步了。

但小敏的數學成績越好，我越感受到懊悔與遺憾，甚至內疚。

原來我有能力教小敏高中數學，那麼我就該有自信教國語推行員。

我為什麼不能教國語推行員高中數學呢？

那時我應該問她是否可以到台南來啊！

既然她已辭去工作，那麼搬到台南來也並非不可能。

雖然可能唐突，雖然她應該不會同意，但起碼可以開口問她。

如果我可以教國語推行員高中數學，也許一切都將變得不一樣。

「老師。」小敏叫了我一聲。

『怎麼了？』我回過神。

「你看起來好像很難過。」

『喔，沒事。』我勉強擠了個微笑，『我們繼續上課。』

但只要繼續教小敏高中數學，我就常有揮之不去的內疚感。

可能是內疚感作祟，我竟然有看到國語推行員的錯覺。

那次是我在校內某個自助餐廳吃午飯，餐廳隔壁是女生宿舍。

女生宿舍有左右兩棟，由一條寬約5公尺的走廊分隔。

透過玻璃窗，我好像看見國語推行員經過那條走廊。

雖然走廊只有5公尺寬，雖然她只在窗外60公尺一閃而過，
雖然有許多女生同時經過那條走廊，雖然我只看見右側面……
但那挺直的背部、緩慢而流暢的節奏，應該是她沒錯。
可是她怎麼可能會出現在校內的女生宿舍呢？
所以只是我的錯覺嗎？

此後我常在相同的時間坐在同樣的位置，透過玻璃窗看著窗外。
有好幾次我彷彿看見國語推行員的身影。
從左到右，5公尺走了9步，大約7秒鐘後消失。
我相信那應該是錯覺。

然而即使是錯覺，只要那個女生的身影像國語推行員，
我就會覺得很安心，心情很平靜。
對我而言，這是我思念的出口。

我想起了六世達賴喇嘛——倉央嘉措的傳說。
倉央嘉措從小在民間生活，直到15歲才坐床，入主布達拉宮。
即使成為活佛，卻依然放蕩不羈，還寫下大量浪漫的情詩。
傳說他常在夜晚溜出布達拉宮，到山腳下的酒店與情人幽會。

可是我聽到另一種傳說。
倉央嘉措坐床前有個初戀情人，但因為得成為六世達賴而被迫分離。
而他之所以突破重重阻礙溜出布達拉宮來到酒店，
是因為店裡端酒少女的側面，很像他故鄉的初戀情人。
所以他常常坐在店裡的固定位置上，靜靜望著那位美麗少女的側面，
思念著無法在一起甚至不能再見面的愛人。

倉央嘉措和初戀情人分離時的年紀是15歲，
正好也是我和國語推行員國中畢業要分離的年紀。
而我每次在相同的時間進餐廳坐在同樣的位置，
也只是為了看見一個疑似國語推行員的身影。

在忙碌且畢業壓力無時無刻如影隨形的研究生生活中，
到女生宿舍旁的餐廳看著窗外，靜靜等待國語推行員的身影出現，
是我唯一心情平靜的時刻。

國語推行員的身影可以讓我心情平靜，而阿翔可以讓我忘卻壓力。
我常跟阿翔吃飯、聊天，跟他在一起時是非常輕鬆愉快的。
阿翔喜歡攝影，偶爾開車載我出去走走、拍拍照。
對一個才20出頭歲的研究生而言，擁有一輛車算是很少見。
為了不讓他老是當司機，我也趕緊去考了張汽車駕照。
我突然想到阿勇根本沒車，可是大三就有了駕照，
是不是只為了想開車載蔡玉卿？

跟阿翔相處久了，便越來越熟，而且無話不談，也很知心。
我們偶爾談心，我也曾訴說我和國語推行員之間的點滴。
阿翔說他的心像蜂窩，有很多門，住了很多女孩。
每隔一段時間，打開一扇門，住進一個女孩。
但任何女孩都可能只是暫時性的主人。

『所以你有很多女朋友？』我問。
「談不上是女朋友。」他說，「應該說我有一些要好的女孩子。」
『"一些"指多少？』

「七、八十個而已。」

『啊？』

「開玩笑的。」他笑了笑，「幾個而已啦。」

『把你當正常人看待，有點難。』我也笑了笑。

有次我跟他提及大學時期跟艾琳之間所發生的事。

「先說結論。」阿翔聽完後說，「艾琳是個非常坦誠的女孩。」

『喔？』我說，『那麼推導的過程是？』

「她喜歡你，無法對你開口說她有男朋友了，怕你難過。」阿翔說，

「可是她很坦誠，因此還是一定得讓你知道她有男朋友。」

『但藉由約我去跟她男朋友吃飯的方式，有點震撼吧。』

「她那麼坦誠，難道就不會讓男朋友知道她喜歡你？」

『啊？』我吃了一驚。

「她想讓你知道她有男朋友，同時也想讓男朋友知道她喜歡你。」

他說，「但她對你們兩個人都說不出口，所以才有那晚的飯局。」

『為什麼？』

「那晚的飯局，既能讓男朋友知道有你，也能讓你知道有他。」

『這樣她可能會兩頭落空。』我問，『她不知道後果嗎？』

「她當然知道後果，但她更知道應該坦誠。所以結論：她是個非常
　坦誠的女孩。」他說，「以上是我的推導過程。」

『女孩子真的很難懂。』我嘆口氣。

「不懂女生，根本不用難過。」他笑了笑，拍拍我肩膀，「因為
　懂了女生，你也不會好過。」

『沒錯。』我也笑了笑。

「其實這樣很好,因為你的心住不進別的女生。」他說,「我的心像
　蜂窩,有很多門,門也可以輕易開啟。但你的心是上了鎖的鐵門,
　別人很難住進去,而且裡面也早住了個人。」
『住誰?』
「就你常說的那個國語推行員。」
我心頭一震,沒有接話。

「而且不僅鐵門上鎖,連住裡面的國語推行員也被手銬腳鐐綁住。」
　他說,「你該試著解開手銬腳鐐,打開鐵門。」
『真的要這樣嗎?』
「讓她走。」他說,「並讓別人住進來。」
『我……』我嘆口氣,『我做不到吧。』

「菜菜。」阿翔說,「問你一個問題。」
『請。』
「如果這世間分成兩種人,一種希望擁有最漂亮的髮型,另一種希望
　成為最好的髮型設計師。」他問,「你會選哪一種?」
『這問題我不太懂。』

「如果是最好的髮型設計師,就不會有最漂亮的髮型,因為他沒辦法
　幫自己弄頭髮。同理,如果擁有最漂亮的髮型,就一定不是最好的
　髮型設計師。」
『嗯……』我想了一下,『我選最好的髮型設計師。』
「我猜也是。」他說,「我是選最漂亮的髮型。」

『這兩種有什麼差別?』我問。

「在愛情的世界裡，希望擁有最漂亮的髮型的人最在乎被愛的感覺，誰把他頭髮弄得最漂亮，誰就是最好的髮型設計師。而最好的髮型設計師在乎自己愛誰，自己最愛誰，就把誰的頭髮弄得最漂亮。」

『好像有點道理。』

「你為什麼選最好的髮型設計師？」他問。

『如果是最好的髮型設計師，就有能力讓人的髮型最美。我喜歡擁有那種可以讓別人變成最美的能力。』我說。

「你希望有能力讓別人最美，但不在乎自己是否最美。」他說，「所以你比較懂得為愛付出，比較不在乎被愛的感覺。」

『那你呢？』我問，『為什麼選最漂亮的髮型？』

「爽啊！」他說，「如果我有最漂亮的髮型，當然很爽。」

『就這樣？』

「就這樣而已。」他笑了，「所以我比較重視被愛的感覺。將來如果有一天我想定下來，應該會跟一個最愛我的女孩在一起。」

希望擁有最漂亮的髮型？希望成為最好的髮型設計師？
前者重視誰最愛自己？後者重視自己最愛誰？
我常思考這兩者間的差異。
有次教小敏時，我也問她這個問題。

「我希望成為最好的髮型設計師。」小敏回答。

『為什麼？』

「美麗，是讓人看的。」小敏說，「如果我是最好的髮型設計師，我才可以看到最美的髮型。」

『沒想到妳還滿成熟的。』我笑了笑。

「再怎麼成熟,老師你還是要等到我18歲高中畢業,才可以⋯⋯」
『不要亂開玩笑。』我輕輕敲了她的頭。

有天深夜我在研究室又莫名其妙想起那兩者間的差異時,
突然聽到「砰」的撞擊聲,然後是一堆物品掉落聲。
我起身查看,發現是在靠門第一排但離門最遠的位子。
有個女研究生正對著散落一地的書籍發呆。

我走近她,但她依舊呆站著。
『怎麼了嗎?』我問。
「我弄壞了書架。」她似乎回過神。
她座位後方有一個木製四排書架,但書架已傾倒在地。

我蹲下身收拾散落一地的書,她愣了幾秒後才蹲下身跟著收拾。
收拾完書和一些雜物後,我扶起書架,最上面那排木板已斷裂。
『妳在練空手道嗎?』我問。
「嗯?」她似乎沒聽懂。

『都快12點了,妳怎麼還沒回去?』我問。
「你不也是?」
『但妳是女孩子⋯⋯』
「所以呢?」
『沒有所以。』我點個頭,識相地回到自己位子。

她是我的研究所同學,應該是叫楊翠茹。
聽說她是台中的國立大學畢業,再考上本校的研究所就讀。
她跟班上同學的互動很少,也很少講話,感覺獨來獨往。

但最有辨識度的，是她的外表，她很漂亮。

念我們這種工學領域研究所的女生很少，
如果出現女生，通常長得……
呃……我該怎麼說，才能保持禮貌呢？
這麼比喻好了，如果女生的長相越美，讓人感覺越高傲、難親近，
那麼念工學領域女研究生的長相會讓人感覺非常隨和、超好相處。

所以剛開學時，楊翠茹的出現就引起不小的騷動。
她似乎也成了班上男同學甚至學長們的女神。
但她的神情總是冷漠，對任何事物都很冷淡，講話的語氣也冷冰冰。
試著靠近她的人幾乎都被凍傷，因此大家只好把她當作冰冷的存在。

在今晚之前，我只跟她說過一次話，而且那次我們都只說一句。
那是某天深夜離開系館，走去停放機車的路上會經過一小片樹林，
我突然遇見似乎在樹林內閒晃的她。
她神情冰冷，頭髮又直又長，而且竟然穿了一身白，沒有半點雜色。
看到她的瞬間，我嚇了一大跳，心臟差點從嘴巴跳出來。
『這麼晚了，妳全身都穿白衣服在這裡走動，會不會太猛？』我說。
「念研究所了，還怕鬼？」她說完轉身就走。

想起那晚，我還心有餘悸。
看了看錶，凌晨一點，差不多該回去了。
要離開研究室時，瞄一眼她的位子，桌上的燈還是亮的。
悄悄靠近了幾步，看見她正盯著電腦螢幕，是Fortran程式畫面。
我又悄悄退開幾步，轉身走出研究室。

走了幾步，回憶起國中放學後國語推行員獨自待在教室裡的情景。
那種不想讓國語推行員一個人留在教室裡的心情，至今記憶猶新。
雖然應該會自討沒趣，但不捨國語推行員的心情更強烈。
我嘆了口氣，又走進研究室，到她位子旁。

『真的很晚了，妳畢竟是女孩子……』
「你是專程來發表性別歧視的言論嗎？」
『不是。』我凍傷了，『只是擔心妳太晚回去會有危險。』
「多謝關心。」她視線始終盯著螢幕，「Leave me alone。」

『對了，待會如果想上洗手間，要去男洗手間。』我說。
「為什麼？」她轉頭看著我。
『系館有個傳說，過了晚上12點，會有一個女人走進女洗手間。』
我說，『但那個女人從沒走出來。』

她身體似乎輕微震動一下，但沒回話。
『我先走了。』我揮揮手，『記得要去男洗手間。』
我轉身走出研究室，雖然還是有點擔心，但只能下樓離開。

一個禮拜後，班上幾個男同學聊天時提到楊翠茹。
「昨晚上廁所時，突然看見她走進來，我嚇了一大跳！害我趕緊拉上
　拉鍊，差點夾到小鳥。」
「她怎麼會走進男廁所？走錯嗎？」
「不曉得。但她真的走進男廁所，而且還打開門進去耶！」
「莫非她是男的，像泰國人妖那樣……」

『她幾點走進男廁所？』我插嘴問。

「12點多吧。」看見她的男生說。

『喔。』

我應了一聲後，趕緊離開。事情大條了，她竟然相信那個傳說。

當晚我在研究室待到11點半，要回去時發現楊翠茹還在。

她依然看著電腦螢幕，很困擾的樣子。

『需要幫忙嗎？』我問。

「不用。」她馬上說。

『快12點了，如果不趕快回去……』

她突然轉身，狠狠瞪著我，我嚇了一跳。

「你上次說的事，是真的假的？」她眼神很銳利。

『什麼事？』

「過了12點，會有個女人走進女洗手間但卻沒走出來的事。」

『妳在說那個迷路的女人喔。』

「迷路的女人？」

『走進女洗手間卻沒走出來，那她應該在洗手間裡迷路了。』我說，

『不然妳以為她為什麼沒走出來？』

「你……」

『這是妳寫的程式嗎？』我指著電腦螢幕。

「對。」

『是不是有什麼問題呢？』

「有跑出結果，但結果都會有誤差。」

『我可以仔細看一下嗎？』

「不需要。」

『我沒惡意,只是想幫忙而已。』我說,『畢竟我們是同學。』

「我已經被這程式煩了一個禮拜,最好你看一下就可以找出問題。」

『看看無妨。』我說,『妳先休息一下,給我幾分鐘看程式。』

「我剛說了……」她冷冷地說,「不、用。」

『好吧。』我又看了電腦螢幕一眼,然後退開幾步。

『如果變數名稱的第一個字母是 I、J、K、L、M、N,Fortran 會內定
　為整數。妳程式中有個變數叫 ICE,它會被當成整數。』

『如果 ICE = 10/8,那麼 ICE 不會是 1.25,而是 1。』我繼續說,
『因為它被當成整數,小數部分會去掉。所以計算結果就有誤差。』

『妳可以宣告 ICE 為實數 REAL,或是改掉 ICE 這變數名稱,用不是
　I 到 N 開頭的字母。』我最後說,『我先走了,Bye-Bye。』

沒想到她冷得徹底,連寫程式時也使用 ICE 當變數名稱。

走出系館,看著夜空,我又想起了國語推行員。

雖然楊翠茹完全不像國語推行員,但她獨自留在研究室裡的樣子,
不由得讓我將她的身影與國語推行員重疊在一起。

我好懷念放學後寂靜的教室裡,充滿著我和國語推行員的笑聲。

可惜而今寂靜的研究室裡,只剩下冰冷的對話。

之後我不想在研究室待太晚,怕把她當國語推行員卻又無能為力。

而且她書架木板斷裂的樣子,很像被手刀劈開。

也許她真的會空手道,我還是小心一點好。

如果太晚了還沒回去,會發生危險的可能不是她,而是我。

有天我們幾個男同學又在研究室閒聊,我說了被學妹拜託的事。

研究生要幫系上老師改考卷,大學部的學生因此叫我們「助教」。

我是工程數學這科的「助教」，期中考考完後，有個學妹來找我。

「助教，能不能把我的分數改高一點？」她眼神和語氣充滿懇求，

「只要能讓工程數學及格，我什麼都可以做。」

『真的什麼都可以？』

「嗯。」她低下頭，似乎很害羞。

『那就回去好好用功準備期末考！』

我們幾個笑成一團，突然看見楊翠茹離開座位，走出研究室。

被她冰冷的氣場震懾住，我們同時停止笑，而且鴉雀無聲。

迅速解散各自回座位，但我才坐下沒多久，感覺背後有股冷風。

「你叫什麼名字？」楊翠茹站在我背後。

『我們當同學這麼久了，妳還不知道我名字？』我很驚訝。

「我不想知道的名字，當再久的同學也不會知道。」

『喔。』我說，『我是蔡志常，妳想知道我名字，我倍感榮幸。』

「那我叫什麼？」

『楊翠茹。』我說，『只要是同學，我理所當然會知道。』

「怎麼寫？」

我用筆在紙上寫下：楊、翠、茹。

「我的如，沒有草字頭。」她拿筆塗掉茹上面的草，「你還有什麼理所當然會知道的事？」

『那我名字怎麼寫？』

她用筆在紙上寫下：蔡、智、常。

『我是志氣的志。』我拿筆塗掉智，改成志。

「其實智比較適合你。」她說，「因為你很聰明。」

『謝謝。』我有點不好意思。

「上次的事。」她說,「謝謝你。」

『上次?』我問,『迷路的女人嗎?』

「那是上上次。」她瞪我一眼。

『喔。』我問,『那上次是什麼事?』

「Fortran 程式。」

『妳程式問題解決了嗎?』我想起來了。

「嗯。」她微微一笑,「當晚就解決了。」

她笑起來有一種嫵媚的味道,用成語形容的話,就是嫣然一笑。

第一次看見她笑,雖然覺得很美,但我竟然有點緊張。

「我只是來跟你說一聲謝謝。」她說。

『不客氣。』我說,『那個迷路的女人是我唬爛的,對不起。』

「我以為你不會道歉呢。」

『這一定要道歉。不然妳 12 點過後就去男廁所,也很傷腦筋。』

她把臉一板,轉身就走。

「你剛剛說的事……」她走了幾步,回頭說,「算好笑。」

『剛剛?』

「你叫學妹好好用功準備期末考。」她又笑了。

這種笑依然有一種嫵媚的味道,用成語形容的話,就是回眸一笑。

其實長得漂亮的人,笑起來通常會加倍好看。

不懂為什麼她的神情總是那麼冰冷,她不知道她笑起來超美嗎?

她的笑容幾乎可以排世界第二了。

而世界第一,就是國語推行員笑起來時左臉頰露出的酒窩。

可能楊翠如真的很感謝我吧，之後如果在研究室碰到，
她的神情不再完全冰凍，開始有一點點溫度。
她甚至會主動找我，她找我的方式很簡單，就是默默站在我背後。
而我發現她的方式也很簡單，就是突然感到背後一陣寒意。

『有事嗎？』我轉過頭。
「程式有點問題。」她說。
『需要我看看嗎？』
「不然我站在這裡是在幫你把風嗎？」
『喔。』我站起身，跟著她走到她的位子。

我站著注視她的電腦螢幕，有時邊說明邊敲打鍵盤。
偶爾臉微微朝左下，接觸她的視線。
她跟國語推行員一樣，在我說明的過程中很安靜也沒任何動作。
雖然都是安靜，但感覺還是有差異。
國語推行員像是聽你傾訴的平靜湖水，而她只是座安靜的冰山。

我站著，她坐著，這樣的距離感很好，比較不會想起國語推行員。
如果我坐著看螢幕，而她站著彎身把臉湊近，
那我一定會陷入以前在教室裡教國語推行員數學時的回憶漩渦。

『妳會空手道嗎？』我看了斷裂的書架一眼。
「不會。」
『難道妳會少林寺的大力金剛掌？』
「不是用手打斷的。」她瞪我一眼，「是用金屬做的紙鎮。」
『為什麼要用紙鎮打斷書架？』

「我不是想打斷書架，是想弄壞紙鎮。」

『金屬做的紙鎮敲擊木頭做的書架，正常人應該認為書架會輸。』
「我很正常。」她又瞪了我一眼。
『為什麼想弄壞紙鎮？』
「那是前男友送的紙鎮。」
『喔。』我好像問太多了，該閃了，『程式妳再跑跑看。』
「嗯。」她說。

我走回自己位子，打開電腦螢幕，繼續忙自己的事。
沒多久又感覺到背後一陣寒意。
『程式有問題？』我轉過頭。
「沒。」她說，「我要回去了。」
『喔。』我說，『Bye-Bye。』
她沒說 Bye-Bye，只是站著，寒意好像更盛了。

『還有別的事嗎？』我問。
「現在是深夜11點半。」
『對。』我看了看錶，『我的錶也是。』
「我要一個人走回去。」
『妳今天沒穿白衣服，不會嚇到人，別擔心。』
「而我只是一個女孩子。」
『妳也會說這種性別歧視的言論？』
她瞪了我一眼，沒有說話，寒意破表。

『這麼晚了，妳一個女孩子走回去有點危險。』我關掉電腦，
『我陪妳走回去吧。』

「謝謝。」她說。
寒意不見了。

楊翠如住學校研究生宿舍，大概只要在校園走十分鐘就到了。
我還以為她在外面租房子，如果住校內宿舍，再晚回去應該還好。
『妳籤運不錯，抽得到床位。』我說。
「登記要抽床位的人不多，9成以上都抽得到。」
『我就沒抽到。』
「嗯。」她說，「如果是正常人就抽得到。」
『喔。』

「你為什麼要編那個傳說嚇我？」她問。
『妳都敢半夜一個人回去了，有什麼可以嚇妳？』
「你……」
『而且念研究所了，還怕鬼？』我說。
她愣了愣，隨即微微一笑：「沒想到你還記得我說過的話。」
『那次實在太震撼了。』我笑了笑，『我真以為看到鬼。』

我們走到研究生宿舍門口，我說了聲Bye-Bye，便想往回走。
「大學女生宿舍有關門的時間，研究生宿舍沒有。」她說。
『所以呢？』
「所以你可以回去，留下我一個人站在宿舍外頭。」
她說完後便走到宿舍外頭的涼亭坐了下來，我只好跟著走到涼亭。

「我可以叫你浮木嗎？」她問。
『當然可以。』我很納悶，『但為什麼要叫我浮木？』
「因為在我溺水時，你就像漂到我眼前的一根浮木。」

『這是什麼意思?』我很疑惑。

「我和前男友從大一時就在一起了,我們是班對。跟他在一起時真的
　非常快樂,他總是很體貼、很風趣,我們一直是令人稱羨的一對。
　大學畢業後他要去台北念研究所,我要到台南念研究所。」她說,
「但在我來台南前夕,他跟我提議分手。」
『理由是什麼?』

「他說和我交往這四年來,很難感受到我對他的愛意。好像我只享受
　被愛的感覺、只在乎他有多愛我,根本不去想自己該如何愛他。」
她輕輕哼一聲,「好笑吧?」
我沒回答。因為搞不好他說得有道理。

「戀愛的時候最任性,不顧一切許下承諾和誓言。會相愛多久?都說
　海枯石爛、天長地久;面對考驗呢?都說不離不棄、生死相依。」
她仰頭看著夜空,深深嘆口氣,「但那些甜蜜的承諾、永恆的誓言,
卻找不到任何一家保險公司可以保這個責任險。」

『你們有沒有一起走過天長地久橋?』我問。
「天長地久橋?」她搖搖頭,「沒聽過。」
『喔。』我說,『那就好。』
「嗯?」
『沒事。抱歉打斷妳。』

「來台南後,我走不出這種傷痛和打擊。課業又應付不過來,整個人
　被壓得喘不過氣。」她說,「我有股怨氣,覺得全世界好像都跟我
　作對,因此對人很不友善,大家才會覺得我很難相處吧。」

『大家並不會這樣想。』我說。

「真的嗎？」她看著我。

『可能……』我有點不好意思，『一點點吧。』

「只有一點點？」

『呃……』我結巴了，『再多一點點吧。』

她笑了起來，很嫵媚的笑容。

「失戀的傷痛，我還沒走出來，也不知道何時才能走出來。但課業的
　壓力，已經消失大半。」她說，「我的論文需要發展數值模式，但
　我不擅長寫程式。原本看不到畢業的曙光，因為你，我看到了。」

『喔。』我有點不好意思。

「關於程式的寫法和邏輯概念，只要你一說明，我就很清楚了。」

她微微一笑，「你很會教，可以把很難的東西變得簡單易懂。」

『妳過獎了。』

「謝謝你。」她又微微一笑，「浮木。」

原來她叫我浮木是這個原因。但我說不出話，可能臉紅了。

我寧願楊翠如說我教得爛，但她卻驗證了我很會教的事實。

這讓不能教國語推行員高中數學的我，更懊悔、更遺憾。

更內疚。

天空掛著明月，隱約也有幾顆星星閃耀著，把黑夜點綴得十分迷人。

身旁坐了位美女，對我溫言軟語，笑容嫵媚動人。

這樣的良辰美景，我卻絲毫沒有任何愉悅的感覺。

只有不知道國語推行員在哪的茫然。

腦海裡清晰浮現玻璃窗外女生宿舍的那條走廊……
國語推行員挺直的身影，緩慢而流暢的步伐，
從左到右，1、2、3、4、5……走了9步。
但卻沒有消失。

因為國語推行員一直在我腦海裡走著。

13.

希望擁有最漂亮的髮型？還是希望成為最好的髮型設計師？
陪楊翠如走回宿舍的那晚，臨走前我問了她這個問題。

「我很愛美，當然希望自己擁有最漂亮的髮型。」她笑了笑，「如果
　我是最好的髮型設計師那多嘔呀，又不能讓自己的髮型最美。」
也許她前男友說得沒錯，她很享受被愛，卻很少思考該如何愛人。
而她前男友搞不好也是選最漂亮髮型的那種人。

那麼，國語推行員會選什麼呢？
我依然坐在女生宿舍旁的餐廳，看著窗外的走廊。
靜靜等待疑似國語推行員的身影出現。

上午第四節課的下課時間是12點，在12點到12點15分之間，
餐廳湧進人潮，女生宿舍那條走廊也很多人走動。
為了避開人潮，我通常11點45分進入餐廳，12點5分吃完飯。
然後就一直注視玻璃窗外的那條走廊。

幸運的話，那個身影會在12點6分到8分之間出現。
從我的左眼角，緩慢而流暢地向右走了9步。
7秒鐘後消失在我的右眼角。
然後我會沉浸在那種心情異常平靜的狀態10幾分鐘，
12點20分離開餐廳。

如果沒有那個疑似國語推行員的身影，
如果沒有因為那身影而產生的短暫心情平靜時刻，
我不知道在沉重壓力下的研究生生活中，我會變成什麼樣的面容？
會不會也像楊翠如一樣，成為另一座冰山？

但楊翠如這座冰山，好像受全球暖化的影響，漸漸融化了。
她偶爾會出現一點微笑，也更常主動找我詢問程式的問題。
找我時，她依然是默默站在背後，直到我察覺寒意而回頭。
後來她帶來的寒意漸漸沒了，我完全沒感覺到背後的寒意。
「浮木。」她叫了我一聲。
我才回頭。但並不知道她站了多久？

雖然我是站著看電腦螢幕、敲打鍵盤，而她坐著聽，
這種互動方式不像以前教國語推行員時的情景。
但我偶爾還是會因為那種教人的感覺而想起國語推行員。

「應該你坐著才對。」楊翠如站起身，讓出椅子，「你坐下吧。」
我心頭一震，愣在當場沒有反應。
「坐下。」她又說。
『我站著就好。』
「如果你嫌棄我的椅子，那就站著吧。」
『喔。』我只好坐下。

我將注意力專注在電腦螢幕和鍵盤，起碼這跟以前用紙和筆不同。
但一段時間後我還是習慣性轉頭將臉微微朝右上，
視線剛好接觸站著彎身把臉湊近看著螢幕的她。
她竟然笑了，是那種可以軟化鐵石的嫵媚笑容。

可是左臉頰上的酒窩怎麼不見了？

「我臉上沾了東西嗎？」她問。
『其實是少了樣東西。』我說。
「少了什麼東西？」
『沒事。』我回過神，指著螢幕，『這迴圈內應該要這樣寫。』
「嗯。」她點點頭，「我懂了。」

喜歡確實是一種記得。
不管過了再久，我始終記得國語推行員左臉頰上的酒窩。
這種記憶，其他再美的笑容也無法掩蓋。

自從演變成我坐著、楊翠如站著彎身的情景後，
我常在研究室裡陷入教國語推行員數學時的回憶漩渦。
恍惚間甚至會有回到國中時放學後教室裡的錯覺。
然而那充滿整間教室的笑聲，我再也聽不到了。

我突然想到，國語推行員雖然是我的同班同學，
但我總是把她當成與眾不同的存在。
而楊翠如很明顯與眾不同，但對我而言，卻只是單純的同班同學。

我很希望楊翠如能把程式搞定，順利畢業。
這似乎是一種移情作用，彷彿只要她能順利畢業，
國語推行員也能順利抵達人生列車的下一站。

「浮木。」
『程式又有問題？』我回頭說。

「不是。」她說,「我要回去了。」

『Bye-Bye。』

「所以你選擇繼續忙你的事,而不是陪深夜落單的女孩走回去?」

『我陪妳走回去吧。』我在心裡嘆口氣。

「謝謝。」她說。

楊翠如比國語推行員高一些,我大概只比她高 5 公分。

跟她並肩走時,肩膀間的距離不一樣,視線角度也不一樣,

但我還是會聯想起跟國語推行員並肩走路時的情景。

「陪我走回宿舍對你而言會為難嗎?」她問。

『不會。』

「那就好。」

『但妳能不能不要穿一身白?』

「我喜歡穿白色衣服,覺得穿白色看起來很清純。」她說。

『妳即使把頭髮也染白,人家也不會用清純形容妳。』

「為什麼?」

『冰山全身白得徹底,但妳會用清純形容冰山嗎?』

「所以我是冰山?」

『呃……』我一時語塞。

「我以前不會這樣。」她說。

『這樣是怎樣?』

「臉臭臭的、對人冷冷的、講話語氣冰冰的。」

『沒人這麼覺得吧。』

「你發誓?」

『我不敢。』我竟然笑了。

她也笑了，她的笑聲很輕，而笑容依舊嫵媚。

「也許等我走出來後，我就能回復正常了。」她突然嘆口氣。

『也許吧。』我說，『不過在那之前，妳可以考慮燙頭髮。』

「燙頭髮？」

『女鬼的頭髮總是又直又長，如果妳燙了頭髮，應該就不像了。』

「可是這頭髮我留了好幾年了。」她摸了摸她的長髮。

『我是開玩笑的。』我說，『妳不用真的去燙頭髮。』

她的頭髮又直又長，看起來又很烏黑柔順。

這種長頭髮對很多男生而言太殺了，可能光看背影就會瘋狂。

然而如果在深夜，碰到穿著一身素白、留著長長的直髮、

但神情冷冰冰的女孩子時，應該會瘋掉吧？

到了研究生宿舍門口，我跟她說了聲 Bye-Bye，轉身就走。

「浮木。」

『還有什麼事嗎？』我停下腳步。

「如果我去燙頭髮，你覺得會好看嗎？」

『妳即使剃了光頭也會好看。』

「謝謝。」她笑了。

「我問你一個程式問題。」她說。

『請說。』

「IF我去燙頭髮，THEN你會喜歡。ENDIF。」她問，

「這樣寫對嗎？」

『呃……』我猶豫了半天，『算對吧。』

「好。」她笑了笑，依舊是嫵媚的笑容。

『好什麼？』

「我要進宿舍了。」她揮揮手，「Bye-Bye。」

看著她的嫵媚笑容，我竟然想起天長橋上國語推行員的笑容。

研一要結束了，班上同學提議辦個烤肉聯誼。

班上大多數是男生，只有一個長相讓人感覺很難親近的楊翠如，

和另外兩個長相讓人感覺非常隨和的女同學 A 與 B。

所以還約了另一所學校的大學女生一起去烤肉。

我們要騎機車去，由男生載女生。

要出發時，每個女生都要抽機車鑰匙決定誰載她。

「我不抽。」楊翠如說，「我只讓浮木載。」

班上男同學竟然都沒異議，還偷偷說楊翠如是籤王，

她抽中誰，誰就會提心吊膽。

「所以浮木哥哥你這是做功德。」班上男同學笑了。

烤肉地點是湖邊，大約要騎一個小時才會到。

雖然政府呼籲騎機車要戴安全帽，但還沒嚴格取締沒戴安全帽。

「你忘了帶安全帽？」楊翠如要上車前說。

『不是忘了。』我很不好意思，『是沒那種東西。』

「哦。」她上了機車後座，拍拍我肩膀，「走了。」

班上男同學說得沒錯，誰載她誰就會提心吊膽。

現在是初夏，但我渾身充滿涼意。

而她那一頭長髮隨風亂飄的樣子，路上的人應該也會提心吊膽吧。

眼前是路旁樹木低垂的樹葉，我反射性低下頭躲過。
但我隱約聽到後面傳來一聲「啪」。

啊？忘了後面有載人。趕緊將車停在路旁。
我轉過頭，看見她的臉被樹枝和樹葉掃過，有一條紅色痕跡，
左臉頰上還留著一小片應該是鳳凰樹的小葉子。
『抱歉。』我超尷尬，也很怕她發飆。

「我前男友開車載我出去玩時，要上車前，他除了幫我開車門外，
　也會用手護著我的頭，怕我撞到車門。」她說。
『喔？』我愣了愣，『所以呢？』
「所以你一點都不體貼。」

『妳看過警察押解犯人嗎？』我問。
「嗯？」
『警察押解犯人上車時，除了幫犯人開車門外，也會幫犯人護頭。』
「所以呢？」
『所以我今天才知道，原來台灣的警察對犯人很體貼。』
她愣了愣，然後笑了起來。

雖然她那種嫵媚的笑容跟國語推行員一點都不像，
但她左臉頰沾上的那一小片樹葉，讓我有看到酒窩的錯覺。
我痴痴地看著，彷彿國語推行員就在眼前。

「浮木。」她叫了一聲，「我臉上有東西嗎？」
我伸手往她的左臉頰，但手伸到一半就停在半空。
她用手撥了撥左臉，弄掉了那一小片樹葉。

國語推行員走了，楊翠如回來了。

『抱歉，是我疏忽了。』我回過神，『妳的臉沒受傷吧？』
「沒。」她說，「我也要說聲抱歉，我不該提起前男友。」
『那又沒關係。反而還要感謝妳讓我知道台灣的警察很體貼。』
「其實你說的也有一點道理。」她又笑了。
『我只是在唬爛。』我也笑了笑，『要繼續騎了，請坐好。』

到了湖邊先分組，楊翠如與隨和女同學Ａ、Ｂ都在同一組。
『你怎麼把我們班的女生都分在同一組？』我問主辦的男同學。
「如果楊翠如和外校女生一組，外校女生可能自慚形穢，吃不下。」
他說，「而其他兩個女同學如果和外校女生一組，會吃不到。」

『為什麼？』
「因為實驗組和對照組。」
『什麼？』
「你憑良心說，如果你烤完一片肉，你會給誰吃？」他反問。
『先給比較不隨和的吧。』
「對。」他竟然笑了，「所以我們班的那兩個女同學可能會餓死。」

他還說，楊翠如只想跟我在同一組。
所以我、楊翠如、隨和女同學Ａ、隨和女同學Ｂ在同一組。
我無所謂，但我們這組其他3位男同學就不知道怎麼想了。
這樣分組也不錯，隨和女同學Ａ、Ｂ搶著烤肉，男生樂得輕鬆。
但情況好像不太對，她們不是只負責烤，而且還負責吃……
『喂！』我說，『留一點給我們男生吃啊！』

烤肉接近尾聲，大家都在湖畔走走，這裡的風景不錯。

「我今天很開心。」楊翠如說。

『什麼？』

「幹嘛那麼驚訝？」

『感覺這不像是妳會說的話。』

「那我應該說什麼？」

『我好慘啊、還我命來之類的。』

「你怎麼老把我當女鬼。」

『妳只要表情不那麼冷，多點笑容，就不是女鬼，而是……』

「是什麼？」

『女神。』

「謝謝。」她說，「你很會說話。」

『我只是實話實說。』我說，『像班上那兩位女同學，即使總是面帶
　　微笑，也依然……』

「依然怎樣？」

『讓人感覺非常、非常隨和。』

她突然笑了起來，而且一發不可收拾。

「你嘴巴很壞。」她說，「真不知道你在背後會怎麼說我？」

『頂多就是說很冷而已。』

「那我現在還會很冷嗎？」

『溫度有上升一些。』我說，『但還是可以多點笑容。』

「好。」她又笑了，「我盡量。」

與初見她時相比，她的溫度確實上升一些。

如果是以前，我會覺得當她在湖邊走時，湖水可能會結冰。
而現在我們並肩沿著湖畔漫步，我卻想起跟國語推行員並肩的感覺。

「你將來有什麼願望？」她說。
『怎麼突然問這麼深奧的問題？』
「找話題聊聊而已。」
『應該是進去女廁所。』我說，『這世上任何一個地方我都可能去，
　只有女廁所進不去。所以如果有機會，我想走進女廁所。』

「你是開玩笑的吧？」她打量著我。
『我是在鼓勵妳。』
「鼓勵我？」
『我想讓妳知道，妳可以走進男廁所其實是一件很感人的事。』
「北七（白痴）。」她笑了起來。
突然聽見她講台語，我整個人愣住。

「你怎麼了？」她問。
『妳會說台語？』
「東連馬Ａ（當然也會）。」
『我以為妳不會說台語。』
「納五科零（哪有可能）。』

國語推行員從不講台語，起碼我從沒聽過國語推行員講台語。
如果國語推行員講台語，就像這樣嗎？
我好像把她當國語推行員了，以致她講台語時讓我很震驚。

「浮木。」她說，「會講台語，很正常。」

『我知道。但是……』

「是不是像我這麼漂亮的女孩子不應該講台語？」

『當然不是這個意思。』

「那為什麼我講台語時，你那麼驚訝？」

『沒什麼。』我勉強笑了笑，『只是個無聊的理由。』

她沒追問，只是靜靜向前走。

『妳確實不冷了。』我說，『而且可能過熱。』

「我怎麼可能過熱？」

『妳剛剛那句：像我這麼漂亮的女孩子，如果不是溫度很熱的女孩，
　是絕對說不出口的。』

她似乎臉紅了，說不出話。

『如果我是帥到出汗的男生，我就可以像妳一樣，很自然地說出：
　像我這麼帥的男孩子這種話。』

「你還要取笑我多久？」

『直到妳承認妳很熱為止。』

「好。」她笑了，「我很熱。」

她越笑越開心，也越發嫵媚，像完全綻放的玫瑰。

她轉身面對著湖，雙手圈在嘴邊大喊：「我——很——熱！」

夏天似乎到了，季節和她都是。

要回去時，楊翠如依然不抽鑰匙，而大家還是都沒異議。

我載著她，小心避開路旁低垂的樹葉，沿路都沒交談。

「浮木。」她突然說，「我好像走出來了。」

『什麼？』耳畔呼嘯的風聲，讓我聽不清楚。

「我走出來了！」她提高音量。

『走出什麼？』我也提高音量。

「走出失戀的傷痛！」她大聲說。

我差點緊急煞車。

『恭喜妳！』我大叫。

「謝謝你！」她也大叫。

『幹嘛謝我？』

「因為是你讓我走出來呀！」

我又差點緊急煞車。

『為了安全起見，我們都不要再說話了！』

「好！」

我順利送她回宿舍，她跟我揮揮手道別，笑得很燦爛。

夏天真的到了，季節和她都是。

過完暑假，升上研二，畢業的壓力更重了。

研究室的位子要重新抽籤，因為五間研究室總共60個位子，

但登記要位子的研究生有62人。

我籤運不好，是唯二沒抽中的其中之一。

我很慌亂，因為已經習慣在研究室念書了。

而且書籍、電腦和一些實驗設備，也全部放在研究室。

但沒辦法，只好開始收拾東西，打算先搬回租屋處。

「浮木。」楊翠如很納悶，「你在做什麼？」

『搬家。』我說，『我沒抽中研究室位子。』

「呀？」她嚇了一跳，「怎麼可能沒抽到？」

『如果是正常人就抽得到。』我嘆口氣，『但⋯⋯』
「那你以後怎麼辦？」
『在住的地方念書就好。』
她沒回話，直接抱起我桌上的電腦螢幕。

『妳在幹嘛？』
「搬家。」她說。
她抱著那笨重的傳統 CRT 螢幕吃力地走。走到她位子，放下。
喘口氣後，又走到我位子，彎身想抱起電腦主機。
『喂！』我大叫，『主機更重耶！』
「我知道。」她竟然搬起主機，又走到她位子，放下。

『妳到底在幹嘛？』
「我剛說過了，搬、家。」她氣喘吁吁，指著鐵椅，「你坐著。」
我很納悶，但還是乖乖坐在我的鐵椅上。
「我也要把你搬過去。」她又彎身想搬鐵椅。
『妳在搞笑嗎？』我趕緊站起身，『妳根本搬不動！』
「誰叫你一直不幫我。」

她滿頭大汗，手和衣服都弄髒了，頭髮也亂了，神情有些狼狽。
我忍不住笑了起來，她也跟著笑。
「你以後就跟我一起坐。」她說。
『坐不下吧。』
「L 型書桌，我們一人一邊。」她說，「為什麼坐不下？」
『可是⋯⋯』

「你到底要不要幫我？」她在她的位子大喊。

我走過去，她正在收拾桌面，清空L型書桌其中一邊。

她要我把電腦螢幕放好，接上主機，開機後一切正常。

其他書籍和雜物就盡量放在研究室的書櫃裡。

兩張鐵椅的夾角是90度，我們分別坐下。

「我就說可以一起坐吧。」她笑了，笑容依舊嫵媚。

恍惚間，我想起國語推行員幫我右膝敷藥時的情景。

那時她敷完藥後，蹲在地上仰頭看著我，微微一笑。

我卻無法回應任何言語或表情。

如今我依然無法回應楊翠如任何言語或表情。

雖然我們並不是坐成一條線，而是夾成直角，但她還是在我右手邊。

這跟國二時國語推行員坐在我右手邊是一樣的距離感。

剛開始跟楊翠如坐同一個研究室位子時，我完全陷進回憶的漩渦。

我常會忘了自己到底是在研究室？還是國中時的教室？

漸漸地，我很清楚自己在研究室裡，為了畢業論文打拼。

而我身旁坐著楊翠如，她的左臉頰沒有酒窩，但笑容很嫵媚。

她坐著時會彎著背，舉止乾脆俐落，說話聲音不低沉。

她會講台語，而且很流利；她沉思時會皺眉，不咬筆。

她沒有向黑鮪魚借眼睛，如果在深夜穿白衣服瞪人時，會像女鬼。

然而她只要面露微笑就是女神等級的女孩。

當她程式有問題時，只要叫一聲浮木。

我就挪動椅子到她身旁，兩人並排坐著面對她的電腦。

這樣的距離近得幾乎可以聽到她的呼吸、聞到她的氣息。
我們相視而笑時，笑聲不會充滿整間研究室，也不會有回音，
而是淡淡地暈開。

每個她要回去的深夜，我理所當然陪她走回宿舍。
我們並肩走著，不是在太陽底下，而是被星星或月亮照耀。
終點不是福利社，而是研究生宿舍的大門。
我沒得到一根紅豆冰棒，而是看見一朵綻放的玫瑰跟我揮手說晚安。

我習慣了楊翠如的存在，也對她越來越熟悉。
開心時，左手撥弄髮梢，並將頭髮纏繞著手指；
煩躁時，拿筆敲桌子，叩叩叩，像和尚敲木魚；
肚子餓時，右手托腮，頭歪向右邊，身體也向右傾斜；
想回去時，鼻子輕輕哼著歌，旋律是費玉清的〈晚安曲〉。

如果她開心，她會挪動椅子到我身旁，面露微笑並發出嘿嘿兩聲；
如果她煩躁，我會挪動椅子到她身旁，看她用筆指著螢幕上某處；
如果她肚子餓，我們會一起出去吃宵夜，她最喜歡蔥餅；
如果她想回去，我馬上關電腦，站起身，陪她走回宿舍。
到了宿舍門口，她偶爾會唱：「晚安，晚安。再說一聲，明天見。」
「浮木。」她笑了笑，揮揮手，「明天見！」

日子久了，班上同學都覺得我和楊翠如應該是男女朋友。
而我總是說：我和她只是很要好的研究所同學而已。
但我卻越來越心虛，感覺自己像在說謊。
我突然想到，以前國語推行員強調「我和他只是國中同學」時，
她也會心虛嗎？

有天晚上我剛走進研究室，發現電腦鍵盤上放了一封信。

信封外面只寫了兩個大字：浮木。

打開一看，裡面是張卡片，內容是：

浮木：

　　你如一盞路燈，照亮我念研究所時的迷濛；

　　也像一把利劍，斬斷我心中的疑慮與不安。

　　你雖沒有警察的體貼，卻可以讓冰山過熱。

　　你是我溺水時抓住的浮木，讓我得以上岸。

　　謝謝你，祝你耶誕快樂，心想事成。

　　明年也請多多指教。

　　　　　　　　　　　　　　　　溺水的女鬼

當我正全神貫注在那張卡片時，左肩突然被拍一下。

我嚇了一跳，全身猛地震動一下。回頭一看，是楊翠如。

她竟然又穿一身白，而且瞪大眼睛、吐出舌頭、面無表情。

『這玩笑不適合妳開，尤其是晚上。』我笑了笑。

「耶誕快樂。」她表情恢復正常，笑了笑。

『是耶誕節就不要穿成萬聖節的樣子。』

「我還是覺得穿這樣很清純。」

我本想反駁，但看見她的微笑，我突然覺得她說得對。

表情不再冰冰冰、又帶著微笑的她，一身白衣確實很清純。

而且是女神等級的清純，還帶點嬌媚。

「浮木。」她說，「耶誕快樂。」

『妳剛說過了。』
「所以呢？」
『喔。』我恍然大悟，『耶誕快樂。』
她笑了起來，沒有酒窩，只有嫵媚。

我突然有種預感，如果情侶一起走天長地久橋是會分手的。
因為彷彿有一把鑰匙，正試圖打開我心裡的鐵門。
而國語推行員也將要掙脫手銬腳鐐，離開我心裡。

我似乎已經是楊翠如溺水時抓住的一根浮木，
而不再是國中時喊起立敬禮的班長。

14.

春天來了。
季節和我都是。

如果不想延畢，研究所就剩最後一個學期。
我和楊翠如都打算在這學期提論文口試，所以我們都很拼，
待在研究室的時間更長，也更晚了。
但我很喜歡待在研究室，因為不再冰冷的楊翠如像是和煦的春天。

阿翔倒是一點都不緊張，他說他鐵定延畢，所以不用急。
他還是常開車出去走走，偶爾我會陪他一起出去散散心。
如果車子經過郊外，他會搖下車窗，伸出左手，手掌攤開。
身體向後靠躺、微眯著眼睛，很陶醉的樣子。

『喂。』我說，『開車專心一點。』
「我就是正在專心。」他說。
『專心？』
「我的論文要做風洞實驗。」他說，「我正專心測試。」
『測試什麼？』

「在時速60公里的情況下，把手伸出車窗外所感受的空氣阻力，大約
　等於成年女性Ｃ罩杯的手感。」
『什麼？』
「現在就是Ｃ罩杯的手感。」

他左手伸出窗外，瞇著眼睛，好像很享受。

「Ｄ罩杯了。」他把時速增加到80公里。

『開慢點。』我說。

「Ｅ罩杯了！」車子更快了。

『喂！』

「Ｆ罩杯啊！」

『給我開慢點！』我大叫。

阿翔哈哈大笑，車子時速回到Ｃ罩杯。

「菜菜。」他問，「你跟楊翠如在交往嗎？」

『別人都說是。』我說，『但我不太確定。』

「你不確定？」他很驚訝。

『所謂的交往，是什麼意思呢？』我問。

「比方在海邊看到夕陽，覺得那景色很漂亮，或是吃到美味的食物、
看到動人的電影等等，彼此都很希望對方能夠跟自己一起感受這些
美好。」他說，「如果雙方都處在這樣的狀態，應該就叫交往。」

『我不知道我是不是處在這樣的狀態。』

「這只是個說法而已。」他笑了，「參考一下就好。」

『等口試完再說了。』我說。

「口試完你就要去當兵了。」

『那就退伍後再說。』

「當你終於可以"再說"時，通常就沒機會說了。」

我心頭一震。

「當上帝關了一扇門，一定會為你打開一扇窗……」阿翔笑了笑，
「然後把你從窗戶推下去。」
『好狠。』我也笑了笑。
「既然上帝已經打開楊翠如這扇窗，而且也把你推下去了。」他說，
「那你就好好把握吧。」
『可是……』
「你該讓國語推行員走，並讓楊翠如住進來。」
我陷入沉思，沒有回話。

「我再試試。」他說。
我感覺車速越來越快，回過神時，車子時速已超過100公里。
『開慢點！』
「可是我論文要做到 G 罩杯……」
『給我停車！』我大叫，『讓我開！』

我接手後，維持 C 罩杯時速，進市區後，時速更是不超過 B 罩杯。
阿翔專心做他的實驗，我則思考所謂的交往到底是什麼？
也許因為是同學，又待在同一間研究室甚至是同一個位子，
朝夕相處下，很難維持單純的同學關係吧？

隔天下午進研究室，楊翠如已經在位子上了。
我和她進研究室的時間都不一樣，但總是同時離開。
「浮木。」她一看見我就說，「晚上一起去吃牛肉麵。」
『好。』我說，『妳怎麼突然這麼明確想吃某樣東西？』
「這很奇怪嗎？」

『以前問妳要吃什麼？妳說隨便。火鍋？不要。披薩？不要。那妳要

吃什麼？隨便。簡餐？不要。排餐？不要。那妳到底要吃什麼？』
我笑了笑，『妳還是說隨便。』
她似乎覺得不好意思，笑得有點靦腆。

『妳為什麼今晚想吃牛肉麵？』我問。
「昨天室友帶我去吃一家牛肉麵店，我覺得超好吃。」她說，「我就
　想跟你一起吃。」
『妳昨天才吃過，今天又去吃會不會……』
「不會。」她笑了，「我想早點跟你一起吃。」

我突然想到阿翔所說的那種「狀態」。
難道在她心中，我和她已經處在交往狀態了？

「你一點都不體貼。」她看了我桌上的飲料一眼。
『嗯？』我愣了愣。
「你每次進研究室，飲料都只帶一杯。」
『因為我只要喝一杯。』
「你都不會想到要幫我帶一杯。」
『這……』

「還有晚上陪我走回宿舍時，說完再見後你轉身就走。」
『說再見了，不走要幹嘛？』我說，『再找兩個人來打麻將嗎？』
「你都不會回頭。」她說，「有時走進宿舍後回頭，發現你已經走得
　老遠。這會讓我覺得你急著走，好像陪我回宿舍你很不情願。」
『我沒不情願啊！』

「你如果體貼一點，該有多好。」她嘆口氣，「你可以為我變得體貼

一點嗎？」

我不知道要說什麼？只能沉默。

到底怎麼樣才算體貼？我又該如何才算更體貼？

她看著我，也沒開口。

這種靜默的氣氛，有點詭異。

「晚上還是要一起去吃牛肉麵。」她打破沉默。

『好。』

「我吃到好吃的東西都會想到你，你呢？」

『我會想到這世界上還有很多人沒飯吃。』

「胡扯。」她笑了。

晚上去吃牛肉麵，老闆似乎認得楊翠如，走過來打招呼。

「今天帶男朋友來吃嗎？」他笑著說。

『我們是研究所同學。』我說。

「原來只是同學。」他說。

「同學就不能是男女朋友嗎？」她說。

「沒錯。」他又笑了，「都帶男朋友來了，我招待你們一盤牛腱。」

當初國語推行員說「我和他只是國中同學」時，

我應該要像楊翠如一樣回：「同學就不能是男女朋友嗎？」

我怎麼現在才想到？

老闆很慷慨，雖然只是一小盤牛腱，但牛腱不便宜。

「浮木。」她說，「想清楚再吃。」

『想清楚？』我已經舉起筷子想夾一片牛腱了。

「老闆認為我們是男女朋友才送牛腱。」

『所以呢？』

「你如果吃了，就表示認同老闆的說法。」

『這……』我筷子僵在半空。

她倒是沒遲疑，舉起筷子夾了一片牛腱送進嘴裡。

「好吃。」她說。

她沒停下筷子，夾起一片又一片。

『起碼留一片給我吧。』我說。

「認同老闆的說法，才能吃。」

終於只剩最後一片了，她又伸出筷子，我趕緊也伸出筷子攔截。

兩雙筷子抵住盤中最後一片牛腱，僵持不下。

「這樣很難看。」她說，「人家會以為我們在搶東西吃。」

『那妳就放手。』

「好。」她縮回筷子。

我夾起那片牛腱，猶豫該不該放進嘴裡？

「快點。」她說，「不然我要吃了。」

『很難抉擇。』我說。

她瞪了我一眼，表情很嚴肅。

『好吃。』我馬上將那片牛腱吃掉。

她笑了起來，眼波蕩漾，神情嫵媚。

楊翠如是個很漂亮的女孩，笑起來更是加倍漂亮。

從第一眼的女鬼，到現在女神般的笑容，

一切都好像順理成章、理所當然；但又有些虛幻、不真實。

我跟阿翔聊起楊翠如希望我體貼一點，他聽完後皺了皺眉。

「如果明明喜歡吃西瓜，覺得又甜又有水分，卻偏偏挑了芭樂。吃了
　以後嫌芭樂根本不甜，而且又硬又沒水分。然後對芭樂說：你可以
　為了我變成甜一點、水分多一點的水果嗎？」他似乎憤憤不平，
「去找她的西瓜，不要浪費芭樂的時間。」

『所以我是芭樂？』
「對。」他笑了。
『她抱怨我不夠體貼，很正常吧。』我說，『你反應太大了。』
「這種女孩嫌東嫌西，我不喜歡。」他說。

我又跟他說了跟楊翠如一起去吃牛肉麵的事。
「所以你們是男女朋友了？」他問。
『依據牛腱理論……』我說，『應該是。』
「恭喜你。」他說，「這種女孩直接又大方，我很欣賞。」
『你前後差別太大了吧。』
「如果你們不是男女朋友，我當然實話實說。」他笑了起來，
「但既然你們已經是男女朋友，那我只能祝福嘍。」

『喂。』
「開開玩笑而已。」他問，「她是選最漂亮的髮型吧？」
『對。』
「菜菜。」他說，「以後要細心一點，她對於瑣事的細微感受，非常
　敏銳，但你可能忽略。而且要持續讓她覺得被愛，她才不會走。」
『走？』
「反正你們就好好在一起吧。」他拍拍我肩膀。

好好在一起？

跟楊翠如的相處模式，就是在研究室裡坐同一個位子。

我總是努力幫她解決程式問題，晚了就陪她走回宿舍。

我跟她的所有互動，幾乎都在研究室裡完成。

將來畢業後，離開研究室，我又該如何與她相處？

口試快到了，我和楊翠如沒日沒夜地準備口試。

過了這關就海闊天空，因此我們得全力衝刺。

但口試前三天，她原本的長直髮變成大波浪捲，嫵媚度瞬間破表。

『妳去燙頭髮嗎？』我很驚訝。

「不然我是被雷劈到嗎？」

『快口試了，妳是想迷惑口試委員讓他們很乾脆的簽名嗎？』我問。

「我是特地為你燙的。」

『為我？』

「你不是要我燙頭髮嗎？」

『那是我開玩笑的……』瞥見她臉色不善，我趕緊住口。

「IF我去燙頭髮，THEN你會喜歡。ENDIF。」她說，「那時我問
　這樣寫對嗎？你說對。」

『這……』

「到底對不對？」

『算對吧。』

「那麼……」她撥了撥大波浪捲，問：「好看嗎？」

『當然好看。』

「你喜歡嗎？」

『算喜歡吧。』

「把算和吧去掉，再說一次。」

『呃⋯⋯』我說，『喜歡。』

她笑了，這種大波浪捲長髮與嫵媚的笑容根本是絕配。

『可是會不會太殺了？』

「太殺？」

『因為一般的女研究生通常⋯⋯』我說，『可是妳這樣太震撼了。』

「你到底在說什麼？」她很納悶。

『簡單說，就像在女子舉重比賽的選手中出現林青霞一樣震撼。』

「算你會說話。」她又笑了。

「你是不是喜歡捲髮的女生？」她問。

『直髮或捲髮的女生，我沒特別的偏好。』我說，『但如果我喜歡的
　女孩是捲髮，那麼我就會喜歡捲髮的女生。』

「我現在是捲髮，你喜歡捲髮的女生嗎？」

『算喜歡吧。』

「把算和吧去掉，再說一次。」

『喜歡。』

「那麼我就是你喜歡的女孩嘍！」

『這邏輯不對。』我說，『妳要注意，若 P 則 Q 成立，但若 Q 則 P
　未必成立。』

「我不管 P、Q。」她說，「我只問你，我是不是你喜歡的女生？」

『呃⋯⋯』我說，『算是吧。』

「把算和吧去掉，再說一次。」

『是。』

她笑了起來,身體因為笑而輕輕顫動,大波浪捲長髮也隨之搖曳。
彷彿花朵正盛開。
「浮木。」她說,「口試加油,你會順利通過的。」
『謝謝。』我說,『妳也會順利通過的。』

承楊翠如的吉言,我的口試過程很順利,無風也無浪。
然而當口試委員恭喜我通過時,那瞬間浮現的第一個念頭,
竟然是想和國語推行員分享喜悅。

可是我只能去跟楊翠如說:我口試通過了。
她很開心,拉著我的手興奮地又叫又跳。
那一頭大波浪捲長髮,開出非常燦爛的花。

每個女生都是待放的花苞,即使是在非產地的花朵,
只要適當的環境、細心的栽種,等花期到了,就會開得燦爛。
這個曾經冰山似的女孩,如今依然可以綻放出嬌媚的花朵。

隔天是楊翠如口試,口試一結束她就跑回研究室找我。
「浮木。」她皺著眉頭,吞吞吐吐,「我……我……」
『妳口試結果如何?』
「我口試沒有……」她突然咬著下唇。
『恭喜妳順利通過。』
「你怎麼知道?」她表情回復正常。

『依妳個性,如果口試沒通過,一定馬上再去把頭髮燙直,然後換上
　一身白衣,半夜在校園閒逛裝鬼嚇人。』我笑了笑,『現在妳第一

　　時間就跑來找我，當然是順利通過了。』

「不好玩。」她也笑了，「都騙不到你。」

『妳過了我就放心了。』

「浮木，謝謝你。」她突然流下眼淚，「沒有你的話，我……」

『妳演技太強了！』我說，『眼淚竟然可以說掉就掉。』

「討厭！」她說，「是真的啦！」

『喔，抱歉。』我說，『過了就好，這是妳自己的努力。』

「謝謝你。」她拉著我衣角，低下頭，任淚水滑落。

『口試委員有嚇一跳嗎？』過了一會，我問。

「嚇一跳？」她抬起頭，還有淚光。

『他們原以為要來當女子舉重比賽的裁判，看到妳之後，應該會覺得
　是來當世界小姐選美的評審。』

「慶菜工共（隨便講講）。」她破涕為笑。

口試過了，剩下的只是修改一下論文，完成定稿。

最後跑一下離校手續，就可以拿到畢業證書。

我的兵單到了，大約一個月後要去當兵。

把行李、書籍等雜物搬回台北的家後，我專心在台南等當兵。

已經畢業了，去研究室就變成沒太大意義的事。

但我和楊翠如偶爾還是會在研究室碰面，因為已經習慣了，

而且好像也只有研究室才是我們碰面的唯一地點。

我們都在試著找尋新的相處方式，但即使找到，意義也不大。

因為我快要去當兵了。

「浮木。」她說,「我下禮拜在這裡上班。」

說完她遞給我一張紙,上面寫著某家公司名稱和地址電話。

『妳找到工作了?』我接過那張紙。

「嗯。」她點點頭,「以後可以來找我。」

『好。』

「你去當兵前,可以答應我一件事嗎?」她問。

『請說。』

「寫信給我,還有放假時一定要來找我。」

『這是兩件事了。』

「你答不答應?」她瞪我一眼。

『好。』我說,『這兩件事我都答應妳。』

「不要忘了那片牛腱。」她說。

『牛腱?』

「牛肉麵店老闆送的那盤牛腱。」

『那不是早就吃完了?』

「我意思是,你吃了牛腱。」她又瞪了我一眼。

『喔。』我恍然大悟,『我不會忘。』

她笑了起來,我大概也不會忘了這種嫵媚的笑容。

不過她剛剛瞪我的那兩眼,讓我聯想到黑鮪魚,

我突然又想起國語推行員。

忙於準備口試的那段期間,我都沒去女生宿舍旁的餐廳。

我快要去當兵了,要離開學校了,我想看那身影最後一眼。

算是告別。

而且我該讓國語推行員走出心裡的鐵門,楊翠如才能住進來。

這禮拜是大學部的期末考週，今天是最後一天。

今天考完後，大學生就正式放暑假了。

不像我們這種研二生，口試通過後就沒事了。

我又在11點45分進入餐廳，12點5分吃完飯。

然後一直注視著玻璃窗外的那條走廊。

今天很幸運，那身影12點6分就出現。

從左到右，1、2、3、4、5……

咦？她停下來了，在第5步。

她停下腳步，回頭，轉身。似乎是後面有人叫她。

以往我只能看見她的右側面，現在卻依稀可以看見她的左臉。

國語推行員的左臉我太熟了，因為那個酒窩。

而這個左臉竟然跟國語推行員更相像，我心跳瞬間狂飆。

我把臉貼著玻璃，想看得更仔細。

叫住她的女生走近她，她好像笑了，左臉有了紋路。

那是酒窩嗎？還是我的錯覺？

我知道距離60公尺還能看見臉上的酒窩可能得具備老鷹般的眼睛，

所以應該只是錯覺。

但不管是不是錯覺，我反射動作是從座位彈起身、跑出餐廳，

一路衝到女生宿舍門口朝70公尺外的走廊大喊：『素芬！』

人來人往的女生宿舍門口頓時定格，所有人都轉頭看著我。

但我不在乎，我只是盯著離我70公尺走廊上的那個女孩。

她也聽到叫聲，轉頭遙望著我。停頓五秒後，她終於朝我走來。

那緩慢而流暢的步伐，我很熟悉，內心也激動不已。
她走了30步，離我只剩50公尺時，我眼眶不禁濕潤。
是國語推行員，不是錯覺。

陽光灑在她背後，她似乎是帶著陽光朝我走來。
她走到我面前，停下腳步。
「班長。」她笑了，露出酒窩。
全世界都笑了，只有我眼角濕了。

「你怎麼會在這裡？」
『妳怎麼會在這裡？』
我們異口同聲說出第一句話，而且都是同一個問句。

「你先說。」
『妳先說。』
異口同聲說出第二句，還是同一個句子。

她右手指著不遠處花圃旁的長條椅，然後轉身走去。
我立刻跟上，與她並肩。
「我念護理系。」她坐下說，「現在還是大三，快升大四了。」
『啊？』我很驚訝，『三年前妳不是考上台北的學校嗎？』
「有嗎？」她也很驚訝，「我自己都不知道。」

我跟她說起三年前看報紙榜單的事，她說應該是同名同姓吧。
「你考大學的那年榜單上也有兩個蔡志常。」她說。
『那妳怎麼知道哪個是我？』
「一個是社會組，一個是自然組。」她說，「我知道你是自然組。」

『喔。』

原來我考大學那年，她整份榜單都看完；
而我一看到她的名字後就沒再繼續看。
如果我看到護理系的錄取名單有「邱素芬」，我一定知道就是她。
如果我像她一樣把整份榜單都看完，現在應該會不一樣吧？

「你是不是搬家了？」她問。
『對。』我說，『三年多前我們走完天長地久橋後三個月，家裡就
　搬到台北了。』
「原來已經三年了。」她說。
『是啊。』我說，『三年了。』
我們同時沉默，好像都在感慨時間的流逝與人事的變遷。

『那年我又寄了張耶誕卡給妳。』我先打破沉默。
「你寄到哪？」
『還是屏東醫院。』
「那時我已經在這裡念書了。」她笑了。
還是這種只有嘴角拉出弧度的清淡微笑，看了令人安心。

「卡片寫什麼？」她問。
『呃……』
「唔。」
『素芬：在這平安喜樂的時節，衷心祝妳耶誕快樂。』
「內容還是一樣。」她笑了笑，「署名也是蔡志常？」
『嗯。』我有點不好意思。

「班長：謝謝您的祝福。我現在是您的學妹，我念護理系大一，而您
　已經大四了。希望剩下的半年裡，我們能在校園內偶遇。祝您耶誕
　快樂，事事順心，一切平安。署名：素芬。」她一字一字唸，
「收到我回寄的卡片了嗎？」
『隔了三年，終於收到了。』我說，『而且還是用您。』

「耶誕快樂。」她低聲說，「Merry Christmas。」
『耶誕快樂。』我也低聲說。
大熱天在很多人認識我們的校園裡說耶誕快樂還是低調一點好。

「念大一時，我偶爾會經過你們系館。」她說，「我總是停下腳步，
　看一眼，心想會不會剛好看見你。」
『抱歉。』
「我原諒你。」她笑了笑，「升上大二後，猜想你大學畢業後可能
　到別的城市念書，從此我就不經過你們系館了。」

『大學畢業後，我考取系上的研究所，所以還是待在這裡。』我說，
『念研究所這兩年，我常來這家餐廳吃中飯。』
「呀？」她很驚訝，「我幾乎都在這家餐廳吃飯，怎麼沒遇過你？」
『真的嗎？』我也很驚訝。

原來我們都想避開12點到12點15分間的用餐尖峰，
只不過我選擇11點45分提早進入餐廳，而她因為第四節通常有課，
下課後走回寢室休息一下，等到12點25分以後再下樓用餐。
『我12點20分就離開餐廳，難怪總是沒有看到妳。』我嘆口氣，
『如果我晚點離開餐廳，也許就能遇見妳。』
「是我的錯。」她說，「如果我早一點進餐廳，就能遇見你。」

她似乎輕輕嘆口氣，陷入沉思。

「是我遲到了。」過了一會，她說。
我心頭一震，她竟然也用「遲到」這字眼。

「學校有好幾間餐廳，這裡離你們系館比較遠。」她問，「為什麼你
　常來這家餐廳吃中飯？」
我只好跟她說，來這裡可以看到一個很像她的身影。
我也提了倉央嘉措的傳說，說自己等她出現時都會聯想到那傳說。

『我總是只看到妳的右側面。』我說，『如果妳兩邊臉頰都有酒窩，
　我可能很快就能確定是妳了，不必等兩年。』
「怪我嘍？」她笑了起來，左臉頰露出酒窩。
這樣的酒窩具有獨特的魅力，總是輕易將我捲入。
我深信如果她右臉頰也有這酒窩，我一定早就認出是她。

『不過我比倉央嘉措幸運多了，他心裡知道端酒少女的側面並不是
　他的初戀情人。』我笑了笑，『可是我看到的人，真的是妳。』
「所以你這兩年常來這裡吃中飯，只是為了看到一個很像我的人？」
我突然覺得臉頰發熱，說不出話。

『我可以說謊嗎？』過了一會，我說。
「可以。」
『不是。』我說。
「謝謝。」她意味深長地看了我一眼後，低聲說。

「如果我沒遲到，如果我早一點出現，如果……」

她抬起頭，陽光從樹葉間灑在她臉上，「那麼你就不用等兩年了。」

我也抬起頭，今天的陽光讓我想起國三烀窯那天。

那天的陽光也從樹葉間灑落在她臉頰，點點金黃映照著酒窩。

那天的她，特別明亮。

「班長。」她問，「你研究所順利畢業了嗎？」

『拿到畢業證書了。』我點點頭，『下禮拜二就要去當兵。』

「你當兵時會當班長嗎？」

『我是預官。』我說，『應該是當少尉排長。』

「排長比班長大？」

『對。』

「那恭喜你升官了。」她笑了笑。

我喜歡看她的笑容，時間過得再久依然覺得熟悉。

「退伍後有何打算？」她問。

『應該還是會在台南找個工作。』

「你這麼喜歡台南？」

『不是喜歡，只是習慣了。』我說，『而且是妳比較喜歡台南吧。』

「我喜歡台南？」她很納悶。

『在天長橋時，妳說妳曾考上台北的學校，可是因為某個無聊的理由
　覺得城市不對就不去念。但妳考上台南的學校就念了，所以妳應該
　喜歡台南。』

「我不是因為喜歡台南才來念。」

『那妳是因為？』

噹噹噹噹……噹噹噹噹……噹噹噹噹……噹噹噹噹……

突然響起鐘聲，下午第一節課要上課了。

「因為你在台南念大學，所以我想跟你在同一座城市念書。」
鐘聲停止後，她說。

15.

我完全愣住，說不出話。

「我想跟你在同一座城市念書。」她說，「這個理由無聊吧？」
原來這就是她所謂的「無聊的理由」。
『那卡片上為什麼不用你而用您的無聊理由是？』
「把"您"這個字拆開會變什麼？」她反問。

『上面是你，下面是心。』
「嗯。」她說，「你在心上。」
『所以呢？』
「你在我心上。」她說，「這個理由也很無聊吧？」
我又愣住了。

「班長。」她站起身，「我要去考試了。」
『啊？』我想起今天是期末考週最後一天，趕緊站起身。
「下午第一節有考試，剛剛鐘響了，我已經遲到了。」
『妳快去！』
「對你都遲到了兩年，考試遲到十分鐘應該還好。」
『妳趕快去考試吧！』我既緊張又慌亂。

「班長。」她又問，「你退伍後會在台南找工作？」
『對。』
「那退伍後再說。」她轉身，「我去考試了。」

她走路時挺直的背部，緩慢而流暢的步伐，我從沒忘記過。
我很希望她加快腳步，因為已經遲到了，而且期末考太重要；
但我又很希望她停下腳步甚至回頭，因為我還有很多話想說。
然而她維持一貫的節奏，沒有停頓、轉身，緩緩地消失在我的視線。
她也會以這樣的節奏走出我心裡的鐵門嗎？

終於知道了兩個無聊的理由，我應該高興嗎？
我完全沒有高興的感覺，只感覺整個人變輕。
不是那種壓力消失了的輕，而是重心不見了的輕。
彷彿國語推行員已掙開手銬腳鐐，打開鐵門走出我心裡。
我失去重心，只能漂浮。

晚上是教小敏的最後一堂課，我不免多叮嚀了幾句。
「老師你要去當兵了嗎？」小敏問。
『嗯。』我說，『以後高三數學無法應付的話，妳要去補習。』
「老師……」
『怎麼了？』
「我會等你。」
『不要說奇怪的話！』我輕輕敲了她的頭。

大家都在等。
我等國語推行員，國語推行員等我。
終於等到對方時，卻發現遲到了。

不想了，要去當兵了。
在成功嶺受訓的那六個禮拜可以抵兩個月兵役，

所以我還要當一年十個月的兵。
提個背包，我站在台南火車站的第二月台，等待火車。

「浮木！」
我轉過身，看見楊翠如。
『妳怎麼來了？』我很驚訝。
「來送你呀！」她說，「不然是跟你一起去當兵嗎？」

『妳今天不是要上班？』
「上班很重要嗎？」
『很重要。』我說。
「對。」她笑了，「但送你更重要。」
我勉強擠了個微笑。

月台上還有一些像我一樣要入伍的人，他們的神色都很凝重。
而送行的人，神色更是不安。
面帶嫵媚笑容的楊翠如，在這個時空中有些突兀。
然而她似乎被周遭氣氛所感染，笑容漸漸消失了。

「浮木。」她拉著我衣角，「我已經習慣依賴你，你不在的話……」
『我只是去當兵。』
「我知道。可是……」
『我休假時就會去找妳。』
「那你可以告訴我，下次你找我時，是多久以後？」
我一時語塞，答不出來。

「可以答應我一件事嗎？」她問。

『好。』我很乾脆。

「待會上車後,不要回頭。」

『為什麼?』

「我不想讓你看見我流淚的樣子。」

我不知道該說什麼?只是靜靜看著她。

楊翠如很美,美得有些不真實。

不是說她長得很夢幻,而是她在我身邊的存在感,很不真實。

雖然我們似乎已經是男女朋友,但我總有一種錯覺,

好像我們只是一場戲裡的伴侶,而且入戲很深。

廣播聲響起,火車要進站了。

『我會寫信給妳,放假時也一定會找妳。』我說。

「好。」

『妳自己多保重。』

「不要搶我的對白。」

『喔。』

「挖A淡里(我會等你)。」

『嗯?』

「挖、A、淡、里。」她一字一字說。

火車進站了。

我上了車,站在車廂間,沒有往車廂內移動。

問菩薩為何倒坐?嘆眾生不肯回頭。

佛像為何背對著你?那是要提醒世人該回頭了。

於是火車汽笛聲響起的那瞬間,我回頭了。

我看見楊翠如站在原地，淚流滿面，像個無助的小孩。
火車啟動了，我朝她揮揮手。她用手擦了擦眼角，也朝我揮揮手。

火車離開月台了，我難過得蹲坐在地板。
讓我最難過的，不是楊翠如的眼淚；
而是回頭的瞬間，發覺其實我是想看見國語推行員。

要去當兵了，蹲坐在火車上時我做一次驗算。
國語推行員和楊翠如的身影不斷交替，根本靜不下心。
我不想再驗算了，可以提早交卷嗎？

籤運是一個很有趣的概念，有時抽不中叫籤運不好，
比方我沒抽中研究生宿舍床位和研究室位子。
但有時抽中了叫籤運不好，比方我下部隊時抽中外島籤。
我要去馬祖當兵，在北竿。

下部隊時，從基隆坐10小時的船到馬祖，船上的新兵都想跳海了。
而我的心情，也像海面上的波浪起伏著。
浪起時，國語推行員；浪伏時，楊翠如。

在外島當兵沒什麼不好，除了回台灣比較難而已。
這是老兵安慰新兵的說法，但同樣的邏輯可以套用到：
生病沒什麼不好，除了比較不舒服而已。
坐牢沒什麼不好，除了比較沒自由而已。
下船時，所有新兵的臉跟他們身上的軍服一樣，都綠了。

在馬祖有看不完的海，很多人會因而想家、想愛人，

但我卻在這裡看見故鄉。
好幾年沒回故鄉了，看見這裡的海彷彿看見故鄉。
我常常遙望大海，感覺像以前坐在鹽山上看著大海一樣。
雖然回台灣比較難，但我有時會有回到故鄉的錯覺。

當兵的日子，眼睛放亮一點、人低調一點，日子並不難過。
偶爾被操一下、被機車長官凹一下，習慣了也就沒事。
比較不方便的是營區缺水，僅有的水要用來煮飯。
如果有水可以洗澡，那洗完澡剩下的水要用來洗衣服。
如果沒水洗澡，就要自己花錢去民家洗。
民家只是放一個浴缸的水給你而已，不會有女人幫你洗。

馬祖的鬼故事多到爆，基本款就是多一人和少一人的故事。
多一人就是明明只有自己在廁所，但旁邊卻多一人陪你尿尿；
而少一人則是跟著一個弟兄進廁所，但進廁所後只有自己尿尿。
每次碰到時總是寒毛直豎，然後假裝若無其事走出廁所。
久了以後發現自己身上的汗毛都是直立的，幾乎可以當刷子。

這應該是我的現世報。
想當初跟楊翠如唬爛迷路的女人，害她12點過後只能去男廁所。
如今的我更慘，因為沒有女廁所可以躲開。

我是個守信的人，答應了寫信給楊翠如，就一定寫。
我不擅長在信件裡表達心情，但還是可以每封信寫幾張信紙。
內容不外乎就是一些瑣事、趣事，偶爾加點鬼故事。
有時會覺得我好像把信寫成了聊齋誌異。

有次我在信裡寫到：

馬祖當地居民講福州話，屬閩東語，台語則屬閩南語。

雖然同是福建，但福州話只有極少數詞和台語類似，根本無法溝通。

所以軍民溝通時，都講國語最快。

身為國語推行員的妳，應該……

啊？我竟然在寫給楊翠如的信裡把她當成國語推行員。

我扔下筆，看著信紙發呆。

是不是也該寫信給國語推行員？

如果寫信給國語推行員，又該以什麼樣的角色？

我的身分是楊翠如的男朋友，如果寫信給楊翠如寫成聊齋誌異，

而寫信給國語推行員卻寫成紅樓夢，這樣妥當嗎？

我不禁嘆了一口氣。

想起國語推行員說的那句：「退伍後再說。」

又是再說。可是如果退伍了，又能再說什麼？

我和國語推行員既然都遲到了，那就是這樣了。

揉掉那張信紙，重新寫給楊翠如。

剛開始寫信給楊翠如時，大約兩個禮拜會收到她的回信。

漸漸的，收到她回信的時間拉長了。

寫第7封信給她時，收到回信的時間是一個月。

上個月寫了第8封信，但35天過去了，還沒收到回信。

兵變這種事在台灣時有所聞，如果在外島服役那就更多了。

甚至還有弟兄一抽到外島籤就立刻跟女友協議分手。

兵變的徵兆之一，就是寫信給女朋友卻沒收到回信。

但這個徵兆還有救，起碼可以幻想信件寄丟了。

因為怕漏掉信，我每天會特地去收信處察看。
弟兄們常問我：「排長，還沒收到女朋友的信嗎？」
『嗯。』我說，『可能寄丟了，或是船沒開，信件耽誤了。』
「對，應該是這樣。」弟兄們說，「船常常沒開。」
但久了以後，弟兄們就不敢再問了。

寄出第8封信後的第40天，我休假回台灣，有15天假。
這是我第一次返台假，依然要坐10小時的船到基隆。
下船後，先到台北的家裡待了兩天，然後坐車到台南。
阿翔還是住在老地方，他要我跟他擠，我便去住他那裡。

學校這時是寒假期間，國語推行員應該不在校園。
即使她可能在校園，我該去找她嗎？
算了，我好像已經失去了找國語推行員的立場。

我打電話到楊翠如上班的公司，連續兩天都說她出差。
第三天她終於出差回來了。
『我是浮木。』我說。
「哦。」她竟然愣了幾秒，才應了一聲。

她沒有像電視劇演的那樣，喜極而泣或是激動得說不出話，
或是立刻掛斷電話衝出公司大樓，在街頭狂奔來找我。
她只是說這幾天公事很忙，等過幾天看看能不能見個面。
『好。』我說，『沒關係。』
她沒再說話，我可以聽到她的呼吸聲。

『答案是半年。』我說。

「半年？」她很納悶。

『在月台上妳曾問我：下次找妳時，是多久以後？』我說，『那時
　我沒回答，但現在知道答案了，就是半年。』

「哦。」她簡單應了一聲。

『那我過幾天再打電話給妳。』

「嗯。」

雖然認識她兩年多，但從未在電話中跟她交談過。

第一次跟她講電話，感覺像是跟一個完全陌生的人交談。

我不禁想起她在月台上說：上班很重要，但送我更重要。

而對她的最後印象，是她站在原地淚流滿面對我揮揮手的神情。

如今她冷靜而理性，也委婉表達公事繁忙無法抽身。

這兩個是同一個人嗎？

「阿婆跑得快，一定有古怪。」阿翔說。

『嗯？』

「有古怪。」他說，「菜菜你要有心理準備。」

『如果是那樣，她應該會跟我說吧？』

「不會。」他說，「如果她變心了，不會跟你明說。」

『為什麼？』

「你畢竟對她很好，也是她男友，她如果明說，等於承認是她變心，
　那麼她會有虧欠和罪惡感。」阿翔說，「所以她會盡量對你冷淡，
　讓你自己發覺，然後自己離開，那麼這段感情就只是自然結束。」

『如果她沒明說，我會以為還是她男友便一直找她，她不會煩嗎？』
「那麼她就再做得更明顯，讓你知道。」他說，「如果你還不知道，
　那就更更明顯，直到你自己發覺、自己離開。」
我陷入沉思，沒有接話。

『如果她真的變心了，那麼理由是？』過了一會，我問。
「理由？」阿翔笑了，「人生最不缺的就是理由。如果你要理由，她
　隨便就可以找出100個，但沒有意義，也未必是她真正的想法。」
我又陷入沉思。

『你為什麼越開越快？』回神後，我問。
「你忘了嗎？」他說，「我論文要做到G罩杯。」
『給我開慢點！』我大叫。
阿翔哈哈大笑，車速回到C罩杯。
「菜菜。」他說，「不要執著，放下看開就好。」

幾天後，我又打電話到楊翠如上班的公司。
「我還是很忙。」她說。
『喔。』我只能應一聲，『沒關係。』
「你還剩幾天假？」
『還有5天。』
「這樣吧。」她說，「明天下午我們碰個面喝杯咖啡。」

可以碰面應該是好事，應該吧。
隔天我依照約定時間在她公司樓下等她，她準時出現。
「嗨。」她說。
第一次聽到她不叫我浮木只說聲嗨，我不知道該如何回應？

『喔。』我回過神，『妳好。』

「咖啡館在前面路口，我們走過去吧。」說完她便轉身向前走。
我立刻跟上，走了10步後，再並肩。
她的頭髮大概只有原先的一半長，而且變成小波浪捲。
這種髮型讓她更豔麗、更嫵媚動人。
阿兵哥常說當兵三個月，母豬賽貂蟬。但如果碰到貂蟬呢？賽什麼？

我比她高5公分，因此以前並肩走路時，視線是微微向下。
但現在幾乎一樣高了，甚至覺得她比我高，視線變成平行。
眼角餘光瞄了一下，原來是她踩了雙跟有點高的鞋。
如果我們是並肩從系館走到研究生宿舍，也許我會找回一點熟悉；
但現在走到咖啡館的路上，我覺得是跟一個陌生人並肩。

一個豔麗的女人跟一個頂著阿兵哥平頭的男子走在一起，
路人可能會以為她是女明星，而我是她的貼身保鏢。
但我體格不夠壯，也許路人會覺得我應該是她的助理。
「到了。」她說，「進去吧。」

我們面對面坐著，以前常這樣面對面吃飯、吃宵夜、喝飲料，
但現在面對面喝咖啡卻讓我感到生疏、不自然。
她問了我一些軍中生活的事，但總是點到即止，我的回答也很簡單。
「會很累嗎？」、『不會。』、「會危險嗎？」、『不會。』
「壓力大嗎？」、『不會。』、「還適應嗎？」、『嗯。』

我也問了她工作上的事，她的回答也很簡單。
『工作忙嗎？』、「很忙。」、『常加班嗎？』、「很常。」

『待遇好嗎？』、「還好。」、『喜歡這工作嗎？』、「還好。」
過程中，她看了兩次手錶。

她偶爾會微笑，笑容雖然嫵媚，但感覺有些客套。
眼前的她，像個自信的女強人。
而那個在台南火車站第二月台上滿臉淚痕的無助小孩，
到哪去了？

「我該回去上班了。」她看了第三次手錶後說，「工作真的很忙，
　只好等你下次放假再陪你了。」
當兵半年，雖然腦袋變笨了，但還不至於變成白痴。
她這句話的意思，應該是剩下的4天假她都沒辦法陪我。

剩下的4天假，我跟阿翔一起度過。
「菜菜。」阿翔又說，「不要執著，放下看開就好。」
我並不是執著，只是感覺無法連貫。

對我而言，好像只是睡了一個很長的覺，半年後醒來。
醒來後腦中還殘存著入睡前楊翠如的淚痕與那句「挖Ａ淡里」。
但對楊翠如而言，這半年的時間已足以令她變成一副全新的樣貌。
而且是我完全陌生的樣貌。

返台假結束，我坐車到基隆，再坐10小時的船回馬祖。
下船後，海風迎面撲來，那種寒冷的感覺我竟然覺得熟悉。
不像在台南時，對楊翠如的冷淡感到陌生。

馬祖的冬天很冷，海島上沒有任何屏障，凜冽的海風直接灌進屋子。

剛來的新兵總覺得棉被根本蓋不暖，在被窩裡還是一直抖。

每當清晨跑步回來，軍服總會沾上一層白色半透明的霜。

用手一撥，軍服總會留下水漬。

這讓我想起國中時在冬天騎腳踏車上學的情景。

很奇怪，明明人在外島當兵，卻總是有回到故鄉的錯覺。

休假前寄出的那第8封信依然沒收到回信，我不想再等了。

之後還是每個月固定寄出一封信，但從未收到回信。

寄出第14封信時，我剛好當滿一年兵，也是第二次返台假的日子。

這次回台灣後，還是先在台北家裡待兩天，然後坐車到台南。

打電話到楊翠如上班的公司，接電話的人說她已經離職了。

拿著話筒，我完全呆住了，忘了要掛電話。

阿翔還是說那句：不要執著、放下看開。

我說還不行，因為我答應了楊翠如，放假時一定要找她。

我試著聯繫研究所同學，希望能探聽出楊翠如的新公司在哪？

同學們幾乎都不知道，而且都以為楊翠如還待在原公司。

直到隨和女同學A告訴我，她聽說楊翠如回台中上班。

我要了那家台中公司的電話，打電話去碰碰運氣。

「你怎麼知道我在這裡上班？」楊翠如的語氣聽起來很驚訝。

『喔。』我說，『所以理論上我應該要不知道？』

她沒回話，但我可以清楚聽到她的呼吸聲。

『方便去台中找妳嗎？』我問。

「最近工作很忙，可能抽不出空……」

『我還有十天假。』我打斷她,『這十天都沒辦法?』

「嗯。」

『我答應過妳,要寫信給妳、放假時一定要去找妳,這兩件事我都有
　做到。』我說,『但現在要跟妳說聲抱歉,以後我沒辦法做到了,
　請妳原諒。』

「不要這麼說。」

『請妳也答應我一件事,就是在我掛電話之前,妳不要說對不起。』

「好。」

『我只剩最後一句話要說。在我說之前,妳有要說什麼嗎?』

「沒。」

『那麼……』我說,『妳自己多保重。』

我掛斷電話。

剩下的十天假,我還是跟阿翔一起度過。

大學畢業典禮早過了,學校也正在放暑假。

國語推行員應該畢業了,那麼她接下來會做什麼呢?

念研究所?找工作?

我常心不在焉,總是想著到底發生了什麼事?

阿翔如果把車速加到 G 罩杯甚至 H 罩杯,我可能也不會察覺。

返台假結束要坐船回馬祖時,站在甲板上看著起伏的海浪,

內心卻異常平靜。

楊翠如說得沒錯:

「戀愛的時候最任性,不顧一切許下承諾和誓言。會相愛多久?都說

海枯石爛、天長地久；面對考驗呢？都說不離不棄、生死相依。但那些甜蜜的承諾、永恆的誓言，卻找不到任何一家保險公司可以保這個責任險。」

如果有保險公司願意承保這種失戀險，應該會馬上倒閉吧。

也許只是因為楊翠如嫌我不夠體貼；
也許因為她是選最漂亮髮型的人，非常在乎被愛的感覺，
而在外島當兵的我，根本無法讓她感受到被愛。
也許……

我突然想起國語推行員在地久橋所說的吊橋效應。
「英雄救美」是吊橋效應的典型例子，女生在危急不安恐慌時，
對剛好路過解救她的男生，很容易產生戀愛的情愫。
然而一旦脫離了危急的環境，離開了吊橋，還會是這樣嗎？
念研究所時，在研究室朝夕相處，我總是努力幫她解決程式問題，
安撫她曾經受傷與不安恐慌的心。
也許研究室就是吊橋，而楊翠如會跟我在一起，是因為吊橋效應吧？

楊翠如總是叫我：浮木。
「因為在我溺水時，你就像漂到我眼前的一根浮木。」她曾經說。
原來我只是她溺水時漂到她眼前的一根浮木。
她抓住了它，才能上了岸，撿回一條命。
但她上岸後慢慢發覺，這根浮木其實很平常，甚至有些醜陋。

在水中，依賴浮木才能生存，便覺得那是最美好的東西。
上了岸，不再需要浮木，它就只是塊木頭而已。
在水中看著那根浮木，跟在岸上看著那根浮木，

她的心情應該不一樣吧。

我不用再寫信了，靜下心把剩下的兵當完。
弟兄們知道我被兵變，對我更是噓寒問暖。
我的身分地位提高了，有資格去開導那些剛被兵變的弟兄。
弟兄們常開玩笑說可以組成「兵變陣線聯盟」，
我想最少可以組成一個連，而且這個連一定戰力超強。

當兵的日子，剛開始總覺得日子過得很慢，
到後來，就會覺得時間一下子就飛過。
離退伍只剩一個月的某天深夜，在波濤拍打的礁岸邊，
漆黑的海面上蕩漾著奇幻的藍光，像夢境一樣。

馬祖老一輩的人說這叫「丁香水」，因為這種藍光出現後，
丁香魚群會來，漁民們可以有豐收。
也有人說，這叫「藍眼淚」。
但為什麼用「眼淚」稱呼？沒人可以回答我。

沒有礁石的阻擋，哪能激起美麗的浪花。
而如果沒有海浪拍打礁岸或沙灘，也激發不出藍眼淚。
於是一浪接著一浪，衝擊出一片又一片藍光。
像悲傷一樣，一波接著一波。

每當我看到海面上泛起的藍光，那種鮮豔的夢幻般的藍色螢光，
除了覺得那是人間美景外，整個人似乎也被抽離。
我彷彿飛離陸地，來到礁岸邊，跳入海面起伏的波浪裡，
隱沒在那一大片藍色的螢光中。

然後我流下了眼淚，眼淚也是藍色的。

那瞬間，我只想念著國語推行員。
希望她也能和我一樣，成為藍光的一部分。
我一共看過五次藍眼淚，每次總會莫名其妙流淚。
而且每次總會想起國語推行員。

終於拿到退伍令，整理好行囊，要回台灣當死老百姓了。
站在碼頭邊，看著那一片熟悉的景物。
我竟然有一種要離開故鄉的錯覺。

上船前，我做了一次驗算。
國語推行員念研究所也好，去工作也罷，
她依然是我心目中最溫柔善解的女孩。

而且她並沒有掙脫手銬腳鐐，依然被我牢牢地鎖在心裡的鐵門。

16.

我們都是季節。
有時春暖花開，有時太熱情，有時卻冷酷。

我們都是季節，是會改變的。

退伍後，我應該比較像冷酷的冬天。
感覺整個人被一層薄薄的冰封住，失去學生時代的熱情。
我話變少了，所有動作也比較沉穩緩慢。
連說話的速度都變慢了。

阿翔延畢兩年，我退伍回來他剛好研究所畢業。
「菜菜。」他說，「我們都是：小姐，脫了吧！」
『什麼意思？』我問。
「解脫了！」
我們笑了起來，簡單擁抱一下。

「我不用當兵，因為心律不整。」他笑說，「我心裡的門老是開開
　關關，難怪心律不整。」
我很羨慕這種門，不像我心裡的鐵門，總是鎖著。
日子久了，鎖生了厚厚的鏽，即使有鑰匙，也未必打得開。

阿翔和我一樣，都要在台南工作，他老爸不想讓他再租房子，
便幫他買了一間兩房一廳的小公寓。

「菜菜。」他說,「來跟我一起住。不收你房租。」

這主意很好,於是我跟他住在一起。

『不用給你房租,我會不好意思。』我說。

「我是學你的,因為你也沒有收那個國語推行員的房租。」

『學我?』我很納悶,『我幹嘛收她房租?』

「她在你心裡住了十幾年,都不用繳房租嗎?」

『這句話很漂亮耶。』我笑了。

「下次如果你遇到她,記得跟她說這句。」他也笑了。

『好。』

下次?什麼時候?

每一個最後一次,都不會知道自己是最後一次。

但緣分並不是一個圓,總有最後一次。

我總是不知道每次遇到她時是不是最後一次?

也總有每次遇到她就是最後一次的預感。

我順利找到工作,每天騎機車上下班。

這是家工程顧問公司,主要承接政府公部門的規劃案和設計案。

我的單位是工程規劃組,有10個組員,組長是女工程師。

組長姓湯,我姓蔡,公司的人都說我們這組不錯,有湯又有菜。

第一天上班時,有組員問怎麼稱呼我?

『只要不叫救生圈之類的,叫什麼都可以。』我說。

經過三個月的試用期,我已經熟悉工作性質。

組內的氣氛不錯,組員的相處也很融洽。

中午偶爾會叫便當外送,我們就在辦公室一起吃中飯。

如果碰到時間緊迫的案子，大家也會自動留在辦公室加班趕完。

組員間很常用台語溝通，耳濡目染久了，我也開始講台語。
經過大一的艾琳事件後，這些年來我幾乎不講台語。
大學和研究所都畢業了，也當完兵了，我反而常講台語。
時空變了，我也在工作了，雖然講台語時還是會想起國語推行員，
但力道已經不強了。

記得第一次中午要叫便當外送時，有組員問我：
「你便當要素的？還是葷的？」
『我要素葷。』我說。
「什麼？」
『抱歉。』我說，『我要葷的。』

只有當素芬的發音是「素葷」，國語推行員才會跟我說：一句。
我已經又可以說出素葷了，但國語推行員在哪？

人與人相遇，很難說明白那種緣分是什麼。
一念之間，選擇了告白（或沉默），
倆人的命運，從此糾纏在一起（或成為平行線）。
我選擇了沉默，所以國語推行員跟我便成為不相交的平行線吧。

我已經進入一種新的生活模式，平時坐辦公桌，
偶爾跟組員們開8人座的公務小巴去現勘。
休假時，同事間也會相約一起去吃飯、看電影。
組長雖是女人，大我兩歲，但她跟我們這些男組員混得很熟。

有次為了趕某個政府招標案，大家又留在辦公室裡開夜車。

已經快12點了，但有張結果圖總是搞不定。

我跟組長要了程式，仔細看過一遍後，修改了一些地方，重新演算。

把新的結果繪製成圖，拿給組長。

「就是這樣才對！」她興奮地大叫，「你怎麼算的？」

我說沒什麼，程式有些地方有問題，改掉後就可以了。

「為什麼你不要別人叫你救生圈？」她問。

『喔？』我愣了愣，『只是個無聊的理由而已。』

「那我偏偏要叫你救生圈可以嗎？」

『這……』

「你太強了。」她笑了，「就像救生圈一樣，讓我們脫離苦海。」

『要脫離苦海，只要回頭就好。』我說。

「嗯？」她似乎聽不懂。

『因為苦海無邊，回頭是岸。』我說，『跟救生圈無關。』

「那我叫你回頭蔡？」

『當然可以。』

「可是我喜歡叫你救生圈。」她又笑了。

不要這麼白目吧。

從此組長就叫我救生圈，也常只找我一起討論公事。

組長單身，也沒男朋友，外表長得不錯，個性也還好。

我們這些男組員常納悶她為什麼沒有男朋友？

她總是說沒興趣，也沒時間交。

但她似乎對我特別好，甚至還說想升我當副組長。

有次加班趕完一個案子後，大家一起去pub慶祝。

組長似乎喝多了，走路不太穩，組員們商議要如何送組長回家？

「救生圈。」她說，「你送我。」

『這是命令？』我問。

「對。」她笑了。

我覺得她應該沒醉。

我和組長上了計程車後座，我手裡還拿了個塑膠袋。

『組長。』我問，『妳還好嗎？會想吐嗎？』

「叫我蘭花。」

『蘭花？』

「嗯。」她說，「蘭花是我以前的綽號，但我不喜歡。」

『既然不喜歡，為什麼還要我叫？』

「因為你不喜歡救生圈。」她說，「所以你要叫我蘭花，才公平。」

她說念高中和大學時湯蘭花當紅，而她又姓湯，所以同學叫她蘭花。

『這樣不好嗎？』我很納悶，『蘭花這綽號很好聽。』

「我沒湯蘭花那麼美，不想沾光。」

『其實……』

「你是不是想說雖然我不像湯蘭花那麼美，但其實人也很美？」

『妳好厲害。』我笑了。

「胭脂紅粉，只能點綴青春，卻不能掩飾歲月留下的傷痕。

　有什麼可讓我刻骨銘心，唯有你，唯有你，愛人……」

她突然唱起湯蘭花的〈一代佳人〉。

『組長。妳……』

「叫我蘭花。」她打斷我。

『好，蘭花。』我問，『妳是不是沒醉？』

「對。」她笑了。

可能是受到蘭花這綽號影響，我發覺她笑起來時，
眉宇間似乎有湯蘭花的神韻。

「到了。」她說。

我們下了車，走到一棟公寓管理大樓門口。

「明天酒醒後可能會忘了今晚說過什麼，讓我趁喝醉時多說點吧。」

『妳不是沒醉？』

「哪個喝醉的人會說自己醉了？」

『喔。』我說，『那妳還想說什麼？』

「救生圈。」她看著我，「我只是想讓你送我回來而已。」

氣氛有些異樣，我不想多待。

『組長。』我問，『妳自己可以上樓嗎？』

「可以。」她說，「但請記得以後要叫我蘭花。」

『好，蘭花。』我說，『妳上樓吧，我回去了。』

她笑了笑，揮揮手，神韻真的有點像湯蘭花。

隔天進辦公室，我去找組長簡報時，叫了聲：蘭花。

「你怎麼知道我以前的綽號？」她很驚訝。

『啊？』我也很驚訝，『是妳昨晚跟我說的。』

「我怎麼可能會跟你說？」

『這……』

「到底是誰告訴你的？」她問。

『因為妳姓湯，所以叫妳蘭花，聽起來會像湯蘭花。』我只能苦笑。

「我以前的同學也這樣想。」她笑了，「但我不喜歡蘭花這綽號。」
『那我以後就不叫了。』
「不。」她說，「你要叫我蘭花。」
『為什麼？』
「我喜歡聽你叫我蘭花。」她又笑了。
不管喝醉還是清醒，她笑起來的神韻都有點像湯蘭花。

組長只允許我叫她蘭花，別人叫蘭花她可能會翻臉。
她常叫我坐她旁邊，一起看電腦螢幕上的程式或圖表。
我總是戰戰兢兢，深怕楊翠如事件重演。
日子久了，其他組員也漸漸感覺我和組長的關係很親近。
有的甚至開玩笑問：什麼時候可以喝喜酒？

我跟「同學」特別有緣，而且總會發展出不單純的情感。
比方國中同學國語推行員、大學同學艾琳、研究所同學楊翠如。
但我現在是冬天，不希望同事也變成像同學那樣產生糾葛，
所以我想換工作。

剛好有個研究所同學考上公務人員高考，要辭去研究助理工作。
他說當研究助理可以一面工作一面準備考公務人員高考。
我心想當公務人員不錯，便辭掉這工作去接替他遺留下來的缺。

我們這組幫我辦了個歡送會，算是辭行。
地點選在黃金海岸的餐廳，大家一起吃蝦、喝啤酒，氣氛還不錯。
「救生圈。」組長說，「跟我去沙灘走走。」

『妳是不是沒醉？』我問。
「對。」她笑了。

她應該喝多了，走路有些晃。要越過海堤時，我伸手扶了她一把。
走進沙灘時，她直接坐下，我也跟著坐下。
「我明明不喜歡蘭花這綽號，但我卻喜歡聽你叫我蘭花。」她說。
『為什麼？』
「不知道。」她搖搖頭，「可能你不一樣吧。」
我沒接話，只是望著漆黑的大海。

「你心裡是不是早已有喜歡的人？」她問。
『對。』
「那就好。」
『嗯？』
「這樣我才不會有很大的挫折感呀！」
『為什麼會有挫折感？』
「你喜歡的人不喜歡你，當然會有挫折感。」

『妳盡情說吧。』我笑了笑，『反正明天妳就會忘了現在說的話。』
「對。」她也笑了，「所以我現在要告訴你，我很喜歡你。」
她這時候的神韻，不只是有點像湯蘭花，而是很像湯蘭花。

「悲歡歲月，浮華人生，難得有這一份情。
　讓我在今生今世記憶深深，你是我最心愛的人……」
她的歌聲散播在黑夜的大海。

「可以再叫我一聲蘭花嗎？」她問。

『蘭花。』

「嗯。」她眼裡閃爍著淚光,「謝謝。」

我沒回話,只是靜靜陪著她一起聽海浪拍打沙灘的聲音。

我們相遇的季節不對,如果我是春天或夏天,那麼應該會有後續。

但我已經是冬天了。

蘭花應該要遇見春天,才能開花吧。

結束了在這家公司兩年的工作生涯,我回到學校當研究助理。

當研究助理確實比較輕鬆,只要幫教授執行研究計畫。

在不耽誤研究計畫的進度下,念點書是被允許的。

辦公室內共有6個研究助理,分別屬於不同的教授。

我白天在辦公室工作,晚上也在辦公室念書,深夜才回去。

我好像把辦公室當成以前的研究室。

辦公室在系館三樓,以前的研究室在四樓。

雖然曾跟楊翠如待在這系館兩年,但絕大部分的時間都在研究室。

為了避免看到研究室觸景傷情,我從不上四樓,還好也沒必要上樓。

我對她的記憶有點模糊了,印象最深的就是她嫵媚的笑容。

至於她的長直髮、大波浪捲長髮、小波浪捲短髮……

印象模糊了。

系館在學校南校區的最北端,而護理系在北校區的最南端。

兩個校區間只隔一條馬路。

國語推行員老早就大學畢業了,即使她再念本校的護理所,

前年也該畢業了。

但我常站在馬路南邊,望著北邊,那似乎是一種反射動作。

我有時中午會走到北校區去吃飯，醫學院地下室有個自助餐廳。
醫學院旁邊是醫院，很多醫學院學生和醫護人員都會去那裡吃飯。
餐廳裡一堆穿白袍的人，看了令人心安。
如果突然吃壞肚子或發生什麼意外，四周一堆人都可以救你。

有次我瞥見一個熟悉的背影，只不過她穿著白袍。
我想都沒想，站起身追趕，但追到一個樓梯口，那背影就消失了。
這裡比之前遇見國語推行員的餐廳大多了，而且出入口又多又複雜，
即使兩個熟識的人約好同時進入餐廳，要看見彼此也得折騰一番。
那背影消失的瞬間，我心裡五味雜陳。

之後我又碰過那背影一次，同樣也是起身狂追。
但最終那背影還是消失在樓梯口，而且是跟上次不一樣的樓梯口。
我嘆了口氣，默默回到位置上把飯吃完。

或許我有渺小的可能，像當兵前夕遇見國語推行員那樣的情形。
但算了算，上次重逢已經是五年前的事，如今我和她都29歲了。
如果現在重逢，她可能會牽著一個小孩子的手，要他叫我叔叔。
如果這樣，那真是情何以堪。
因此我的心情很矛盾，很希望像中樂透一樣遇見她；
但同時又怕真的遇見她。

阿翔常跑來辦公室陪我，不是他覺得友情可貴，
而是他想使用免費的網路。
那時正流行BBS，阿翔幾乎每天上線。
但在家裡要用電話撥接上網，不僅較慢，還要花錢。

用學校的電腦上網就又快又免費了。

阿翔在網路上認識了一些女生，他常去見網友。
偶爾也會要我陪他一起去見網友，有次甚至還跑到台北。
從沒見過面的人們，藉著網路認識然後熟悉，最後才見面。
我對這樣的模式感到新鮮與不可思議。

新的時代似乎來臨了，不管人在世界上哪個角落，
只要上線，就能直接溝通。
如果我跟國語推行員晚幾年出生，或是網路早幾年出現，
那麼我和她之間的故事，應該就會不一樣吧。

轉眼間當研究助理也快滿一年了，再一個半月就要考公務人員高考。
我的心還是冬天，但時序已進入梅雨季。
每當梅雨來臨，我總想起國語推行員在雨中撐傘，仰頭看天的身影。
那身影彷彿一尊女神雕像。
這麼多年過去了，她依然是我心目中的女神。

我撐著傘，站在馬路南邊，雨拼命下著，毫不留情。
眼睛像得了白內障，視野範圍有些白濛濛。
車子急馳而過，樹葉因雨打而搖曳，行人則以緩慢的速度向前行進。
整個世界都在移動，但馬路對面卻有個身影靜止不動。

那個人撐著傘駐足，背部挺直，微微仰起頭似乎在欣賞雨。
我摘下眼鏡擦了擦後再戴上，把全身所有力量集中到眼睛。
彷彿可以看見她撐著傘的纖細手指。
我心跳破表，身體也不自覺地顫抖。

她走動了，那種挺直的背影，那種步伐的節奏……
她快走進建築物裡了，但現在卻是該死的紅燈。
幹，拼了！

我甩掉傘，左看右看、忽停忽跑，在紅燈中衝到馬路對面。
雨水弄花了眼鏡，依稀看到那浸了水暈開的身影踏進走廊。
『素芬！』
我大叫一聲，視野已經模糊，看不見那身影了。

我邊跑邊摘下眼鏡，腳步有些踉蹌，差點跌倒，只好停下腳步。
用衣角擦拭眼鏡，但衣服早已濕透，根本擦不乾，越擦越濕。
慌忙再戴上眼鏡後，視野範圍內所有的景物和人，
像加了太多水的水彩，都是暈開的。
只隱約發現有個身影從我右前方走來。

「班長。」離我五步時她說，「一句。」
我眼淚瞬間飆出，止都止不住，像這傾盆的雨。

在雨中重逢的最大好處，是沒人知道你滿臉的水是雨還是淚。
國語推行員走到身旁，用傘遮著我，我急忙摘下眼鏡，
用手抹去滿臉的雨水和淚水，深深吸口氣止住淚水。
她遞給我面紙，我伸手接過，擦乾眼鏡後再戴上。
眼前的世界放晴了，只有微笑的她。

傘下狹窄的空間中，我和她面對面站著。
我彷彿回到國三那年的梅雨季。

她那兩條鎖骨始終俐落，而那道由鎖骨圍成的河谷依舊美麗。
雨水滴在河谷裡，蕩漾出漣漪，記憶就這麼一圈一圈擴散。

我們互相凝視，都沒有開口說話。
傘外是滂沱大雨的白濁世界，傘下只有清晰安靜的我和她。
如果可以，我希望時間停在這瞬間。

「你怎麼沒帶傘？」她先打破安靜。
『我丟在那裡。』我轉身遙指馬路對面。
「幹嘛把傘丟掉？」
『奔跑時會拖慢速度，也會影響視線。』
「奔跑？」

『我在馬路對面看見妳，便跑了過來。』我說。
「哦。」
『還闖了紅燈。』
「你闖紅燈？」她瞪我一眼，依然是久違的黑鮪魚。
『西類（抱歉）。』
「一句。」

『闖紅燈前，我還罵了一聲幹。』我從口袋掏出6塊錢遞給她。
「再給我一塊錢。」她伸手接下6塊錢。
『為什麼？』
「你剛剛叫的素芬，也算一句。」

我又從口袋掏出一塊錢給她，眼角卻突然濕潤。
國中畢業10幾年了，第一次因為叫素芬而聽到她說：一句。

這是我和她之間的專屬默契，也是最根深蒂固的情感。

終於找回來了。

「班長。」她說，「先到我那裡坐坐。」

『好。』我定了定神。

這是我們第一次共撐一把傘並肩走著，雖然只走了30公尺。

走進建築物，她收了傘，我們並肩走到電梯口。

進了電梯，她按了11樓。

走出電梯，右轉直走20公尺，在一間看似辦公室的門外停下腳步。

「班長。」她拿出鑰匙打開門，點亮燈，「請進。」

她打開鐵櫃，拿出一條乾毛巾給我。

「洗手間在轉角。」她說，「你先去擦乾身體。」

我渾身濕漉漉，像剛上岸的魚。

走到洗手間，脫掉短袖polo衫，盡力把衣服擰乾。

拿毛巾擦乾頭髮和身體，把褲腳往上捲到膝蓋、穿上polo衫。

雖然衣褲還是濕的，但起碼身上已經不再滴水了。

『謝謝。』走回她的辦公室，把毛巾還她，『好多了。』

「嗯。」她指著一張椅子，「請坐。」

我坐了下來，打量一下四周，這裡窗明几淨，室內的光線很明亮。

書籍和資料夾在櫃子裡排列得整整齊齊，所有的擺設也有條不紊。

不像我的辦公室裡總是凌亂，書籍亂堆，桌上還有食物和垃圾。

「我在醫學院當研究助理。」她說，「這間算是我的研究室。」

『我也在當研究助理耶。』我說。

國中畢業後，第一次跟她屬於同樣的身分，這讓我很高興也很心安。
她說去年研究所畢業後，就留在醫學院當研究助理，
平時在醫院和醫學院間兩頭跑，日子過得很忙碌。

『妳也在這裡念研究所？』我問。
「嗯。」她說，「不過我考了兩次，第二年才考上。」
『喔。』
「其實第一年我有考上台北學校的研究所。」
『那為什麼沒去念？』
「上次就說過了。」她瞪我一眼，「我想跟你在同一座城市念書。」
所謂的「上次」，已經是五年前的事了。

『可是妳考研究所時，我早就研究所畢業，不念書了。』
「你忘了你上次說過的話嗎？」她又瞪我一眼，這次黑鮪魚更大隻。
『我說過什麼？』
「你說退伍後會在台南找工作。」
『這我記得。』
「所以我還是想在台南念研究所。」她說。

我突然很自責。
我怎麼沒想到，依她的個性一定會在台南念研究所，
即使她不念書要去工作，也一定在台南。
退伍後我應該要試著在台南找她啊！
如今退伍三年才遇見她，會不會遲到了？

我們陷入短暫的沉默，目光同時掃到桌上的顯微鏡。
「班長。」她說，「讓你看一個很漂亮的東西。」

她在顯微鏡下放了載玻片，蓋上蓋玻片，左眼貼著目鏡看了一眼。
站起身，她示意我過去，我便走過去，左眼貼著目鏡。
一圈圈亂跑亂動的東西，根本不知道那是什麼。

『這是？』我問。
「白老鼠的腎臟細胞。」她說，「很漂亮吧？」
『呃……』我完全答不出來。
「這樣問好像很怪。」她笑了笑。
『不會怪。』我也笑了，『只是我不懂得欣賞而已。』

「我是不是變了很多？」她問。
『為什麼這麼說？』
「以前我根本不敢碰白老鼠，如今在實驗室殺白老鼠時眉頭都不會皺
　一下。」她笑了笑，像是自嘲，「我應該變了很多吧。」

我看著她左臉頰上深深的酒窩，那才是一切。
『妳什麼都沒變。』我說。
「是嗎？」
『嗯。』我點點頭，視線離不開酒窩。

「你膝蓋上的疤痕，是國中從鹽山上溜下來所造成的傷？」她問。
『對。』我低頭看著因捲起褲腳而露出的膝蓋傷疤。
「抱歉。」她說，「念護理後我才知道，不能用雙氧水處理傷口，
　會留下很深的疤。」
『這樣反而好。』我說，『我每次看到疤痕，就會想起妳。』
她沒接話，只是微微一笑，注視著我右膝上暗褐色的疤痕。

「班長。」過了一會，她問：「你有女朋友嗎？」

『現在沒有。』這問題讓我有點尷尬。

「意思是⋯⋯」她又問：「以前有？」

『呃⋯⋯』我更尷尬了。

「說吧。」

我只好跟她提起楊翠如的事。

從第一眼看到的女鬼，到當兵時最後一通電話。

「班長。」她聽完後說，「她一定不了解你，才會離開你。」

『嗯？』

「你怎麼會不體貼呢？」她說，「你的體貼絕不是表現在多買一杯
　飲料，而是表現在當對方淋雨時，你會化身為一把傘。」

我愣了愣，看著她。

「在黑暗的山路上，即使趕著回家，但看到前面騎得很慢擋著路的
　機車，你還是可以體諒他只是一心想安全回家而已。」她說，

「這樣的你，不體貼嗎？」

「最後那通電話，你有罵她嗎？」她問。

『沒有。』

「那你為什麼希望她不要說對不起？」

『我⋯⋯』

「因為如果她說了對不起，日後可能會覺得是她虧欠你、對不起你，
　而產生內疚感。即使她變心了，你一句也沒罵，更不希望讓她覺得
　是她的錯。」她的語氣有點激動，「這樣的你，不體貼嗎？」

我靜靜看著她，說不出話。

「班長。」她最後說,「你並沒有做錯什麼,只是她認識你不深,
　不夠了解你而已。」
我眼角濕潤,有股暖流流過全身,身上的衣褲似乎全乾了。

楊翠如突然離去,我其實是受了很重的傷,而且是內傷。
但我將傷好好隱藏著,既不讓別人發現,也說服自己根本沒傷。
如今國語推行員用X光相片讓我清楚看見自己所受的傷,
然後立即將傷治好,讓我痊癒。

想起國二時,她蹲在地上,細心治療我右膝蓋上的傷口。
那時我就覺得,日後再怎麼重的傷甚至是心傷,
在她細心治療下也會痊癒。
現在我的心受傷了,她果然也治好了。

「你或許有一些缺點,但那些缺點絕不包括不體貼。」她說。
『那我的缺點是什麼?』
「其實你也沒什麼太大的缺點,只是……」
『只是什麼?』
「你總是遲到。」她嘆口氣。

我心頭一震,震度很強。
她想說什麼嗎?

她起身打開收音機,調好頻道,收音機傳出即將播放一首老歌。
當歌聲響起時,我和她都知道這是一首我們國中時很流行的民歌。
「我們念國中時,民歌還很流行,現在卻已經變成老歌。」
她嘆口氣,似乎感慨時間的流逝。

『是啊。』我說,『當時有人說這首歌的作詞者因為初戀情人被海浪
　捲走,才寫下的。妳聽過這種說法嗎?』
「嗯。」她點點頭,「我也聽過。」
『如果初戀情人被海浪捲走,或許應該要立志成為潛水員。』

「如果初戀情人被火星人擄走呢?」她問。
『立志當太空科學家。』我說。
「如果初戀情人被火燒死呢?」
『立志當消防員。』
「如果初戀情人溺水死了呢?」
『立志當救生員。』
「如果初戀情人被車撞死呢?」
『立志當交通警察。』
「如果初戀情人得癌症呢?」
『立志當醫生。』

「如果初戀情人在沙灘踩到玻璃流了很多血呢?」
『那麼就立志當護……』
我突然舌頭打結,說不下去,只是驚訝地看著她。

「國三那年,你在沙灘踩到玻璃流了好多血,我卻無能為力。」
她說,「那時我就決定以後要念護理或是當護士。」
腦海浮現她當時的眼神,眼睛睜得很大,卻完全不像黑鮪魚。
她就在那時立志嗎?

「這就是我國中畢業後不考高中改考高職的理由。」她笑了笑,

「這個理由很無聊吧？」
我依然驚訝得說不出話。

「一路走來，我都念護理。考了三年大學聯考、兩年研究所考試，
　我都是只要念護理。」她看了看四周，「所以我在這裡。」
我很感動，不禁站起身走近她。
她搖了搖頭，舉起右手像是制止我再向前。

我很納悶，停下腳步。
「我訂婚了。」她露出右手背，中指上戴了一只戒指。
腦海響起一陣雷，腳好像踩到地上的3秒膠所以動不了。

「班長。」她說，「對不起。」
『不要說對不起。』我喉嚨有些乾澀，聲音都變了。
「我知道你一定不要我說對不起，所以我要先說。」
『妳根本沒錯。』
「你出現在雨中時，我就錯了。」

『是我遲到了。』我說，『妳說得沒錯，我總是遲到。』
「我應該再多等一些時間。」她說，「但我29歲了，也許只是等得
　累了，便自暴自棄。」
我們都不再說話，只有收音機傳來施孝榮的〈拜訪春天〉。

「班長。」〈拜訪春天〉播完後她說，「我陪你去拿你的傘吧。」
『嗯。』我努力挪動被牢牢黏住的雙腳。
收音機緊接著播放鄭麗絲的〈何年何月再相逢〉，唱到這句：
「今日相聚，何年何月再相逢……」

我們走出她的研究室，再走20公尺，坐電梯下樓。
出了電梯，再走一小段路到屋簷邊。

「今年會結婚。」她撐開傘，「明年應該會到美國生活。」
『那恭喜妳了。』我說，『妳一直很嚮往國外的生活。』
「已經沒那麼嚮往了。」她說。
我們並肩走進雨中，雨似乎變得更大。

『妳欠我的錢什麼時候要還？』我問。
「我欠你錢？」她很納悶。
『從國中開始，妳一直住在我心裡。』我說，『在我心裡住那麼久，
　難道不用付房租？』
她微微一笑，但眼睛閃著淚光，鼻頭也紅了。

「我國中畢業後，就沒再長高了。」她說，「情感也是一樣，國中
　畢業時就已完成，也決定了。」
我沒回話，想起並肩走天長地久橋的往事。

到了馬路邊，燈號是紅燈。
「班長。」她問，「你喜歡我嗎？」
『我可以說謊嗎？』
「可以。」

『我不愛妳。』我說。
綠燈亮了。

17.

聽過白熊效應嗎？

心理學家做過一個實驗，要參與實驗者不要在腦海裡想像白色的熊。
結果大家反而在腦海裡浮現出一隻白熊。
當我們告訴自己千萬不要做什麼時，
我們的注意力反而集中在不能做的那件事。
失戀的人告訴自己不可以想對方，但對方的形象在腦中卻更清晰；
失眠的人告訴自己不要再想事情，但腦海卻想了更多事，沒有睡意。

我告訴自己該忘掉國語推行員，卻記得更牢。
越想忘記她，她的存在就越明顯。

喜歡是一種記得。
我清晰記得關於她的一切，這樣的「記得」，就是喜歡。
如今要忘掉這些「記得」，除非我不再喜歡。

或許給我一段很長的時間，我會不再喜歡國語推行員。
但我無時無刻想起她，彷彿她的影子已經附著在我身上。
而只要一想起她，胸口就有被石頭壓痛與刺痛的錯覺。
連呼吸都很艱難，要怎麼捱到終於不再喜歡她的日子？
我到底，該怎麼辦才好？

梅雨季結束後一個禮拜，就是大學的畢業典禮。

我在校園內閒晃，期望畢業典禮的熱鬧氣氛可以轉移我的注意力。
很多人朝畢業生砸水球，畢業生四處閃躲或者也拿水球反擊，
校園內充滿歡樂的笑鬧聲。

「老師！」

我停下腳步，回頭看見一個穿黑色學士服的女孩向我跑來。

「老師。」她跑到我身邊勾著我左手，「好久不見。」

『小敏？』

「是呀！」她笑了起來，「我大學畢業了。」

上次見到小敏時，她還是高二生，一晃眼就大學畢業了。

小敏原本的及肩直髮變成小波浪捲短髮，這髮型讓她顯得俏麗。
這髮型很眼熟……啊！想起來了。
最後一次看見楊翠如時，就是這種髮型。
如果忘記國語推行員的速度也能像忘記楊翠如那麼快，該有多好。

『妳交男朋友了嗎？』我問。

「嗯。」她點點頭，「網路認識的。」

『這種髮型不吉利。』我說，『會分手的。』

「是嗎？」她很驚訝，「我男朋友很喜歡耶！」

『開玩笑的。』我笑了笑。

「老師。」她說，「對不起。」

『怎麼了？』我很納悶。

「我沒有等你，就先交男朋友了。」

我舉起手想敲她的頭，但看她不再是小孩，手便停在半空。

「我明明是王寶釧，怎麼會變成潘金蓮呢？」

『妳這麼鬼靈精，妳男朋友一定很慘。』我笑了起來。

「只要老師一句話，我馬上趕他走。」她說，「即使他跪著抱住我
　小腿、哭著求我別走，我眉頭也不會皺一下，直接一腳踹開。」

我又笑了起來，小敏有時很無厘頭。

我越笑越誇張，根本停不下來，眼角笑出了淚。

眼淚流出，鬱悶的心似乎得到抒解，我更努力笑，想笑出更多眼淚。

終於眼淚流瀉而下，順著臉頰滑到嘴邊。

「老師。」小敏察覺有異，「你怎麼了？」

『我遲到了。』我沒停止笑，『好笑吧？』

「遲到？」

我沒回答，繼續笑，讓眼淚不斷流出。

壓住胸口的石頭彷彿因此可以化成碎石，再化成細沙，

並隨著源源不絕的淚水排出體外。

我到底，該怎麼辦才好？

原來，哭出來就好了。

教了小敏四年數學，她是最容易讓我想起國語推行員的人。

每個在書桌旁教她數學的夜晚，國語推行員的影子也會在。

我要小敏好好珍惜跟男朋友之間的緣分，然後跟她告別。

就像告別國語推行員一樣。

我呼吸不再艱難，可以稍微正常一點過日子。

曾想過是否丟棄國語推行員給我的東西會好一點？

但發現只有國中畢業時她給我一枝咬得最慘的筆，

和剛考上大學時她寄給我的賀卡。

可以見證她和我之間的「信物」，蒼白得可憐。

然而即使有再多信物，意義也不大。

因為最重的、最無法拋棄的、最能見證我和她之間存在過的，

是在國中時期看似稀鬆平常的生活中所累積的記憶。

正是那些看似稀鬆平常的生活中，才蘊藏著許多美好。

很多愛情故事在發生的當下不覺得，過了兩年或三年也不覺得，

但十年後甚至二十年後驀然回首，才會驚覺好像就是。

國中畢業14年後，終於知道我和國語推行員之間，是愛情故事。

阿翔常整天盯著我，也常陪我聊天，或載我出去散散心。

「還好你不是韓國人。」阿翔說。

『嗯？』

「韓國人分手最痛。」

『為什麼？』

「因為街上每個女孩都長得像他女友。」他笑說，「根本忘不掉。」

『阿翔。』我笑了，『你是在安慰我吧？』

「對。」他說，「我成功了嗎？」

『很成功。』我說，『謝謝。』

「朋友像棉被，真正使你溫暖的是自己的體溫。」他說，「所以還是
　要靠你自己。」

『嗯。』我點點頭，『我知道。』

從系館三樓到醫學院大樓11樓，空間中的直線距離只有400公尺。

國中畢業後第一次明確知道她所在的空間座標，而且距離也最近。
但我已經不能再靠近她了。
我站在馬路南邊，遙望國語推行員所在的大樓11樓。
『阿耨多羅三藐三菩提。』我說。
說了這句後，從此我不再站在馬路邊遙望。

公務人員高考放榜了，我落榜。
與胸口被石頭壓著很難呼吸的痛苦相比，
落榜的痛簡直像被飛行的蚊子撞到而已。
我考慮了幾天，決定再考一年，便繼續在系館當研究助理。

阿翔更常來我辦公室上網，也更常拉我一起去見網友。
季節經歷了秋、冬，新的一年春天也結束了，
八個多月的時間我見了10幾個女網友。
阿翔有意讓我多認識女生，只可惜我的季節已是嚴冬，
再也不想接近花朵似的女孩，也無法令她們開花。

滿30歲的這年，梅雨季來得比較早，雨也只下了兩場。
只不過第一場雨下了四天，第二場雨下了三天。
連綿細雨中，我不斷想起去年梅雨季與國語推行員重逢的情景。
那個禮拜天空都看不到太陽，我只在心裡看見太陽。

「季節雨，別笑我什麼都不懂，我知道愛，就像一場夢。
　季節雨，別笑我什麼都不懂，我知道愛，就像季節雨，
　消失無蹤……」
我想起國中時期常聽的〈季節雨〉這首歌。

梅雨季剛結束，我收到一張喜帖。

寫情書的蔡宏銘要和他喜歡的女孩結婚了。

從國中寫情書開始，這十幾年來無論求學或工作，

他們都在同一座城市。

如今終於修成正果，令人稱羨。

如果當初我……

算了，都過去了。

喜宴在端午節三天連假中的第三天舉辦，地點在故鄉。

算了算，我已經9年沒回故鄉了，想回去看看。

可是如果在喜宴上遇見國語推行員呢？我一定會不知所措。

不過她應該去年就結婚了，現在也很有可能已搬去美國生活。

正猶豫間，接到阿勇打來的電話。

阿勇要我連假的第一天就回故鄉，吃完蔡宏銘的喜宴後再走。

「我剛搬新家，你來住幾天。」他說。

『這樣不方便吧？』

「方便得很！」他大叫，「你一定要給我來就是了！」

我坐車回故鄉，一下車便感覺空氣中帶點鹹味，

這是我所懷念的故鄉的味道。

「豬腸！」阿勇敲了一下我的頭，「幾年沒見了？」

『9年。』我摸摸被敲痛的頭。

上次見到阿勇時，我和他都是大三。

他大學畢業後去當兵，退伍後到台北工作，從事電子業。

這些年台灣的電子業是令人羨慕的職業，他也混得很好。

不像我，混得差強人意，下個月還得考第二次公務人員高考。

阿勇的新家位於填海造地的海埔新生地上，我從沒踏過那片土地。

『這裡以前是海？』我很驚訝。

「對。」阿勇舉腳用力踩踏地面，「這下面以前是海。」

我走路開始搖搖晃晃，像在海上漂流。

「里洗北七溜（你是白痴嗎）？」他敲一下我的頭。

我跟阿勇說，想去鹽山看看。

「鹽山早沒了。」他說。

『啊？』我大吃一驚，『怎麼可能？』

阿勇開車載我去鹽山所在地，但已經是一片空曠。

「台灣已經都用電透析製鹽。」他說，「所以鹽場關了，不再用日曬
製鹽，我老爸也失業很久了。」

一望無際的鹽田中，只剩田，沒有鹽。

「我們以前常去的那片沙灘，也被填成陸地了。」他又說。

我低頭看著右腳，沒想到踩到玻璃的那片沙灘竟然也不見了。

在那片沙灘立志念護理或是當護士的國語推行員，會作何感想？

鹽山被剷平，海水填成陸地。

〈上邪〉中所說的山無陵、江水為竭，是這幅景象嗎？

矗立於一望無際鹽田中的鹽山、安靜到只能聽見海浪聲的黑色沙灘，
是我年少時期對故鄉最深刻的記憶啊！

沒想到9年沒回來，這些都消失了。

什麼都在變，到底有什麼是不變的？

不變的似乎是故鄉的人口越來越少，景象越來越蕭瑟。
我念國中時，每個年級有11個班，大三時減少為8個班。
如今每個年級只剩5個班而已，不到一半了。

晚上在阿勇新家過夜，我打開窗戶讓海風吹進來。
躺在原本是海的土地上，近在咫尺的大海吹來新鮮的海風，
我有種正躺在海面上漂流的錯覺。

隔天阿勇要去載蔡玉卿到新家坐坐，要我跟著去。
到了蔡玉卿家門，我不敢下車，還好她很快就上車。
我發覺她的膚色很暗沉，不再白皙，而且臉上總有一股滄桑感。
整個人的外表看起來比實際年齡大十歲。
但她的聲音始終是那種天然嗲，跟她的容貌已經很不搭了。
阿勇回家後，又出去買點東西和飲料，客廳只剩我和蔡玉卿。
她似乎打開了話匣子，說起國中畢業後的事。

蔡玉卿從念五專開始，一直有很多追求者。
五專畢業後到貿易公司上班，追求者更是有增無減。
而她願意認真交往的，前後共有三位。
「可惜前兩個早就有女朋友，第三個更猛，是有老婆的。」她說。
每當真心付出感情時，卻換來這種欺騙，總讓她元氣大傷。
或許這就是造成她臉上那種滄桑感的元凶。

『阿勇既沒老婆，也沒女朋友。』我說。
「嗯？」她愣了愣。
『妳應該知道阿勇喜歡妳吧？』
「嗯。」她似乎很不好意思，「後來有感覺出來。」

『那妳可以給阿勇機會嗎？』

「如果我跟阿勇交往，我會帶著之前的陰影，很難真心對他。」

『壞男人總是可以輕易得到女人無條件付出的真心，好男人卻只能
　撫慰受傷女人破碎的心，還得面臨女人的質疑與不安。』我說，

『難怪大家都想當壞男人。』

蔡玉卿睜大眼睛看著我，說不出話。

『那三個傷妳很深的人，可以得到完整而認真的妳。而一心守護妳的
　阿勇卻只能得到處處有所保留的妳。』我說，『這道理很怪吧？』

「你真的是阿勇的好同學。」她笑了起來，「這麼努力幫阿勇。」

『其實我更是妳的好同學。』我也笑了起來，『所以更努力幫妳。』

「豬腸，謝謝你。」她又笑了。

在我們兩人的笑聲中，阿勇買了蚵嗲回來。

我們三人邊吃蚵嗲邊聊，聊的都是國中時的往事。

「阿勇。」蔡玉卿說，「我該走了，可以載我回家嗎？」

阿勇當然說好，但硬把我也拉上車。

到了蔡玉卿家門，她請阿勇進屋喝杯茶再走，阿勇看著我。

『看我幹嘛？』我說，『人家只請你，你就進去。』

我跟蔡玉卿說聲再見，一個人坐在車子裡。

車內很悶，但我還是不敢下車，因為怕看見國語推行員的家。

雖說她應該不在，但光看見她家的院子，回憶就足以淹沒我。

坐了一會忍不住了，只好下車透透氣。

這種三合院似的平房已經不屬於這個時代了，也許再過幾年就會拆。

雙腳不聽使喚，像被催眠般走了20幾步，往隔壁房子走去。

院子裡依舊只有一條長長的竹竿，國一時這樣，大三時也是這樣。

腦海裡又浮現那個穿著白色短袖T恤和灰色運動長褲的身影。

十幾年過去了，這身影始終清晰，未曾模糊；

但以往讓我心情平靜的緩慢而流暢的動作，此刻卻讓我胸口疼痛。

「豬腸。」阿勇出現了，敲了一下我的頭，「回去了。」

『喔。』我應了一聲，但仍然呆立原地，注視著沒有人影的院子。

「本姑娘不在。」阿勇說，「她去美國了。」

『我知道。』

「那你真不夠意思。」他又敲一下我的頭，「為什麼去年她結婚時，
　你沒回來喝喜酒？」。

『因為我喜歡她。』我說，『而且她也沒白目到寄喜帖給我。』

「什麼？」阿勇嚇了一跳。

『阿勇。』我胸口有點痛，下意識緊抓胸口的衣服，『把我拉走。』

「豬腸……」他好像明白了什麼。

『快把我拉走吧。』我喘著氣說，『我自己離不開這裡。』

他蹲下身將我背在身上，像國三時在沙灘踩到玻璃那次一樣。

「我們都30歲了。」阿勇說，「你不要難過，要看開。」

『好。』我在他背上說，『你要加油，蔡玉卿受的傷很重。』

「沒問題！」他大聲說，「交給我！」

我們都笑了起來。

吃完蔡宏銘喜宴後三個月，9月21凌晨一點多，突然發生大地震。

我那時還沒睡，如果只是左右搖晃，我可能以為是悲傷過度的錯覺；

但這次主要是上下劇烈震動，椅子坐不住，心臟快從嘴巴跳出來了。
而且地震持續的時間，幾乎長達兩分鐘。
停止搖晃震動後，我立刻衝到阿翔的房間。

『國語推行員呢？』我大叫。
「啊？」阿翔剛被地震搖下床，坐在地上看著我。
『國語推行員，就是你們說的本姑娘。』我說，『她沒事嗎？』
「本姑娘是誰？」他更納悶了。
『她到底有沒有事？』我又大叫。

「國語推行員沒事。」阿翔站起身，拍拍我肩膀，「她很安全。」
『真的嗎？』
「嗯。」他說，「因為她已經在美國，不在台灣。」
『對。』我說，『不在台灣反而好。』
「菜菜。」他指著電話機，「你先打電話回家問家人的狀況。」
我趕緊打了通電話到台北，家裡一切平安，只是都受了點驚嚇。

我和阿翔整夜守著電視和網路，才知道台灣中部最嚴重。
「你應該要問楊翠如的狀況。」阿翔說。
『楊翠如？』我很納悶，『問她幹嘛？』
「她家不是在台中？」
『好像是吧。』我說，『所以呢？』
「沒事。」他笑了笑，「我跟你說一個剛看到的故事。」

阿翔有個熟識的網友很喜歡養魚，家裡總共有七個魚缸。
每個魚缸各有不同的造景和風格，而且都非常漂亮。
別人常常問他最喜歡哪個魚缸？

他總是答不出來，因為他自己也不知道。

但剛剛大地震一發生，他立刻衝到某個魚缸前，
雙手緊緊抱著、用身體保護那個魚缸。
眼睜睜看著其他六個魚缸一個個因劇烈震動而摔落地上，
他也沒離開半步，依然只是死命保護著懷裡的魚缸。
那一瞬間，他終於知道自己最愛哪個魚缸。

『就他保護的那個？』我問。
「對。」阿翔說，「大地震只有一個好處，可以讓人瞬間知道自己
　心中最愛、最牽掛的是什麼。」
『有道理。』
「所以地震剛結束，你馬上只問我國語推行員有沒有事。」他說。
我愣了愣，隨即在心裡嘆了口氣。

地震後三天，行政院組成勘災團隊，希望大學能支援專業人力。
我和幾個老師還有研究生，被指派負責勘查濁水溪流域的災情。
我們趕著在深夜出發，進入災區時，最先湧上的感覺是毛骨悚然。
在文明的城市中，不管多深的夜，總會有燈光；
可是我們經過城鎮時，一點燈光也沒有、一個人影也不見，
在一片黑暗中只隱約看見很多建築物和公共設施。
鬼城就是這副模樣嗎？但即使是鬼城，至少也會有點火光吧。

進入災區的第三天晚上，勘查濁水溪流域災情的所有團隊一起開會。
我竟然看見楊翠如，她的公司自願參與勘災，由她帶了幾個人來。
她的髮型變成俐落的短直髮，讓她看起來非常幹練。
我和她互望的第一眼，好像只是兩個陌生人不小心視線相對而已，

而且視線一接觸，立即彈開。

開完會後，我猶豫了半分鐘，決定走向她。

『妳家沒事吧？』我問。

「還好。」她微微一笑，「只是房子受了點損壞，家人都很平安。」

『那就好。』我也笑了笑，便走了。

她也沒再多說，資料收一收後，便離開。

「你認識那個漂亮的女人？」跟我同行的研究生問。

『她是我以前的女朋友。』我淡淡地說。

「怎麼可能？」他幾乎大叫，「真的假的？」

『真的。』

但看他一副驚嚇過度的樣子，我突然自己也不確定了。

跟楊翠如在一起時的往事，已經變得遙遠、陌生，而且模糊。

好像那是一段不確定發生過的事，會有應該只是夢境的錯覺。

即使她的笑容依舊是印象中的嫵媚，我還是覺得虛幻、不真實。

相較起來，國中時期跟國語推行員之間的記憶，總是歷歷在目。

我們在災區待了四天，完成勘災報告後再回台南。

從災區回來後一個月，公務人員高考放榜，我再次落榜。

這次的痛還是像被飛行的蚊子撞到一樣，只是蚊子比較大隻。

或許不是蚊子，而是蒼蠅或蟑螂。

我放棄當公務人員的打算，辭去研究助理，再度找工作。

這次找到的還是工程顧問公司，只是規模較小，待遇也較差。

不過沒什麼好挑剔的，因為工作已經不好找了。

比起上次工作的公司,這家公司的工作氣氛比較不好。

開會時經常不歡而散,平時溝通意見想法時也偶有爭執。

在這裡上班三個月後我領悟一個道理:

意見就跟大便一樣,人人都有,但就是很難接受別人的。

公司老闆也頗機車,而且太會算計、心機很深。

用一個故事形容他可能比較貼切。

孟婆說要辭職,因為她每天給要投胎的人喝孟婆湯,覺得累了。

「好吧。」閻羅王說,「那妳喝了孟婆湯後,就去投胎。」

孟婆喝了孟婆湯後,便忘記一切。

「妳前世做人積德行善,現在給妳一個好職位,以後妳就叫孟婆,
　每天給要投胎的人喝湯,讓他們忘記前世今生。」閻羅王說。

「好啊。」孟婆很開心。

老闆就像故事裡的閻羅王。

每次他稱讚我工作認真時,我總有一股毛毛的感覺。

但台灣很多老闆好像都這樣,不知道是他們原本的個性,

還是有這種個性才能當老闆。

如果要找到一個好老闆,恐怕就像去麥當勞點小籠包一樣。

只好將就了。

新工作做滿兩年後,我收到大學同學林家興的結婚喜帖。

30出頭歲的年紀,一堆同學結婚,每年總要包好幾個紅包。

我去台北參加喜宴,感覺現場好像是個小型同學會。

在台北辦喜宴參加的人最多,因為大部分同學都在台北工作。

喜宴結束後,幾個同學相約去KTV唱歌,我也被拉去。

「愛人嗹伊嗹伊嗹伊，愛人嗹伊嗹伊嗹伊……」

艾琳點了首台語歌，蔡小虎的〈愛人醉落去〉。

她唱作俱佳，唱到這兩句時還隨著節奏扭腰擺臀、舞動身體。

10年沒見了，艾琳依然是活潑可愛。

她應該記得艾琳就是愛人的台語，所以唱到「愛人」兩字特別亢奮。

「三角形。」艾琳唱完後坐到我旁邊，「我台語歌唱得標準吧？」

『不僅標準，而且很好聽。』我笑了笑。

「謝謝。」她笑了起來，「這都要感謝你教我講台語。」

艾琳雙頰露出的酒窩很深很可愛，同樣是酒窩，而且她還多了一個，

但我還是覺得國語推行員的酒窩最美。

「工作如何？」她問。

『普普。』

「你怎麼不到台北找工作？」

『我不習慣台北。』

「不習慣？」她很驚訝，「你也算台北人了呀！」

台北人？

對耶，家裡搬到台北十幾年了，我確實可以算是台北人。

但我骨子裡只認同故鄉，從不認為自己是台北人。

不是不喜歡台北，只是單純覺得自己屬於故鄉而已。

『可能不習慣擠捷運吧。』我說，『每次坐捷運，看到那麼多人，

　我臉部肌肉就很緊繃。』

「這樣好呀！」

『好？』

「年紀大了，臉部肌肉會鬆弛。」她笑了笑，「如果在台北每天搭
　捷運，臉部肌肉就緊繃，這比任何整形手術有效多了。」
『有道理。』我也笑了。

「三角形。」她從背包裡拿出一張紅帖，「來，給你。」
『不要吧。』我苦著一張臉。
「你不希望我嫁給別人嗎？」她說，「我可以馬上退婚哦。」
『不不不。』我緊張地搖搖手，『剛剛的意思只是這個月已經包兩個
　紅包了，再包下去我會大失血。』
「你還是一樣老實。」她笑了起來，兩頰的酒窩很深。

「你現在有女朋友嗎？」她問。
『沒有。』
「怎麼可能？」她很驚訝。
『就……』突然覺得一言難盡。
乾脆跟她簡單說起國語推行員和楊翠如這兩個女生。

「三角形……」她聽完後，眼神看起來似乎很擔心。
『我這個三角形已經被剪去兩個角了。』
「那更好。」她說，「三角形剪去一角，變幾角形？」
『嗯？』
「如果三角形剪去一個角，反而變成四角形。再剪去一角，就變成
　五角形了。」她笑了起來，「你是越剪越多，越挫越勇！」
艾琳的笑聲依然清脆響亮，令人心情舒暢。

電視螢幕剛好出現了〈雙人枕頭〉這首男女對唱的台語歌。
「三角形！」艾琳抓起麥克風，「跟我一起唱！」

其他同學便把另一支麥克風遞給我。
「同學們，趕快打電話給我未來的老公。」她笑了，笑聲清脆響亮，
「跟他說我正在KTV跟一個陌生男人合唱〈雙人枕頭〉！」

我不禁想起初識艾琳時的情景，也想起初吻、晚上躺在一起睡覺，
還有那段刻意躲避她的日子。
阿翔的結論沒錯，艾琳是個非常坦誠的女孩。
尤其跟楊翠如相比，她的坦誠幾乎是難能可貴的美德。
我很慶幸認識她，也突然覺得，她是我大學時代最要好的同學。

一個月後我去參加艾琳的婚宴，那婚宴辦得非常熱鬧。
艾琳強拉我上台跟她合唱台語歌〈內山姑娘要出嫁〉。
「放捨我……啊嫁別人……」她還讓我獨唱這句。
幹，一定要這麼白目嗎？
啊？不小心罵了髒話，得給國語推行員五塊錢。

之後所謂的同學要結婚，像是傳染病一樣蔓延。
大學同學、研究所同學，偶爾也有國中同學，大家都要結婚。
阿翔要我趕快找個女生，不然紅包一直包下去，虧很大。

但我的交友圈很小，公司也大多數是男工程師。
倒是阿翔交遊廣闊，他網路的交友範圍無遠弗屆。
只可惜不管他讓我認識哪位女網友，我都沒什麼興趣。
而且女網友的風險太大，外表、個性等各項條件幾乎未知。
比方有個一直以為是女生的網友，見了面才知道是男的。
還有一個號稱濁水溪以南最美的女網友，
見了面才發現她長得很像電影《魔戒》裡的半獸人。

阿翔一直做拉弓箭的動作，因為他是精靈神射手勒苟拉斯。

「菜菜。」阿翔說，「還有一個號稱濁水溪以北最美的女網友……」
『喂。』我打斷他，『可以了喔。』
「那號稱北極以南最美的女網友呢？」
『喂。』
「不然號稱南極以北最美的女網友呢？」
『喂！』

隨著年紀越來越大，在台北的父母也急了，他們甚至想過相親。
我開的條件是：走路彎腰駝背、笑起來沒酒窩、動作粗手粗腳……
結果我連累了已去世的奶奶，因為老爸罵我：「幹你祖奶！」
阿翔倒是知道我心思，他笑說會去找符合那些條件的女生。

「菜菜。」阿翔問，「你真的沒辦法接受別的女生嗎？」
『也不是沒辦法。』我說，『可是……』
「可是什麼？」
『只要一想到國語推行員，好像就無法愛上別人。』
阿翔嘆口氣，我也嘆口氣。

鬧鐘響了無論如何就要起床，年紀到了不管怎樣就要結婚。
這就叫「鬧鐘婚姻」。
或許再過兩年，我可以接受鬧鐘婚姻。

滿34歲那年的盛夏，阿勇打手機給我。
時代變了，手機已是生活必需品。
『是不是又有哪個同學要結婚？』我問。

「不是啦。」他說,「你記不記得國中畢業前埋的時間膠囊?」

『時間膠囊?』我很納悶。

阿勇解釋了半天,我才有點印象。

「本來說好20年才能挖出來,明年才滿20年。」阿勇說,「上個月
　學校要拆掉防空洞改建教室,要挖那塊地……」

『所以呢?』

「黃益源搶先一步去挖出來。」

『那個焢窯時偷挖我們這組窯的黃益源?』

「對。」

『他喜歡挖就讓他挖。』我說,『應該沒什麼吧。』

「但他每個玻璃瓶都打開來看了。」阿勇說。

『這太沒品了。』我說,『你有扁他嗎?』

「都30幾歲了,還扁?」

『喔。』我說,『所以呢?』

「希望將來看到這張紙條時,我是個快樂的人。」

『什麼意思?』

「這是你玻璃瓶內的紙條。」

『喂!』我大叫,『你怎麼也偷看?』

「黃益源都打開看了,有差嗎?」

『你是特地打來告訴我,我玻璃瓶內的紙條寫什麼嗎?』

「我是要告訴你,本姑娘寫什麼。」

『她寫什麼?』

「我喜歡班長。我決定要在29歲以前跟他在一起。」

我心頭一震,握住手機,久久說不出話。

「豬腸。」阿勇叫了一聲。

『嗯？』我回過神。

「你不要怪本姑娘。」他說，「她可能是等到了29歲才嫁……」

『我從沒怪她。』我打斷他，馬上轉話題，『你跟蔡玉卿如何？』

「還在努力。」

『那你要加油。』我說，『只有你的喜宴，我很樂意包紅包。』

我說了 Bye-Bye，掛了手機。

「我喜歡班長。我決定要在29歲以前跟他在一起。」

我反覆唸著這句，越唸心裡越酸楚。

回想五年前那個下著大雨的日子，國語推行員說：

「但我29歲了，也許只是等得累了，便自暴自棄。」

她應該有理由自暴自棄吧。

印象中當時要寫紙條時，她似乎想都沒想，很快就寫好了，

然後馬上把紙條塞進玻璃瓶裡。

而五年前我們共撐一把傘在大雨中並肩走路時，她說：

「我國中畢業後，就沒再長高了。情感也是一樣，國中畢業時就已
　完成，也決定了。」

她所說的「決定」，是紙條上的意思吧。

應該明年才能打開的時間膠囊，今年就被打開了。

所以我和她的願望都沒有實現。

我們在29歲以前沒有在一起，而我也不是個快樂的人。

原來我一直不快樂，離「快樂」最近的，應該是國中時期吧。

我變得有些魂不守舍，常突然莫名其妙想起國中的事，
甚至彷彿置身於那段時空。
然而現實生活裡我公司的老闆既機車又工於心計，
而公司的氛圍常常是有做事的被罵、沒做事的罵人，我很不適應。
可是工作不好找，我要忍耐，要遷就。

有次開會時，老闆又喋喋不休拐彎罵人。
老闆罵員工雖然是天經地義，但如果老闆像宋高宗一樣，
只知道痛罵岳飛為什麼要打敗金人，並要大家把秦檜當榜樣時，
那就很難忍受了。
『要罵就直接罵，兜那麼大的圈子幹嘛？』我竟然對老闆說。
話一出口，才猛然想起這是國語推行員對生物老師所說的話。

老闆臉色鐵青，過了一會突然翻桌。
但桌子很長，他沒翻成，只把桌上的杯子搖倒、桌面資料搖落在地。
「會不開了！」他說完直接走出會議室。
場面很尷尬，大家都愣在當場。
這工作應該做不下去了，我當天便遞了辭呈。

離開待了快滿四年的公司，我又重新找工作。
這次找工作比較辛苦，短短幾年間，台灣的經濟好像不景氣了。
很多公司倒閉或裁員，我找了一個月，都沒下文。
正猶豫是否該去台北找工作時，還好終於找到了。
只是新公司比較遠，在台南和高雄的交界處。

阿翔把他那輛開了十幾年的車便宜賣給我，他自己買了輛新車。
我開車上下班，上班的車程大約40分鐘。

開車上班和騎車上班最大的差別，是雨天。

雨天騎車上班時，不管怎麼用雨衣包著身體，總感覺身上會濕；

而且被雨水弄花的鏡片，也會讓視線模糊。

雨天開車就不會了，而且在車子包覆的空間內會有種安全感。

雨天開車時，我會看著天上的雨，像國語推行員一樣。

她在美國過得好嗎？還是會佇足撐傘仰頭看天嗎？

在路上有碰到外星人然後說：Welcome to the Earth 嗎？

36歲那年的梅雨季，我開車到銀行處理公事。

要離開時，有個像是主管的銀行職員走向我，對我微笑。

她看起來有點眼熟，但我這年紀常常看到很多人都覺得眼熟。

「請指教。」她遞給我一張名片。

我禮貌性收下，看了一眼上面的名字──趙麗娟。

這名字沒印象，我點個頭後，便想走出銀行。

「學長。」她說，「認不出來嗎？」

『啊？』我嚇了一跳，打量著她。

「很糟糕的學長，忘了我是誰嗎？」

『妳是……』

「很糟糕很糟糕的學長，還沒想起來嗎？」

『麥茶？』

她笑了起來，笑聲很好聽。

「麥子已經發酵變成啤酒了。」麥茶笑說，「我變胖了。」

『好久不見。』我也笑了，她應該至少胖了10公斤。

我們走出銀行，在騎樓下聽著雨聲聊天，像以前走出社辦聊天一樣。

麥茶依然多話，滔滔不絕講她大學畢業後的事。

她結婚了，生了個小男孩目前在念幼稚園大班，今年9月會上小學。

『妳老公是什麼長嗎？』我問。

「學長好厲害，竟然還記得我的死穴。」她又笑了，「他只是銀行的
　小職員，我們在銀行工作認識的。學長你呢？」

『我還是單身狗。』我說。

「怎麼可能？」她很驚訝。

奇怪，每當我說還單身，大家的反應都是驚訝。

「學長。」她說，「你還記得你以前跟我說過國語推行員的事嗎？」

『當然記得。』我笑了笑，『其實在大學時代，我只跟妳提起。』

「我認識你的國語推行員耶。」

『真的嗎？』我大吃一驚。

「嗯。」她點點頭，「我和她的小孩都在同一家幼稚園上課，常常
　一起等著接小孩回家，偶爾會聊天。」

『可是她應該在美國。』我很納悶。

「她明明在台南，而且至少兩年了。」她愣了愣，「她叫邱素芬，
　對吧？」

『對。』我心跳莫名其妙加速。

「學長到現在還是喜歡她吧？」

『呃……』我臉上發燙，『對。』

「學長果然是指數函數——e的x次方。」麥茶說。

『我是x的一次方，微分一次變成常數，再微分一次就變成0。』

我說，『我已經被微分兩次了，從此以後都是 0。』

「不。」她的語氣很堅定，「學長你是 e 的 x 次方，不管怎麼微分，
　都不會變。」

我看著麥茶，想起以前在社辦教她微積分的情景。

「學長，要把我的名片收好哦。」麥茶揮揮手，走進銀行，「下次
　有空時一起吃飯。」

『好。』

我看著天空的雨，國語推行員此刻是否也看著同一片天空的雨呢？

國語推行員又回到台南了，我們又在同一座城市。

但我們之間最大的距離，早已不是有形的距離。

而是在往後的人生中，我們只能維持「國中同學」的關係。

或許還能見面，但關係不會變。

那年的耶誕節，我莫名其妙格外想念國語推行員。

想起收到自己寄出的信封外面蓋了藍色的「查無此人」；

也想起收到兩張她用嘴巴「寫」的耶誕卡、想起她用的「您」。

我所在的城市從不下雪，思念卻堆滿寒冷的感覺。

新的一年又來了，時間奔跑的速度越來越快。

37 歲那年的農曆春節前夕，阿勇打電話給我。

他說大年初三要在故鄉舉辦第一次國中同學會。

那瞬間，我心裡只有一個念頭。

我想看見國語推行員。

18.

只要互看一眼，只要一眼。
我的心臟就足以被國語推行員揪緊。
即使那一眼可能只有短短五秒鐘，仍是永恆般的存在。

然後她笑了，左臉頰露出酒窩。
即使她已結婚甚至有小孩，但對我而言，她完全沒變。
因為那個酒窩，才是一切。

「世界上有父親節、母親節，那麼紀念雨傘的節日是？」
我回過頭，看見大象。
『雨傘節。』我說。
「豬腸。」大象笑了起來，「20年沒見了。」

上次見到大象是高二時的事，沒想到已經20年了。
她變得⋯⋯
呃⋯⋯我該怎麼說，才能保持禮貌呢？
直接說好了，比印象中更大隻了。

大象帶了她的五歲女兒來參加同學會，那小女孩看起來很活潑。
『妳這麼⋯⋯』我很驚訝，『竟然生小孩？』
「豬腸你胡說什麼。」大象笑著拍了一下我的肩膀。
哇，肩膀可能骨折了。

我們總共坐了三大桌，三個桌子排成三角形。

但大家都會隨時走動，也常有人換位子坐。

畢業 22 年了，大家似乎有說不完的話。

我和國語推行員坐不同桌，只能不斷偷瞄她。

每當想離開座位走近她時，就會有同學坐到身邊找我聊天。

這家餐廳的老闆，就是我國中同學，難怪會在這裡辦同學會。

留在故鄉發展的同學很少，不到十分之一。

大部分同學都到城市工作，還有一些去了大陸。

如果聽到大學同學或研究所同學有所成就，可能多少會感到壓力；

但如果聽到國中同學有所成就，不僅很高興，還會覺得與有榮焉。

故鄉的人口也越來越少，上次回來參加蔡宏銘的喜宴時，

母校每個年級還有 5 個班，現在只剩 3 個班了。

但假日時卻開始湧進遊客人潮，反而變得熱鬧了。

「怎麼樣？」阿勇坐到我旁邊，「驚喜嗎？」

『驚喜？』

「我知道本姑娘會來，故意不事先跟你說。」

『你是以為事先說了我就不會來吧？』

阿勇答不出話，順手敲了一下我的頭。

「我問到了。」阿勇說，「有腦科醫生。」

『誰？』

「本姑娘的先生。」

『不用了。』頭更痛了。

「豬腸。」阿勇說，「今年夏天記得再回來。」

『幹嘛？』

「我要結婚了。」

『跟蔡玉卿？』

「對。」他笑了。

『恭喜！』我很興奮，站起身猛敲他的頭好幾下。

阿勇沒閃躲，只是一直笑。

『你知道為什麼印第安人只要跳祈雨舞就一定會下雨？』我問。

「不知道。」阿勇說，「為什麼？」

『因為如果天空還不下雨，印第安人就會一直跳，跳到下雨為止。』

我說，『所以印第安人只要跳祈雨舞，就一定會下雨。』

「這還真厲害。」他笑了起來。

『阿勇。』我說，『你就像跳祈雨舞的印第安人。』

他有些不好意思，只是笑了笑，又敲了一下我的頭。

面對心愛的人，真正的陪伴是：

當你需要我時，我會在；當你不需要時，我也不會離開。

阿勇做到了，從國中畢業後就一直陪伴著蔡玉卿。

而大學時代的我，始終糾結在國語推行員是否對我有感情？

是否只是把我當同學的漩渦中，上不了岸。

我既不像蔡宏銘努力把握心愛的人，也不像阿勇默默守護心愛的人，

所以沒能跟國語推行員在一起，是我自己的錯。

又看了一眼國語推行員，她正和蔡玉卿聊天，邊說邊笑。

雖然無法走近她，但能這樣一直看著她露出酒窩，也是件快樂的事。

「豬腸。」阿勇又坐到我身邊，「趁大家在拼酒，你趕快出去。」

『去哪？』

「本姑娘出去散步了。」他說，「她出店門往右轉。」

『好。』我馬上離開座位，走出店門往右跑。

跑了50公尺後，前面就是人潮擁擠的觀光漁市。

四周都是人，連走動都必須左閃右閃。

但我並不慌張，因為很容易憑身影認出國語推行員。

這麼多年了，我從沒忘記過她走路時背部的挺直，

還有那種緩慢而流暢的步伐。

『素芬！』我朝右前方20公尺處的背影喊。

她停下腳步回頭，眼睛似乎在搜尋，直到我走到她面前。

「班長。」她說，「一句。」

我摸了摸口袋，但沒有任何零錢。

「今天是同學會，不用罰了。」她笑了笑，露出酒窩。

第一次講台語時不僅沒罰錢而且還得到最好的獎賞。

「班長。」她問，「這些年過得好嗎？」

『我可以……』我想了一下，『說謊嗎？』

「可以。」

『我過得很好。』

她似乎輕輕嘆口氣。

「看你過得不好，我也就放心了。」她說。

『啊？』

「對你……」她微微一笑，「我也會說謊。」

這種清淡的微笑，依然沒變。
我們在人潮中並肩走著，逛逛滿是海產和漁貨的攤位。

「我不知道這裡變得這麼熱鬧。」她說。
『我也是。』我說，『而且這地方以前是海。』
「是嗎？」她很驚訝。
「嗯。」我說，「阿勇的新家也在這一塊海埔新生地上。」
『變化真的好大。』她似乎很感慨。

『但妳完全沒變。』我說。
「我一定變老了。」她說，「面對老同學就有這個缺點，永遠無法
　隱瞞自己的年紀。」
『妳沒變老，還是像國中時期那樣青澀。』
她停下腳步，看著我。
恍惚間，我看見國中時期頭髮長度切齊耳根的她。

「班長。」她問，「我們認識多久了？」
『如果從國一第一次見面算起，25年了。』
「25年？」她嚇了一跳，「這麼久？」
『妳自己算就知道了。』我說，『我們今年37，國一12，37減12
　就是25。』
「你應該知道我數學不好。」她笑了。
『嗯。』我也笑了，『我知道。』

「所以是 two ten five。」她說。
『嗯？』我愣了愣。
「你忘了嗎？」她又笑了，「你說25的英文就是 two ten five。」

『對耶！』我很驚訝，『妳竟然還記得？』

「當然。」她輕輕揚了揚眉毛。

不禁想起第一次聽到她說話，她低沉的嗓音說出：twenty-five。

「你第一次講台語被罰25塊錢。第一次改我的數學考卷，那張考卷也是25分。」她說，「都是25。」

我這次完全驚訝得說不出話來，只是睜大眼睛看著她。

「班長。」她笑了，酒窩很深，「我都記得。」

也許對我和她而言，喜歡就是一種「記得」。

「班長。」路過一個賣冰的攤位時，她說：「要吃紅豆冰棒嗎？」

『現在是冬天耶！』

「那等下次我們剛好在夏天碰面時，再一起吃紅豆冰棒。」她說，「你覺得會是何年何月呢？」

『既這樣，恭敬不如從命。』我說，『現在吃吧。』

「你還是喜歡用文言文。」她笑了。

她買了兩枝紅豆冰棒，兩手各拿一枝。

『素芬。』我說完後，便伸手想拿其中一枝。

「還不行。」

『不行？』我很納悶，『剛剛一句，現在又一句，我講兩句了。』

「現在紅豆冰棒一枝15塊錢了。」

『啊？』我很驚訝，『以前一枝才兩塊耶。』

「沒辦法。」她說，「物價一直在漲。」

『那我再補13句。素芬、素芬、素芬、素芬、素芬、素芬、素芬、素芬、素芬、素芬、素芬、素芬、素芬。』我說，『可以了吧？』

她把左手拿的那枝紅豆冰棒拿給我，我搖搖頭，說兩枝都要。
「嗯？」
『檢查一下。』我說。

我把兩枝冰棒都檢查過後，遞了一枝給她。
『確定沒壁虎的頭。』我說。
她笑了起來，露出的酒窩很深很深。
我們站在路邊一起吃紅豆冰棒，天氣很冷，但心裡很暖。

20幾年前，我們常常這樣一起吃紅豆冰棒。
國中畢業典禮那天，我們也是一起吃完紅豆冰棒後再道別，
此後就是長達20幾年的分離。
分離期間只碰過四次：高二看電影、大三走天長地久橋、
當兵前夕女生宿舍前巧遇、29歲時的大雨中重逢。
每吃一口冰棒，似乎就想起一段往事。

「回去吧。」吃完冰棒後她說。
『嗯。』
我們並肩走回去，推開店門後發現裡面的氣氛依然熱烈。
我和她幾乎被聲浪淹沒。

時間差不多了，同學會也該結束了。
有人提議像國中下課時那樣喊起立敬禮，感謝導師。
「班長。」國語推行員看了我一眼。
『嗯？』
「下課了。」她瞪我一眼，依然是黑鮪魚。
『起立！』我恍然大悟趕緊高喊。

20幾年沒當班長了，都忘了自己是班長。

在場的同學們全部原地站好。

『敬禮！』我又喊。

「謝謝老師。」同學們齊聲高喊。

導師很開心，臉上一直掛著笑容，跟國中時嚴肅的他很不一樣。

散場後，我跟著國語推行員走到她停車的地方。

『聽說妳先生是腦科醫生？』我說。

「嗯。」她說，「不過正確的說法，是前夫。」

『啊？』我嚇了一跳，不知道該說什麼？

「班長。」她走到車邊，打開門，「我搬回來台南了。」

『我聽麥茶說了。』

「哦？」她似乎很驚訝，「你遇過她了？」

『嗯。』我說，『剛好在她工作的銀行巧遇。』

「果然很巧。」她上了車，關上車門，「比巧克力還巧。」

『麥茶的話很多吧？』

「對。」她笑了起來，酒窩很深。

我視線離不開她的酒窩，眼角似乎有液體蠢蠢欲動。

「以後有機會，我們或許可以在台南多聊聊吧。」她發動車子。

『嗯。』我說，『或許吧。』

「我走了。」

『小心開車。』

看著她的車子遠去，我才慢慢消化她剛說的「前夫」兩字的震撼。

消化了震撼後，我做了一次久違的驗算。

在我心目中，國語推行員是最溫柔善解的女孩。

但不管怎樣，同學會是一個開始，也是結束。

雖然擁有共同的過去，卻只能擁有各自的未來。

只要互相多點關懷和祝福就夠了。

阿勇的婚宴在八月，正是最熱的時節。

他要我當伴郎，以我跟他的交情加上未婚，我確實是最佳人選。

我突然想起國中念過的課文——袁枚的〈祭妹文〉。

「汝死我葬，吾死誰埋？」

阿勇結婚時還有未婚的我當伴郎，如果將來有天我要結婚，

可以找誰當伴郎呢？認識的同學或朋友大多數都結婚了啊！

用力打了嘴巴幾下，口中說出：呸呸呸。

我怎麼在阿勇大喜之日用〈祭妹文〉來比喻心情呢？

阿勇的家門前搭了棚架當作喜宴現場，也就是俗稱的辦桌。

從迎娶開始，我就忙得天昏地暗，連好好吃一口菜的時間也沒。

人家都說伴郎要幫新郎擋酒，擋個屁，阿勇是海量，我是三腳貓。

果然最後變成新郎幫伴郎擋酒，像話嗎？

「班長。」國語推行員問，「我看你一直跑來跑去，你不累嗎？」

『我還好。』我說，『可是妳不累嗎？』

「我為什麼會累？」她很納悶。

『妳在我腦海裡跑了20幾年了，妳都不會累嗎？』

她靜靜看著我，我很想看清楚她的眼神，但視野有些模糊。

「班長。」她問，「你還好嗎？」

『我已經茫了。』我說。

「這樣幾隻？」她比出幾根手指頭，但我看不清。

『妳考倒我了。』

「那你喝醉了。」她笑了起來，左臉頰露出的酒窩很深。

我後來醉倒在阿勇家的沙發，醒來後忘了跟國語推行員說過什麼？

從阿勇的喜宴回來後，我將工作視為生活中唯一的重心。

雖然並沒有得到太多成就感，但還是努力認真。

知道國語推行員跟我在同一座城市，讓我很心安。

但我並沒有想要多跟她接近的念頭。

只要知道她在，而且日子過得平安，那就夠了。

國中時作文常寫：光陰似箭、日月如梭。

那時認為還滿唬爛的，因為覺得日子很長、時間過得很慢，

都等不及要快點長大。

沒想到快40歲的我，卻深刻體會那樣的形容很精準。

如果你從21歲變22歲，你可能覺得你改變了一些、成熟了一些，

而這一年的時間算漫長。

但如果你從37歲變38歲，你頂多覺得老了一歲而已。

而且這一年的時間是一溜煙跑掉。

時間奔跑的速度越來越快，而且越不容易被發覺。

阿翔打定主意不婚，他父母似乎也不能勉強他。

而我在台北的父母，催我結婚也催得累了，呈現半放棄狀態。

我和阿翔一直住在一起，不認識的人可能以為我們是同性戀。

40歲那年，公司尾牙宴的摸彩活動，
我抽中夏威夷雙人四天三夜的旅遊招待券，籤運很好。
這種招待券最適合新婚夫婦度蜜月，但對我來說，
就像坐輪椅的抽中腳踏車。
我後來找了阿翔一起去夏威夷。

從夏威夷回來後，我和阿翔更被懷疑是同性戀了。
聽說有個同事原本想介紹他表妹給我認識，但因為這樣而作罷。
從此以後也不再有同事說想介紹女生給我。
告別單身的機會越來越渺茫了。

我跟阿翔相依為命，日子過得算悠閒，但聊天的話題越來越深奧。
「菜菜。」阿翔問，「下輩子你想當什麼？」
『不知道。』我說，『你呢？』
「一條馬路。」
『什麼？』

他說日本神戶市發生一起案件，一名男子為了偷看女性裙底風光，
仰躺在馬路旁的下水道裡，忍受污水的惡臭。
那男子落網後，還向警察說：如果能夠轉世，他願意變成一條馬路。
「是不是很感人？」阿翔笑說，「所以我也想變成一條馬路。」
『白痴。』我也笑了。
我想起在馬祖當兵時看到的藍眼淚，
那時我曾經想成為漆黑海面上那片藍光的一部分。

一晃眼我就40幾歲了。

生活中的朋友，大多數是同事，或是因工作而認識的人。
而以前的同學，先是存在於臉書，後來智慧型手機普及後，
開始存在於Line的通訊錄。

國中同學建了個Line的群組，我和國語推行員都有加入。
平時會有人貼些有趣的圖文或影片，
或是分享養生之道、健康飲食之類的文章。
偶爾也會有人抱怨小孩子很皮、很難教，或現在的年輕人怎樣怎樣，
不像當年的我們如何如何。
我和國語推行員通常都不出聲，只是靜靜地看。

有次我一時興起，在群組問了那個問題：
「希望擁有最漂亮的髮型？還是希望成為最好的髮型設計師？」
同學們各有各的選擇，而且理由都很精彩，差異也大。
不過國語推行員並沒有說出她的選擇。

有天晚上我跟阿翔吃飯時，手機響了，來電顯示：國語推行員。
我慌忙滑動接聽鍵，手機差點掉下去。
「班長。」她說。
『……』我完全說不出話，這是我第一次接到她打來的電話。

「班長？」
『喔。』我趕緊出聲，『我在。』
「你可不可以當我女兒的數學家教老師？」
『啊？』

原來她的女兒現在念國二，可能是遺傳吧，數學成績很差。

國一時去補習班補數學，但沒什麼成效，讓她很傷腦筋。

她女兒的數學老師建議，可以考慮請個家教老師。

『妳應該找專門教國中數學的人。』我說。

「周老師說，她國中時原本數學也不好，後來找你當數學家教老師，
　從此數學就變好了。」

『我怎麼可能教過什麼周老師，我不認識啊。』我一頭霧水。

「周淑敏老師。」

『周……』等等，這名字好熟，『小敏？』

「對。」她說，「周老師說你都叫她小敏。」

沒想到小敏已經是數學老師了。

『數學很差不會怎樣吧？像妳國中的數學也不好，現在還是很有
　成就。』我說，『而我，數學那麼好，卻沒什麼成就。』

「班長。」她語氣變得很嚴肅，「你是這麼看待你自己嗎？」

『我確實沒什麼成就。』我說，『這是事實。』

她沒回話，但我聽到她混濁的呼吸聲。

「班長。」過了一會，她說，「在我心裡，你是神。」

『可是我……』

「在我心裡，你是神。」她的語氣很堅定。

我不知道要說什麼，一股暖流湧上心頭。

我求學時代的數學、微積分、程式語言都很強，也很會教人。

但年過40了，也只是做個普普的工作餬口而已。

本以為這輩子大概就這樣了，不會跟「有成就」這種字眼沾上邊。

沒想到國語推行員的一句話，卻輕易鼓舞了我。

我答應當國語推行員女兒的數學家教老師。

她住在一棟公寓管理大樓的8樓，離我住的地方只有5分鐘車程。

第一次走進她家時，她帶著女兒跟我打招呼。

依我目測的結果，她女兒應該是B（我是指血型）。

第一眼的印象是個性很活潑。

「你們聊聊吧，先認識一下。」說完後國語推行員就走了。

她女兒叫雨晨，下著雨的清晨，這名字很美，但會讓人不想上班。

媽媽走後，雨晨沒說話，只是一直打量著我。

我覺得有點尷尬，不知道要說什麼當開場白，正努力思考著。

「你是我的親生父親嗎？」她突然說。

我嚇了一大跳，差點從沙發上跌下來。

『妳怎麼……』我舌頭打結了，『會說這種莫名其妙的話？』

「韓劇都是這樣演的。」她說。

『韓劇？』

「嗯。」她說，「那你是嗎？」

『我跟妳媽只是國中同學而已，從沒在一起過。』

「那你暗戀我媽嘍。」

『這……』我瞬間臉紅。

「我想可能要驗DNA才能確定了。」

『驗DNA？』

「韓劇都是這樣演的。」她笑了。

「我以後叫你大叔好不好？」她說。

『大叔？』我愣了愣，『叫老師比較好吧。』

「學校裡一堆老師了，我不喜歡老師。」

『可是叫大叔很怪吧？』我皺了皺眉。

「叫歐巴才會怪。」

『歐巴？』

「韓劇都是這樣演的。」她又笑了。

雖然雨晨是國語推行員的女兒，但她長得並不像國語推行員。

唯一相像的，是她的眼睛也像國語推行員一樣又大又亮。

不過她的眼神完全沒有黑鮪魚的味道，只有古靈精怪。

幸好她不像國語推行員，因為如果她長得很像國語推行員，

那麼教她數學時，我一定會以為穿越時空到了國中時期。

我家教的時間是每週兩次，每次兩個小時，晚上七點到九點。

竟然跟以前教小敏的時間一模一樣。

國語推行員要我下班後直接到她家，在她家吃完飯後再上課。

『這樣不好意思吧？』

「就是這樣。」她瞪我一眼。

第一次到她家吃飯時，我很早就到了。

看著國語推行員在廚房忙碌的樣子，讓我坐立難安。

但她的背部始終挺直，切菜炒菜等動作依然緩慢而流暢。

對我而言，那是一種優雅，而且總是讓我心情平靜。

「班長。」她說，「可以吃了，請來餐桌。」

我走到餐桌前坐下，她端著菜從我右邊走來。

她彎身把菜放桌上時，背部不再是挺直，而是有弧度。

那瞬間，我想起以前放學後在教室裡教她數學的情景——
我坐著，而國語推行員站著彎身把臉湊近看我計算。

我忍不住轉頭朝右上，剛好接觸她的視線。
「班長。」她笑了起來，「我手藝很差，你要忍耐。」
她的笑容很有感染力，我也笑了起來。
我們都笑得很開心，她左臉頰的酒窩又露出來了，很深很可愛。
廚房裡充滿著笑聲，抽油煙機的低沉轟轟聲也聽不到了。
這世界彷彿只剩下我們兩人的笑聲。

我眼眶濕潤，視線有些模糊。
這麼多年了，我依然那麼懷念充滿整間教室的笑聲。
依然那麼想念國語推行員。
即使她就在眼前，我依然想念她。

下課後我要回去時，國語推行員會陪我坐電梯下樓。
再一起並肩走到我停車的地方。
我們會簡單聊幾句，有時甚至都沒說話，只是並肩走著。

有次並肩走過7-11，她說買紅豆冰棒來吃吧，我說好。
『素芬、素芬、素芬、素芬、素芬、素芬、素芬、素芬、素芬、
　素芬、素芬、素芬、素芬、素芬、素芬。』我一口氣說了15句。
「現在一枝紅豆冰棒要20塊錢了。」
『啊？』

「還少五句。」她說。
『素芬、素芬、素芬、素芬、素芬。』我說。

路過的人可能以為我菸癮很大，一直吵著要吸菸。

不管紅豆冰棒一枝是2塊、15塊還是20塊，不管季節是夏還是冬，
跟國語推行員一起吃紅豆冰棒時，心裡總是溫暖的。
時光飛逝、物價飆漲，只有感覺才是不變的。

雖然20年沒當家教老師了，但國二數學我還是得心應手。
不過現在的國二數學比較難，有些章節甚至是以前高中數學的範圍。
我很專心教雨晨，也不會常常陷進回憶的漩渦，
因為我知道國語推行員就真實存在於這間屋子裡。

雨晨並不難教，倒是她的古靈精怪比較傷腦筋。
「我媽常說大叔你人很好。」雨晨說，「為什麼我看不出來呢？」
『那是妳媽善良。』我說，『如果大叔真那麼好，為什麼會單身呢？
　一定有些微不足道的因素，讓我成為魯蛇。』
「我媽說，你只是運氣不好。」
『我能認識妳媽，運氣怎麼會不好呢？』
「大叔。」她笑了起來，「很會說話哦。」

她笑起來沒有酒窩，但笑容跟國語推行員有些神似。
「所以應該說是我媽運氣不好，才會認識你。」她說。
『可以這麼說。』我笑了，『妳也很會說話。』
她也笑了起來。

「你會不會因為愛不到我媽，所以想跟我在一起？」她說。
『又是韓劇？』正喝水的我，差到嗆到。
「嗯。」她說，「這種劇情也有。」

『韓國人腦子裡到底在想什麼？』我說，『我又不是殷梨亭。』

「殷梨亭是誰？」

『金庸武俠小說《倚天屠龍記》裡的人物。』

「金庸又是誰？」

我很訝異，睜大眼睛看著她。

「是不是《金庸群俠傳on line》的那個金庸？」她說。

『對。』

「我還以為金庸是品牌名稱呢，就像三星手機、LG電視一樣。」

沒想到以前是讀武俠小說認識金庸，現在卻是玩線上遊戲認識金庸，

而且還以為金庸是品牌。

我不禁嘆了口氣。

「大叔。」她問，「你怎麼了？」

『沒事。』我說，『感慨而已。』

「什麼感慨？說嘛！」她說，「我很關心你耶！」

『妳很關心我？』

「嗯。」她點點頭，「除了我媽和鹹酥雞之外，我最在乎你。」

『那我真榮幸，能排在鹹酥雞後面。』

她又笑了起來，我卻快哭了。

日子久了，雨晨和我便逐漸熟悉，她偶爾會跟我分享她的心情。

「大叔。」她很開心，「今天我們學校舉辦台語演講比賽，我得到

　第一名，而且還有獎金耶！」

『當眾講那麼多台語，不僅沒罰錢，還有獎金拿？』

「嗯？」

『妳確定那是真的錢，不是冥紙？』

「你越說越誇張了。」

國語推行員這種幹部，已經是上一代的事了。
而國語推行員的女兒拿到台語演講比賽第一名，看似諷刺，
但其實是件很有趣的事。

有天晚上我要上樓前，路旁有個女生停放機車時弄倒旁邊的機車。
倒下的機車壓到我的腳，機車的金屬支架劃傷腳踝。
我忍著痛上樓，偷偷詢問雨晨有沒有外傷的藥？
沒想到她大驚小怪，直接跑去問國語推行員。

「班長。」國語推行員說，「我看看你的腳。」
『不用啦。』我搖搖手，『小傷而已。』
「把腳伸出來。」她瞪了我一眼，是有點大隻的黑鮪魚。
我捲起褲管，伸出左腳。
一看嚇了一跳，傷口似乎很深很長，血還在流。

「班長。」國語推行員有些慌，「你多久前打過破傷風疫苗？」
『就國三踩到玻璃那次打過而已。』
「那是幾年前？」她說，「有沒有超過10年？」
『一算就知道早超過10年了。』
「我數學不好！」她大聲說，「算給我看。」

我愣了愣，隨即走到書桌旁坐下，她跟著走過來站在我右手邊。
『我們今年44歲，國三踩到玻璃時是15歲，44減15等於29。』
我在紙上邊計算邊說明，『29大於10，所以超過10年。』

『這樣明白了嗎？』我問。

她沒回答，也沒任何反應或動作，整個人好像靜止。

『我再算一遍。』

這次我速度更慢了，說明的時間也變長。

『這樣明白了嗎？』我又問。

我轉頭朝右上，接觸她的眼睛。

她的眼淚突然竄出眼角，一顆又一顆，往下掉。

直接滴在我肩膀上。

我的眼眶也充滿淚水，眼眶裝不下了，便溢淹出來在臉頰滑行。

30年前，我就是這樣教國語推行員數學。

經過了30年，我終於又教她數學了。

往事突然重演，我和她都承受不住衝擊，只能任憑淚水滴落或滑落。

『現在是要看著我的血流乾嗎？』我狠狠地抹去滿臉淚水，說。

「我先處理一下傷口。」她也用手擦了擦雙眼，但鼻頭已經紅了。

她轉身走出房間，一會帶來急救箱，幫我敷藥和包紮。

「班長。」她說，「真的有30年那麼久了嗎？」

『如果妳沒得阿茲海默症的話⋯⋯』我說，『是的。』

我們都沒再說話，靜靜回憶30年前的往事。

原來所謂的30年前，也不過是像昨天一樣而已。

三天後，小年夜凌晨快四點，突然發生大地震。

我被地震搖醒，幾秒後馬上聯想到10幾年前的921大地震。

停止搖晃震動後，外面傳來像整座山崩落的巨大撞擊聲，電也停了。

我拿起手機，用Line傳給國語推行員：

『妳沒事吧？』

剛按下傳送，同時也收到國語推行員傳來的訊息：

「你沒事吧？」

手機的畫面出現這兩則同樣的訊息，時間都是03：58。

手機響了，來電顯示：國語推行員，我馬上滑動接聽鍵。

「班長。」她說，「你真的沒事嗎？」

『我沒事。』我問，『妳真的沒事嗎？』

「嗯。」她說，「你沒說謊？」

『沒。』

「有停電嗎？」她問。

『停了。』

「那你剛剛還說沒事！」她大聲說，「為什麼你那麼擅長說謊？」

『只是停電而已……』

「把地址傳給我。」她打斷我，「我馬上過去。」

『現在是凌晨四點耶！』

「地址傳給我！」她掛斷了。

我用Line傳了我的地址給國語推行員，然後立刻衝下樓。

站在大樓門口等她時，發現200公尺外的大樓竟然倒塌了！

馬路上響起一陣又一陣警車、救護車、消防車的警報聲。

5分鐘後，國語推行員向我跑來。

「班長。」她微微喘氣，「你……」

『我沒說謊吧，我沒事。』我笑了笑，『妳也沒事吧？』
「我也沒事。」她終於笑了。

我突然想起921地震時，自己的第一時間反應。
還有阿翔所說的七個魚缸的故事。
「大地震只有一個好處，可以讓人瞬間知道自己心中最愛、最牽掛的
　是什麼。」

我們站在大樓門口，現在正是最深的夜。
「班長。」她又問，「真的有30年那麼久了嗎？」
『嗯。』我點點頭。
她仰頭看著夜空，陷入沉思。

「班長。」她說，「你可以再吟唱一遍那首唐詩給我聽嗎？」
『現在？』
「嗯。」她點點頭。
『這裡？』
「嗯。」她又點點頭。

我清了清喉嚨，吟唱〈楓橋夜泊〉：
『月落烏啼霜滿天……江楓漁火對愁眠……
　姑蘇城外寒山寺……夜半鐘聲到客船……』
在充滿警報聲的夜晚，我的歌聲依然輕輕的、遠遠的，傳到故鄉。

「班長。」她的眼淚迅速掉下，「我很尊敬你。」
　我心頭一震，她竟然還記得那時的打賭。

而我也聽出來了，我的歌聲中確實有滄桑的味道。

「我想去看看故鄉的海。」她說。

19.

生命就像是個圓圈一樣，越靠近終點，就會越靠近起點。

我在小年夜這天下午，開車載著國語推行員回故鄉。
這次不再傻傻地等著上橋，我走另一條路，看另一片海。
雖然有些沙灘已被填成陸地，但故鄉就在海邊，有看不完的海。

我停好車，跟她一起翻過海堤走進沙灘，並肩在沙灘上走著。
沙灘依舊是黑漫漫的，不受歡迎的海沙泥。
就讓遊客們去擁抱白色的貝殼沙沙灘吧，那確實是既美麗又浪漫；
而黏人的黑色海沙泥，就黏住我們這些永遠離不開故鄉的人。

「班長。」她說，「你前陣子在群組問的問題，我可以回答你。」
『請說。』
「我選最好的髮型設計師。」她說，「只有最好的髮型設計師，才有
　能力讓人的髮型最美。我希望擁有可以讓別人變成最美的能力。」
『妳的答案跟我幾乎一模一樣。』我很驚訝。

「所以我希望你有最美的髮型。」她說。
『我也……』我更驚訝了，『一樣。』

「班長。」她說，「你要去當兵前跟我提到那個倉央嘉措的故事，
　後來他怎麼樣了？」
『清朝史書記載，康熙下令將倉央嘉措抓到北京，押解途中，他病死

於青海。而藏人的史書則說是拉藏汗派人將他害死於青海湖邊。』
「呀？」她似乎很失望。

『可是我聽到的傳說不是這樣。』我說。
「那是怎樣？」
『倉央嘉措既沒有在青海病死，也沒被害死，而是偷偷回到故鄉，與
　初戀情人重逢，然後平淡過完一生。』
「我喜歡這傳說。」她笑了起來，左臉頰露出酒窩。

我靜靜看著她的臉龐，還有那最讓我掛念的酒窩。
恍惚間，我看到一座三合院的院子裡，
有個穿著白色短袖T恤和灰色運動長褲的13歲小女孩。
無論是抖衣服、拿衣架套衣服、把衣服掛在竹竿、拿夾子夾住衣服，
她的動作始終緩慢而流暢，那樣的優雅總是讓我心情很平靜。

我們停下腳步，並肩坐在沙灘上，看著大海。
其實看海的時候，我們就像海一樣平靜，只有海浪拍打沙灘的聲音。
正如她和我，只有心跳聲。

「班長。」她說，「如果你老了，你想遇見誰？」
『老了？』腦海浮現一個孤獨老人躺在安養院病房的樣子，『如果
　我老了，我希望遇見一個細心的護士小姐。』
「恭喜你，你很幸運。」她笑了起來，臉頰上的酒窩又深又美，
「我很細心，又剛好做過護士。」
『那真的太好了。』我也笑了。

「只可惜我遲到了。」她說。

『遲到？』我說，『妳不是遲到，而是來早了。』

「為什麼？」

『因為我還沒老。』我笑了笑，『而妳已經到了。』

她也笑了，臉頰上的酒窩永遠迷人。

做完最後這次驗算後，這輩子就不再驗算了。

在我心目中，國語推行員是最溫柔善解的女孩。

而且我喜歡她。

喜歡是一種記得。

因為和她相遇了，記憶開始不斷累積。

即使過了 30 年，我依然清晰記得她的黑鮪魚眼睛、她的微笑和酒窩、

她挺直的背影、她低沉的聲音、她咬筆的模樣、她掉淚的神情、

她鎖骨圍成的美麗河谷、她緩慢而流暢的動作……

這樣的「記得」，就是喜歡吧。

夏威夷流傳著一個說法。

如果能在夕陽下山時，看見綠光的話就能得到幸福。

因為綠色的太陽太難得，就和幸福一樣不容易。

海天一線，遠方的夕陽染上濃濃的橘黃。

夕陽要整個被大海吞沒的那一瞬間，尾部閃過一道綠光。

「班長。」她問，「你看到綠光了嗎？」

『我可以說謊嗎？』

「可以。」

『我沒看到綠光。』

『那妳呢？』我問。

「我也沒看到。」

『是嗎？』

「對你……」她微微一笑，「我也會說謊。」

『素芬。』

「班長。」她說，「一句。」

我們同時笑了起來，站起身，繼續並肩踩著沙灘。

國中並肩，一起走去福利社買紅豆冰棒。

高二並肩，一起走在人行道上，感受像蜂蜜般的陽光。

大三並肩，一起走天長地久橋，體會吊橋效應。

當兵前夕並肩，只是因為巧遇。

當研究助理時並肩，共撐一把傘走進雨中，只是為了分別。

同學會並肩，只是因為吃了紅豆冰棒。

當家教老師時並肩，只是陪我走一小段回家的路。

而現在並肩走在沙灘上，可能只是單純想一起走到老吧。

～ The End ～

寫在《國語推行員》之後

《國語推行員》這本書約 15 萬字，2017 年 7 月動筆。
寫了兩個月後，停筆三個月，2017 年 12 月再提起筆寫完。
寫作期間的最後一個月，我幾乎不眠不休、廢寢忘食。
完成的那瞬間，我氣力放盡，開始昏睡兩天。

這是我寫作生涯滿 20 年的作品，希望具有某種代表性，或是總結。
20 年來，我總是只用簡單的文字、平淡的語氣敘述故事。
常常有人告訴我，只要翻開第一頁，就知道是我寫的。

「風格」是一個很有趣的概念，尤其對於寫作者而言。
依照人家的說法，我的風格很明顯，而且與眾不同。
即使作品越來越多，寫作的風格卻始終保持不變。
有些人開始覺得不耐，甚至由喜歡變成不喜歡。
於是我常被問：難道不想嘗試其他風格嗎？

面對這樣的問題，我總在心裡 OS：
如果因為風格一直沒變，所以不喜歡；
那你可能這輩子無法愛同一個人太久。
只要你的愛人一直沒變，可能有天你會不再喜歡她。

這比喻也許不貼切，甚至引喻失義，請原諒我的詭辯。
我只是想提供另一個思考角度：
在快速變遷的時代洪流中，你覺得改變比較難？
還是不變比較難？

寫作的旅途上，我偶爾會轉身。
踏上旅途之初，耳畔總是傳來歡呼聲、鼓舞聲、加油打氣聲；
隨著我越走越遠，漸漸地，那些聲音變少了。
當我聽不到那些聲音時，回頭一看，
卻發現有些人在默默跟隨。

我很感動。
於是原本打算不再前進的我，會因而鼓起勇氣繼續向前。

《國語推行員》這書名有些尷尬，很多人不知道這是什麼東西？
即使知道了，也會覺得怪。
如果你看到一本書叫《總務股長》，你不會覺得怪嗎？
但請你原諒，我一向不擅長取書名，這也是我的風格。

《國語推行員》本來打算只寫三萬字，故事的時間比較短。
但一動筆便豁出去了，決定寫長，故事的時間拉長到約30年。
「國語推行員」只是書中女主角在國中時擔任的幹部名稱。
結果這部成了我作品中字數最多的小說。

我寫作時總是很有誠意，這本也不例外。
人們常問我：你覺得自己寫得好不好？滿意嗎？

我的回答總是「說謊」。

因為我都回答：我覺得寫得並不好。

這本寫得更糟，很糟糕很糟糕，我非常非常不滿意。

我出生在1960年代末，中學時代班級幹部中有國語推行員。

我曾因講台語而被罰錢，也總是很不甘願。

高中時有次上台北比賽，在台北坐公車時講台語，

車上幾個女高中生轉頭斜眼看我。

我經歷過那樣的年代。

時代是有味道的。

可以記錄時代味道的東西很多，比方流行歌曲。

你可能只要聽到某首歌，就會回到你聽這首歌時的年代，

然後想起那時候的人事物。

《國語推行員》橫跨了30年，必然會碰到時代變遷的問題。

我無意多著墨時代變遷，因為那只是過程而已。

20年前我上網時，常碰到異樣的眼光，上網的心態也常被揣測；

現在，反而是從沒上網的人會被送去精神醫院。

如果你從20年後坐時光機回到現在，你也可能發現很多荒謬；

而這些荒謬對現在而言卻是理所當然。

如果喜歡是一種心情。

在快速變遷的時代洪流中，你覺得你的喜歡改變了比較難？

還是你的喜歡始終不變比較難？

你會不會覺得，如果你的喜歡始終不變，
是一件令人心安的事？

謹獻上《國語推行員》這部小說，你喜不喜歡我不知道。
品嚐者的味覺總是獨立於烹飪者的烹飪技巧之外。
我只是秉持這20年來的樣子，很努力很誠懇寫完。
如果我的不變令你覺得不可思議或是不以為然，都不是我的意圖。
因為我沒有意圖，只是很誠懇寫小說而已。

小時候我很喜歡吃滷蛋，我甚至還記得第一次吃滷蛋時的快樂心情。
經過幾十年，我還是喜歡吃滷蛋。
我很慶幸滷蛋的味道沒變，更慶幸自己還是喜歡吃滷蛋。

如果一旦喜歡，就能喜歡很久很久。
那應該是件快樂的事吧。

蔡智恆

2018年1月　於台南

國家圖書館出版品預行編目資料

國語推行員 / 蔡智恆著. -- 初版. -- 臺北市：麥田，城邦文化出
　版：家庭傳媒城邦分公司發行，2018.03
　面；　公分. --（痞子蔡作品；14）

ISBN 978-986-344-537-1（平裝）

857.7　　　　　　　　　　　　　　　　　107000760

痞子蔡作品　14

國語推行員

| 作　　　者 | 蔡智恆 |
| 責 任 編 輯 | 林秀梅 |

版　　　權	吳玲緯		
行　　　銷	闕志勳	吳宇軒	陳欣岑
業　　　務	李再星	陳紫晴	陳美燕　葉晉源
副 總 編 輯	林秀梅		
編 輯 總 監	劉麗真		
總 經 理	陳逸瑛		
發 行 人	涂玉雲		
出　　　版	麥田出版		
	城邦文化事業股份有限公司		
	104台北市民生東路二段141號5樓		
	電話：(886)2-2500-7696　傳真：(886)2-2500-1967		
發　　　行	英屬蓋曼群島商家庭傳媒股份有限公司城邦分公司		
	104台北市民生東路二段141號11樓		
	書虫客服服務專線：(886)2-2500-7718、2500-7719		
	24小時傳真服務：(886)2-2500-1990、2500-1991		
	服務時間：週一至週五09:30-12:00．13:30-17:00		
	郵撥帳號：19863813　戶名：書虫股份有限公司		
	讀者服務信箱E-mail：service@readingclub.com.tw		
	麥田部落格：http://ryefield.pixnet.net/blog		
	麥田出版Facebook：https://www.facebook.com/RyeField.Cite/		
香港發行所	城邦(香港)出版集團有限公司		
	香港灣仔駱克道193號東超商業中心1/F		
	電話：852-2508 6231　傳真：852-2578 9337		
馬新發行所	城邦（馬新）出版集團 Cite (M) Sdn Bhd		
	41, Jalan Radin Anum, Bandar Baru Sri Petaling,		
	57000 Kuala Lumpur, Malaysia.		
	電話：(603) 9056 3833　傳真：(603) 9057 6622		
	E-mail：services@cite.my		

設　　　計	陳采瑩
書 衣 設 計	朱疋
電 腦 排 版	宸遠彩藝有限公司
印　　　刷	沐春行銷創意有限公司

初 版 一 刷	2018年03月01日	著作權所有·翻印必究（Printed in Taiwan）
初 版 六 刷	2022年10月06日	本書如有缺頁、破損、裝訂錯誤，請寄回更換
定價／300元		
I S B N	9789863445371	
	9786263103252（EPUB）	

城邦讀書花園
www.cite.com.tw